O pequeno mentiroso

Mitch Albom

O pequeno mentiroso

TRADUZIDO POR ALVES CALADO

Título original: *The Little Liar*
Copyright © 2023 por ASOP, Inc.
Copyright da tradução © 2025 por GMT Editores Ltda.

Todos os direitos reservados. Nenhuma parte deste livro pode ser utilizada ou reproduzida sob quaisquer meios existentes sem autorização por escrito dos editores.

coordenação editorial: Alice Dias
produção editorial: Livia Cabrini
preparo de originais: Carolina Lins
revisão: Ana Grillo e Sheila Louzada
diagramação: Giovane Ferreira
capa: Milan Bozic
adaptação de capa: Ana Paula Daudt Brandão
ilustração de capa: Mark Smith
impressão e acabamento: Associação Religiosa Imprensa da Fé

CIP-BRASIL. CATALOGAÇÃO NA PUBLICAÇÃO
SINDICATO NACIONAL DOS EDITORES DE LIVROS, RJ

A295p

Albom, Mitch, 1958-
    O pequeno mentiroso / Mitch Albom ; tradução Alves Calado. - 1. ed. - Rio de Janeiro : Sextante, 2025.
    320 p. ; 21 cm.

    Tradução de: The little liar
    ISBN 978-65-5564-970-3
    1. Ficção americana. I. Calado, Alves. II. Título.

24-94235   CDD: 813
                  CDU: 82-3(73)

Gabriela Faray Ferreira Lopes - Bibliotecária - CRB-7/6643

Todos os direitos reservados, no Brasil, por
GMT Editores Ltda.
Rua Voluntários da Pátria, 45 – 14º andar – Botafogo
22270-000 – Rio de Janeiro – RJ
Tel.: (21) 2538-4100
E-mail: atendimento@sextante.com.br
www.sextante.com.br

Para Eva, Solomon Nesser e outros que foram marcados com números nos braços, e para todos que ainda choram por eles

Não são suas lembranças que o assombram.
Não é o que você escreveu.
É o que você esqueceu, o que você deve esquecer.
O que deve continuar esquecendo pelo resto da vida.
– JAMES FENTON, "Um réquiem alemão"

Tudo vai mudar, tudo menos a verdade.
– LUCINDA WILLIAMS

PARTE I

PART I

1943

– Mentira.

A voz do homem grandalhão era grave e rouca. Alguém sussurrou:

– O que é mentira?

– O lugar pra onde a gente vai.

– Estão levando a gente pro norte.

– Estão levando a gente pra morte.

– Isso não é verdade!

– É verdade, sim – disse o grandalhão. – Vão nos matar assim que chegarmos lá.

– Não! Vamos ser reassentados! Em casas novas! Você ouviu o garoto na plataforma!

– Em casas novas! – acrescentou outra voz.

– Não existem casas novas – insistiu o grandalhão.

O guincho das rodas do trem silenciou a conversa. O grandalhão examinou a grade de metal que cobria a única janela daquele vagão sem luz, feito para transportar gado, e não seres humanos. Não havia bancos. Não havia comida nem água. Quase cem pessoas se apinhavam ali dentro, como um sólido bloco de seres humanos. Velhos de terno. Crianças de pijama. Uma jovem mãe apertando um bebê contra o peito. Só uma pessoa estava sentada, uma adolescente com o vestido cobrindo um balde de lata que os passageiros receberam para se aliviar. Ela escondia o rosto com as mãos.

O grandalhão tinha visto o suficiente. Ele enxugou o suor da testa e abriu caminho entre as pessoas, indo em direção à janela.

– Ei!
– Cuidado aí!
– Aonde você vai?

Então ele chegou até a grade e enfiou seus grossos dedos nos buracos. Grunhiu alto. Com o rosto se contorcendo, começou a puxar.

Todo mundo no vagão ficou em silêncio. *O que ele está fazendo? E se os guardas vierem?* No canto, um garoto franzino chamado Sebastian estava encostado na parede, observando tudo aquilo. A seu lado estava a maior parte de sua família: a mãe, o pai, os avós e as duas irmãs mais novas. No entanto, quando ele viu o homem puxando a grade da janela, seu foco se voltou para uma garota magra de cabelo castanho-escuro que estava ali perto.

Seu nome era Fannie. Antes de todos os problemas começarem, antes dos tanques, dos soldados, dos cachorros latindo, das batidas à porta no meio da noite e da captura de todos os judeus em Salônica, sua cidade natal, Sebastian acreditava que amava aquela garota, se é que existe essa coisa de amor quando você tem 14 anos.

Ele nunca havia contado isso para ela nem para ninguém. Porém ali, por algum motivo, sentiu-se inflamado por aquele sentimento, então voltou sua atenção para ela enquanto o grandalhão sacudia a grade até soltá-la da parede. Com um último puxão forte, o homem a arrancou e deixou cair. O ar entrou com força pelo retângulo aberto, deixando um céu de primavera visível para todos.

O homenzarrão não perdeu tempo. Tentou atravessar o buraco, mas a abertura era pequena demais. Sua cintura grossa não passava.

Então ele desceu de volta, xingando. Um murmúrio atravessou o vagão.

– Alguém menor – disse uma voz.

Pais apertaram os filhos. Por um momento ninguém se mexeu. Sebastian fechou os olhos com força e respirou fundo. Em seguida, pegou Fannie pelos ombros e a empurrou.

– Ela cabe.
– Sebastian, não! – gritou Fannie.
– Onde estão os pais dela? – alguém perguntou.
– Mortos – outro respondeu.
– Venha, menina.
– Depressa, garota!

Os passageiros empurraram Fannie através do amontoado de corpos, tocando suas costas como se carimbassem desejos. Ela chegou ao grandalhão, que a levantou até a janela.

– Primeiro as pernas – instruiu ele. – Quando bater no chão, dobre o corpo e role para longe.
– Espera...
– Não podemos esperar! Você precisa ir agora!

Fannie se virou em direção a Sebastian, que estava com os olhos cheios de lágrimas. *Vou encontrar você de novo*, disse ele, somente para si mesmo. Um homem barbudo, que antes fazia orações em voz baixa, se adiantou e sussurrou no ouvido dela:

– Seja uma boa pessoa. Conte ao mundo o que aconteceu aqui.

A boca de Fannie começou a formar uma pergunta. Porém, antes que ela pudesse falar, o grandalhão a empurrou pela abertura e ela se foi.

O vento soprou forte pela janela. Por um instante os passageiros ficaram paralisados, como se esperassem que a menina voltasse se arrastando. Quando perceberam que isso não aconteceu, começaram a se empurrar. Ondas de esperança percorreram o vagão. *Podemos sair! Podemos ir embora!* As pessoas se espremiam umas contra as outras.

E então...

POU! Um tiro, seguido de vários outros. Enquanto os freios do trem guinchavam, os passageiros se apressaram para recolocar a grade na janela. Em vão, porque ela não se firmava no lugar. Quando o vagão parou, a porta se abriu. Um oficial alemão, um sujeito baixo, estava parado sob a luz ofuscante do sol, empunhando sua pistola.

– ALTO! – gritou ele.

Sebastian viu as mãos se afastarem da janela como folhas mortas caindo de um galho sacudido. Ele olhou para o oficial, olhou para os passageiros, olhou para a adolescente chorando em cima do balde de excrementos e soube que a última esperança tinha acabado de morrer. Então ele xingou o único membro faltante de sua família, seu irmão mais novo, Nico, e jurou que um dia iria encontrá-lo e o faria pagar por tudo – e que nunca, jamais, o perdoaria.

Permita-me dizer quem sou

Pode acreditar na história que vou contar. Pode acreditar porque sou eu quem a conta, e eu sou a única coisa em que você pode confiar neste mundo.

Alguns diriam que você pode confiar na natureza, mas eu discordo. A natureza é volúvel: espécies prosperam e depois desaparecem. Outros sugerem que você pode confiar na fé. E eu pergunto: o que é a fé?

E quanto aos seres humanos? Bem... Os humanos são confiáveis apenas para cuidar de si mesmos. Quando ameaçados, são capazes de destruir qualquer coisa, especialmente a mim, para sobreviver.

Porém, eu sou a sombra da qual você não pode fugir, o espelho que guarda seu último reflexo. Você pode se desviar do meu olhar durante todos os seus dias na terra, mas eu lhe garanto: sou eu quem olha por último.

Eu sou a Verdade.

E esta é uma história sobre um garoto que tentou me enganar.

Por anos ele se escondeu, durante e após o Holocausto, mudando de nome, de vida. Mas ele deveria saber que eu o encontraria no fim das contas.

Quem, melhor do que eu, seria capaz de identificar um pequeno mentiroso?

"Que menino lindo!"

Vou apresentá-lo do jeito que ele era antes de todas as mentiras começarem. Fique olhando para esta página até seus olhos se desviarem para as ruas de Salônica – também conhecida como Tessalônica –, na Grécia, uma cidade perto do mar Egeu, que remonta a 300 a.C. Lá, as ruínas de antigas casas de banho se misturam com bondes e carroças puxadas a cavalo, o mercado de azeite é movimentado e os vendedores nas ruas oferecem frutas, peixes e temperos vindos dos barcos que chegam pela manhã no porto. E ali está ele, o pequeno Nico Krispis.

O ano é 1936. O sol de verão esquenta as pedras do calçamento perto da famosa Torre Branca, uma fortaleza do século XV construída para proteger o litoral da cidade. Num parque ali perto, crianças gritam felizes durante a *abariza*, jogo em que dois times perseguem um ao outro para aprisionar os adversários em quadrados de giz desenhados no chão. Quem for pego deve ficar preso dentro do quadrado até ser "libertado" por um colega de time.

Nico Krispis é o último que resta do seu time. Está sendo perseguido por um garoto mais velho chamado Giorgos. As crianças já presas gritam "Cuidado, Nico!" sempre que Giorgos chega perto demais.

Nico ri. Ele é rápido para sua idade. Dispara até um poste de luz, apoia-se nele e em seguida gira o corpo, lançando-se como um estilingue. Giorgos balança os braços. Agora é uma corrida. O dedão do pé de Nico toca a borda do quadrado de giz no exato instante em que o garoto mais velho dá um tapa no seu ombro.

– *Abariza!* – grita Nico, enquanto as crianças se espalham. – *Liberté!* Liberdade!

– Não, não! Eu te peguei, Nico! – declara Giorgos. – Eu encostei a mão antes de você pisar no quadrado!

As crianças ficam imóveis como estátuas e se viram para Nico. E agora? Nico olha para a própria sandália. E olha para Giorgos.

– Está certo – diz. – Ele me pegou.

Seus colegas de time resmungam e se afastam.

– Ah, Nico – lamenta um deles –, por que você sempre precisa dizer a verdade?

Eu sei por quê.

Sempre consigo identificar um admirador.

—

Bem, talvez você esteja se perguntando: por que esse menino? O que ele tem de tão interessante? Não existem bilhões de vidas cuja história a Verdade poderia contar, desnudando os relatos íntimos do tempo que elas passaram no mundo?

A resposta é sim. Mas com Nico eu lhe ofereço uma história importante, que até agora nunca foi contada. Tem a ver com enganos, grandes enganos, mas também com uma grande verdade, e com sofrimento, guerra, família, vingança e amor – um amor que é testado repetidamente. E, antes que a história termine, há até um momento mágico entrelaçado em uma tapeçaria infinita de fragilidade humana.

Quando eu terminar o relato, talvez você o defina como impossível. Mas veja que engraçado o que se passa com a verdade: quanto mais inverossímil uma coisa é, mais as pessoas querem acreditar nela.

Então considere isto sobre Nico Krispis:

Até os 11 anos, ele jamais disse uma mentira.

Isso faz com que uma pessoa se destaque, pelo menos para mim. Se Nico pegasse um pão doce na cozinha, ele admitiria no instante em que fosse questionado. Se sua mãe perguntasse: "Está cansado, Nico?", ele confessava que sim, mesmo que isso o fizesse ter que ir para a cama mais cedo.

Na escola, se Nico não soubesse a resposta para a pergunta de um professor, dizia espontaneamente que não havia feito o dever de casa. Os outros alunos riam de sua honestidade. No entanto, o avô de Nico, Lazarre, que o menino adorava, lhe ensinara desde cedo esse valor precioso. Certo dia, quando Nico tinha apenas 5 anos, os dois estavam sentados perto do porto, contemplando o majestoso monte Olimpo do outro lado do golfo:

– Meu amigo falou que os deuses moram lá em cima – disse Nico.

– Só existe um Deus, Nico. E ele não mora numa montanha.

Nico franziu a testa.

– Então por que meu amigo disse isso?

– As pessoas dizem muitas coisas. Algumas são verdades, algumas são mentiras. E às vezes, se você contar uma mentira por muito tempo, as pessoas vão acreditar que é verdade. Jamais conte mentiras, Nico.

– Não vou contar, Nano.

– Deus está sempre olhando.

Três informações sobre Nico Krispis:

1. Ele tinha uma facilidade incrível para aprender línguas.
2. Ele era capaz de desenhar quase qualquer coisa.
3. Ele era uma criança bonita.

A terceira característica vai se revelar importante à medida que continuarmos essa história. Nico foi abençoado com as melhores feições de seu alto e musculoso pai, um comerciante de tabaco, e de sua mãe, uma mulher loira que trabalhava como voluntária num teatro da cidade com a esperança de subir ao palco. Eu não credito nenhuma consequência à aparência de alguém, mas posso garantir que a Verdade amplificará qualquer característica com a qual você tenha nascido.

Eu tenho uma expressão.

Nico carregava essa expressão num rosto tão agradável que até os estranhos paravam para admirá-lo.

– Que criança linda! – diziam, tocando suas bochechas ou seu queixo.

Às vezes acrescentavam:

– Nem parece judeu.

Durante a guerra, isso também seria significativo.

Porém o que mais atraía os estranhos, além do cabelo loiro ondulado, dos olhos azuis brilhantes ou dos lábios volumosos que se abriam sobre dentes muito brancos, era seu coração puro. Não havia malícia nele.

Era um garoto em quem se podia acreditar.

Com o tempo, as pessoas do seu bairro começaram a chamá-lo de Chioni – "neve" em grego –, porque ele parecia imaculado, intocado pela sujeira terrena. Como eu poderia não notar uma criatura assim? Num mundo cheio de mentiras, a honestidade reluz como ouro.

O resto do elenco

Bom, para contar integralmente a história de Nico, preciso incluir mais três pessoas que vão se interligar constantemente no decorrer de sua vida incomum.

A primeira é seu irmão, Sebastian, aquele do trem. Três anos mais velho, de cabelo castanho-escuro e consideravelmente mais sério, Sebastian tentava ser um bom filho enquanto nutria por dentro uma inveja do irmão mais novo e mimado.

– Por que a gente precisa ir dormir agora? – reclamava ele.

Tradução: *Por que o Nico pode ficar acordado até a mesma hora que eu?*

– Por que eu tenho que tomar a sopa toda?

Tradução: *Por que o Nico não precisa terminar a dele?*

O irmão mais velho era ossudo, enquanto o mais novo era esguio; o mais velho ficava sempre sem graça, enquanto o outro vivia à vontade. Muitas vezes, quando Nico divertia a família fazendo imitações engraçadas, Sebastian ficava encurvado perto da janela, com um livro no colo e a testa franzida.

Sebastian era tão fiel à verdade quanto Nico? Infelizmente, não. Ele mentia sobre o trivial: se havia escovado os dentes, se tinha pegado moedas na gaveta do pai, se prestara atenção na sinagoga e, quando chegou à adolescência, por que demorava tanto no banheiro.

Apesar disso, era ferozmente dedicado à família. À mãe, Tanna; ao pai, Lev; aos avós Lazarre e Eva; às irmãzinhas gêmeas, Elisabet e Anna. E, sim, quando pressionado, até ao irmão mais novo,

Nico, seu rival nas corridas dentro do mercado de azeite ou na natação nas praias do lado leste da cidade.

Mas era para outro alguém que Sebastian guardava sua maior devoção: a menina chamada Fannie.

Fannie é a segunda pessoa na história do pequeno mentiroso. Antes da viagem de trem que mudou sua vida para sempre, ela era uma menina tímida, de 12 anos, com as feições começando a florescer. Olhos brilhantes de cor verde-oliva, lábios carnudos, sorriso tímido, corpo desabrochando. O cabelo preto e cacheado cobria os ombros estreitos.

O pai de Fannie, um viúvo chamado Shimon Nahmias, era dono de uma farmácia na rua Egnatia. Ela, filha única, ajudava a organizar as prateleiras. Sebastian ia frequentemente à loja fingindo que precisava de alguma coisa para a mãe, mas no fundo só queria mesmo passar um tempo sozinho com a menina. Apesar de se conhecerem desde sempre e de terem brincado juntos na infância, as coisas tinham mudado nos últimos meses. Sebastian sentia um frio na barriga sempre que Fannie olhava para ele. Suas mãos começavam a suar.

Infelizmente, Fannie não sentia a mesma coisa. Como era mais nova, estudava na turma de Nico, e sua carteira ficava logo atrás da dele. No dia seguinte a seu aniversário de 12 anos, ela usou um vestido novo que seu pai lhe dera de presente. Nico, sempre honesto, sorriu e lhe disse:

– Você está bonita hoje, Fannie!

E desde então o coração da menina se voltou para ele.

Eu disse que eu tinha uma expressão.

Para completar as apresentações, vamos voltar àquele trem, que, no verão de 1943, ia a toda velocidade de Salônica para a Europa Central. Hoje em dia, muitos não sabem que os nazistas, no esforço para dominar o continente, invadiram a Grécia e ocuparam aquele país ensolarado. Ou que, antes da guerra, Salônica era a única cidade europeia com população majoritariamente judia – um alvo perfeito para os nazistas e os soldados da Schutzstaffel, ou SS. Lá, o exército nazista agiu tal como na Polônia, na Hungria, na França e em outros lugares: capturou os cidadãos judeus e os massacrou.

O destino final daquele trem vindo de Salônica era o campo de extermínio Auschwitz-Birkenau.

O grandalhão estava certo. Não que isso fosse bom.

– *ALTO!* – repetiu o oficial alemão, abrindo caminho por entre os passageiros e chegando à janela.

Ele era atarracado, com lábios grossos e rosto anguloso, como se não houvesse pele de sobra para suavizar o queixo projetado ou os malares volumosos. O sujeito balançou a arma em direção à grade caída no chão.

– Quem fez isso? – perguntou.

Cabeças se voltaram para baixo. Ninguém falou nada. O alemão então levantou a grade e examinou as bordas afiadas, depois olhou para o homem barbudo, que tinha dito para Fannie "ser uma boa pessoa" e "contar ao mundo o que aconteceu aqui".

– Foi você? – sussurrou o alemão.

Antes que o barbudo pudesse responder, o alemão golpeou o rosto dele com a grade, arrancando a pele do nariz e das bochechas. O homem berrou de dor.

– Vou perguntar de novo. Foi você?

– Não foi ele! – gritou uma mulher.

O alemão acompanhou o olhar da mulher até o grandalhão, que estava parado em silêncio perto do buraco da janela.

– Obrigado – disse o alemão.

Em seguida, levantou a pistola e atirou na cabeça do grandalhão.

O sangue espirrou na parede do trem enquanto o homenzarrão desmoronava. O eco do tiro petrificou os passageiros. A verdade (e eu sei muito bem) é que no vagão havia pessoas suficientes para dominarem o oficial alemão e derrubá-lo. Mas naquele momento elas não podiam me ver. Só podiam ver aquilo que o alemão queria que elas vissem: que ele, e não elas, era o senhor do destino de todos.

– Vocês querem sair por essa janela? – perguntou. – Muito bem, vou deixar um de vocês sair. Quem vai?

Ele virou a cabeça para a esquerda e para a direita, avaliando os rostos abatidos. E aí parou na jovem que apertava o bebê contra o peito.

– Você. Vá.

Os olhos da mulher se viraram rapidamente para lá e para cá. Ela foi caminhando lentamente na direção da abertura.

– Espere. Primeiro, me dê a criança.

A mulher ficou imóvel. Apertou o bebê com mais força.

– Você ouviu o que eu disse?

Então, com uma das mãos, ele apontou a arma para o nariz dela e com a outra pegou o bebê.

– Agora pode ir. Depressa. Pela janela.

– Não, não!!! Por favor, por favor – gaguejou a mãe. – Eu não quero ir, não quero ir...

– Estou lhe dando a chance de ir embora. Não foi por isso que vocês destruíram a grade da minha janela?

– Por favor, não!!! Por favor, *por favor*, meu filho, meu filho!

A mulher desmoronou junto às pernas de seus companheiros aprisionados. O oficial balançou a cabeça.

– Qual é o problema de vocês, judeus? Dizem que querem uma coisa, depois não querem mais.

Ele suspirou de forma irônica.

– Bem, eu disse que um de vocês podia ir embora. Agora preciso cumprir com minha palavra.

O oficial dirigiu-se até a janela e, com um movimento rápido do braço, jogou o bebê pela abertura. Enquanto a mãe uivava e os prisioneiros tremiam, apenas Sebastian fez contato visual com o oficial, por tempo suficiente para vê-lo sorrir.

Seu nome era Udo Graf.

É a terceira pessoa importante nesta história.

Uma parábola

Quando estava para criar o Homem, Deus reuniu todos os principais anjos para debaterem os méritos dessa ideia. Isso deveria acontecer? Sim ou não?
O Anjo da Misericórdia disse:
– Sim, crie-se o Homem, porque ele realizará atos misericordiosos.
O Anjo da Justiça disse:
– Sim, crie-se o Homem, porque ele realizará atos justos.
Somente o Anjo da Verdade discordou.
– Não, não se crie o Homem, porque ele será falso e contará mentiras.
Então o que o Senhor fez? Avaliou tudo o que foi dito. Depois, expulsou do céu o Anjo da Verdade e o lançou nas profundezas da terra.

—

Bom, como vocês, jovens, dizem: isso doeu.
A história é verdadeira. De que outro modo eu estaria aqui, falando com vocês?
No entanto, eu estava errada ao alertar a Deus que o Homem seria mentiroso? Absolutamente. Os humanos mentem o tempo todo, em especial para seu Criador.
Mesmo assim, os motivos para minha expulsão do céu são debatidos acaloradamente. Alguns sugerem que fui enterrada sob o

solo para emergir quando a humanidade se elevasse à sua melhor natureza. Outros dizem que eu estava sendo escondida de propósito, já que a minha virtude está além da capacidade de vocês.

Tenho minha própria teoria. Acredito que fui jogada na terra para me estilhaçar em bilhões de pedaços e cada um deles encontrar seu caminho para um coração humano.

E ali crescer.

Ou morrer.

Três momentos

Mas chega disso. Voltemos à nossa história. A vida mudou rapidamente para os nossos quatro protagonistas durante as tumultuadas décadas de 1930 e 1940, quando a guerra esquentava, fervia e depois explodia por toda parte.
 Deixe-me apresentar três momentos específicos.
 Você vai me entender.

Estamos em 1938

É noite de festa na rua Venizelou, em Salônica. Dentro de um café movimentado ocorre uma "cerimônia de coroação". No judaísmo, ela marca o dia em que os pais casam seu último filho ou filha. A comida está disposta em duas mesas compridas: peixes, carnes, pratos de queijo e pimentões. A fumaça de cigarro paira no ar. Um pequeno grupo de músicos toca violões e *bouzoukis* gregos.
 As danças são animadas e acaloradas. O nome da noiva é Bibi, e seus pais orgulhosos são Lazarre e Eva Krispis, os avós de Nico, que estão juntos há tanto tempo a ponto de o cabelo dos dois ter ficado grisalho simultaneamente. Eles são erguidos em duas cadeiras e levados pelo salão durante uma dança. Eva está com medo de cair e segura o encosto da cadeira, mas Lazarre se diverte. Ele ergue e balança as mãos.
 O pequeno Nico tem 7 anos. Ele acompanha o ritmo da música batendo os pés no chão.
 – Mais alto, Nano! – grita ele. – Mais alto!

Mais tarde, ao redor da mesa, a família corta pedaços de *baklava* e bolo de nozes embebido em calda. Todos bebem café forte, fumam cigarros e conversam em vários idiomas: grego, hebraico e ladino, uma língua derivada do espanhol que é falada comumente na comunidade judaica. As crianças já terminaram de comer as sobremesas e algumas brincam no chão.

– Ufa, estou exausta! – diz Bibi, sentando-se.

Ela é a última dos três filhos a subir ao altar. Depois de tantas danças, está com calor, então enxuga o suor da testa.

– Por que você está com essa coisa em cima do rosto? – pergunta Nico.

– O nome disso é véu – intervém o avô. – E ela está usando porque a mãe dela também usou, e a mãe da mãe dela também usou, e todas as mulheres usaram, desde a Antiguidade. Quando fazemos uma coisa que as pessoas fazem há milhares de anos, sabe o que nos tornamos, Nico?

– Velhos? – pergunta o menino.

Todo mundo ri.

– Conectados – responde Lazarre. – É pela tradição que você sabe quem você é.

– Eu sei quem eu sou! – O menino aponta os polegares para o peito. – Eu sou o Nico!

– Você é um judeu – diz o avô.

– E grego.

– Primeiro é judeu.

Bibi dá um tapinha na mão de Tedros, com quem acabou de se casar.

– Feliz? – pergunta.

– Feliz – responde ele.

Lazarre dá um tapa na mesa, com um sorriso largo.

– E que venha um neto!

– Ah, papai... Primeiro me deixe tirar o vestido de noiva.

– Geralmente, precisa-se mesmo fazer isso para acontecer – reage Lazarre, com uma piscadela.

Bibi fica ruborizada. Lazarre põe Nico no colo e aperta as bochechas do garotinho.

– Que tal outro assim? – diz ele. – Um menino tão lindo!

Do outro lado da mesa, Sebastian observa, batendo levemente seu garfo, absorvendo em silêncio o fato de que seu irmão, e não ele, é quem o avô deseja replicar.

Mais tarde naquela noite, a família caminha pela esplanada. O ar noturno está quente e uma brisa fraca vem da água. Fannie e seu pai também estão ali, e a menina arrasta os pés ao lado de Nico e Sebastian, revezando-se para chutar uma pedra por cima do calçamento. A mãe de Nico, Tanna, empurra as gêmeas adormecidas num carrinho de bebê. Mais à frente ela vê a majestosa Torre Branca, diante do golfo Termaico.

– Que noite linda! – exclama.

Eles passam por uma loja fechada, com jornais na vitrine. Lev lê as manchetes e cutuca o pai.

– Pai – diz em voz baixa –, já leu o que está acontecendo na Alemanha?

– Aquele homem é louco – responde Lazarre. – Vão se livrar dele logo.

– Ou a coisa pode se espalhar.

– Quer dizer até aqui? Estamos muito longe da Alemanha. Além disso, Salônica é uma cidade judia.

– Não tanto quanto antigamente.

– Você se preocupa demais, Lev. – Ele aponta para a vitrine da loja. – Veja a quantidade de jornais judeus aí. Veja quantas sinagogas nós temos. Ninguém pode destruir essas coisas.

Lev olha para trás e vê os filhos chutando a pedra. Ele torce para que seu pai esteja certo. A família continua andando ao luar, suas conversas ecoando por sobre a água.

Estamos em 1941

A porta se abre. Lev entra cambaleando. Ele usa um uniforme de soldado todo sujo de terra. As crianças correm para abraçar suas pernas e sua cintura enquanto ele vai rigidamente até o sofá. Três anos se passaram desde aquela noite na esplanada, mas Lev parece dez anos mais velho. Seu rosto está magro e queimado pelo vento, o cabelo escuro salpicado de lascas metálicas. Seus braços, antes fortes, agora estão magros e cheios de cicatrizes, e a mão esquerda está envolvida em um curativo sujo de sangue seco.

– Deixe o pai de vocês se sentar – diz Tanna, beijando o ombro dele. – Ah, meu Deus, meu Deus! Obrigada por trazê-lo para casa.

Lev solta o ar como se tivesse acabado de escalar uma montanha. Em seguida, deixa-se cair no sofá e esfrega o rosto com força. Lazarre senta-se a seu lado, os olhos marejados. Ele põe a mão na coxa do filho e Lev se encolhe.

Seis meses atrás, Lev deixou seu negócio de tabaco e entrou para a guerra contra a Itália, que tinha invadido a Grécia pouco depois de explodir um cruzador grego. Apesar de o ditador italiano, Mussolini, querer mostrar aos alemães que se igualava a ele, os gregos se defenderam com intensidade e resistiram à invasão. Seus jornais traziam manchetes de apenas uma palavra:

"OCHI!" (NÃO!)

Não, a nação não seria oprimida pelos italianos – nem por ninguém! A Grécia lutaria por sua honra! Homens de todas as partes se apresentavam como voluntários, inclusive muitos judeus de Salônica, apesar das dúvidas de membros mais velhos da comunidade.

– Essa luta não é sua – disse Lazarre ao filho.
– É o meu país – protestou Lev.
– É o seu país, não o seu povo.
– Se eu não lutar pelo meu país, o que vai acontecer com meu povo?

No dia seguinte, Lev se alistou e entrou num bonde cheio de homens judeus, todos ávidos para lutar. Eu já vi essa situação várias vezes na história: homens cheios de adrenalina da guerra. Isso raramente termina bem.

No início, a ofensiva grega foi muito bem-sucedida. Seus esforços obstinados fizeram os italianos recuarem. Porém, à medida que o inverno se aproximava e as condições pioravam, os recursos gregos diminuíam. Não havia homens nem suprimentos suficientes. Os italianos acabaram pedindo ajuda ao poderoso Exército alemão, o que foi o fim para os soldados gregos. Eram como cavalos que tinham galopado até um campo aberto só para descobrir que o lugar estava cheio de leões.

– O que aconteceu? – pergunta Lazarre ao filho.
– Nossos canhões e nossos tanques eram velhos demais. – A voz de Lev sai rouca. – Nós enfrentamos de tudo. Estávamos com fome, congelando de frio.

Ele levanta os olhos.
– No final nem balas tínhamos.

Lazarre pergunta sobre alguns de seus conhecidos, judeus que, como seu filho, se alistaram para lutar. Lev balança a cabeça ao ouvir cada nome. Tanna cobre a boca com a mão.

Sebastian olha o pai, do outro lado do cômodo. Vê-lo tão fraco causa-lhe alguma sensação que o impede de falar. Nico, no entanto, não se abala. Ele se aproxima do pai e lhe entrega alguns desenhos que fez para lhe dar as boas-vindas. Lev pega os papéis e força um sorriso.

– Você foi um bom garoto enquanto eu estava longe, Nico?

– Nem sempre. Às vezes eu não obedecia à mamãe. Não raspava o prato. E a professora diz que eu falo demais.
Lev assente, cansado.
– Continue honesto assim. A verdade é importante.
– Deus está sempre olhando – diz Nico.
– Isso mesmo.
– A gente ganhou a guerra, papai?
Lev vai contra seu próprio conselho e mente:
– Claro, Nico.
– Viu, Sebastian? Eu te disse. – Nico sorri para o irmão.
Tanna tira o filho dali:
– Venha, Nico, está na hora de dormir.
Em seguida olha para o marido, tentando conter as lágrimas.
Lazarre vai até a janela e abre a cortina.
– Pai – a voz de Lev é praticamente inaudível –, vai acontecer. Os alemães. Eles estão vindo.
Lazarre fecha a cortina.
– Eles não estão vindo – diz. – Já chegaram.

Estamos em 1942

É uma manhã quente de sábado na Praça da Liberdade, principal ponto de encontros de Salônica. Faz mais de um ano desde que Lev retornou da guerra. Pouco depois, o exército alemão invadiu a cidade com tanques, motocicletas, fileiras de soldados e uma banda de música. Desde então, há escassez de comida e os serviços estão fechados. Soldados nazistas percorrem as ruas. A vida das famílias judias está terrivelmente restrita. Nas vitrines das lojas e restaurantes, cartazes indicam: PROIBIDO PARA JUDEUS. Todo mundo está com medo.

Hoje o sol de julho está abrasador. Não há nem uma nuvem no céu. A cena na praça é bizarra, quase surreal. O lugar está abarrotado de 9 mil homens judeus, enfileirados, ombro a ombro, separados por centímetros. As forças nazistas que controlam a cidade deram ordem para que todos se reunissem ali.

– SOBE, DESCE! SOBE, DESCE! – gritam os oficiais.

Os judeus mantêm as mãos estendidas e se agacham, depois se levantam, depois se agacham, depois se levantam de novo. Parece uma ginástica sem fim; se alguém para, descansa ou cai de exaustão, é espancado, chutado e atacado por cães.

Lev está entre os homens reunidos na praça. Está decidido a não ceder. O suor encharca sua pele à medida que ele obedece às ordens de se agachar e se levantar. Ele olha para uma sacada que dá para a praça e vê moças alemãs tirando fotos e rindo. *Como elas podem estar rindo?* Ele desvia o olhar. Lembra-se da guerra e do que aguentou durante o frio do inverno e diz a si mesmo que consegue suportar aquilo. Como ele queria estar enfrentando o frio agora!

– SOBE, DESCE! SOBE, DESCE!

Ele vê um velho cair de joelhos. Um oficial alemão puxa a barba do homem, saca uma faca e corta os pelos do rosto. O homem grita. Lev desvia o olhar. Ele testemunha outro homem que tombou levar um chute na barriga e depois ser arrastado até a rua. Ainda jogam um balde d'água nele e o deixam no chão, gemendo de dor. Os espectadores não dizem nada.

– SOBE, DESCE! SOBE, DESCE!

Esse dia será conhecido como Sábado Negro. Foi escolhido deliberadamente pelos alemães para violarem o dia santo judaico, obrigando os homens que deveriam estar rezando na sinagoga a serem humilhados em público, sem objetivo aparente.

Porém sempre há um objetivo na crueldade. Os alemães queriam me mudar. Queriam que os judeus de Salônica aceitassem uma nova versão da Verdade, uma na qual não existia nem liberdade, nem fé, nem esperança. Somente o domínio nazista.

Lev diz a si mesmo que não vai sucumbir. Seus músculos estão exauridos a ponto de estremecer. Ele sente náuseas, mas não ousa vomitar. Pensa nos filhos: as meninas, Elisabet e Anna, e os meninos, Sebastian e Nico. É por eles que aguenta.

– SOBE, DESCE! SOBE, DESCE!

Lev não sabe que nesse momento Nico se aproxima da cena. Ainda que a mãe o tenha alertado para não andar livremente pelo bairro, o menino sai de casa e segue o rumor, que pode ser ouvido a quarteirões de distância.

Quando chega à Praça da Liberdade, fica nas pontas dos pés para tentar olhar por cima da multidão. Um guarda alemão o nota.

– Vem aqui, garoto. Quer ver melhor?

Nico sorri e o guarda o levanta.

– Viu o que acontece com os judeus imundos?

Nico fica confuso. Sabe que é judeu. O guarda, enganado pelo cabelo loiro e pelo destemor do menino, presume o contrário. Nico pergunta:

– O que eles estão fazendo?

– O que a gente manda fazer. – O guarda sorri. – Não se preocupe. Logo eles todos vão embora.

Nico quer perguntar para onde eles vão, mas de repente o guarda fica em posição de sentido. Um caminhão militar, com um oficial de baixa estatura no banco do carona, se aproxima. É Udo Graf, o comandante da operação.

O guarda faz uma saudação levantando o braço. Udo assente. Em seguida vê Nico – e esse é o primeiro, mas nem de longe o último encontro entre os dois. Udo pisca e o menino tenta retribuir fazendo o mesmo.

O caminhão vai em frente, passando pelas fileiras de homens exaustos que se agacham e se levantam sob o sol escaldante.

Como uma mentira cresce

Às vezes observo as pessoas comendo. Acho interessante. Já que a comida é a substância que os mantém vivos, eu achava que vocês optariam pela mais benéfica. Porém, em vez disso, vocês escolhem a que mais agrada ao paladar. Vejo vocês em restaurantes self-service pegando um pouco disso, um pouco daquilo e ignorando o resto, mesmo sabendo que é mais saudável.

Percebo isso porque é o que vocês fazem comigo. Escolhem um pedaço da Verdade aqui, outro ali. Desconsideram as partes de que não gostam e logo enchem o prato. Mas, assim como não comer a comida adequada acaba prejudicando o corpo, ficar escolhendo pedaços da Verdade acaba corrompendo a alma.

Veja, por exemplo, o que aconteceu com um menino nascido em 1889, numa grande família austríaca. Seu pai o espanca o tempo todo, seus professores o repreendem, e sua mãe, a única pessoa que parece gostar dele, morre quando ele está com 18 anos. Ele se torna carrancudo, retraído. Anda sem rumo, desejando ser pintor de quadros, mas não é aceito no mundo da arte. Com o passar do tempo, vira um solitário e passa a chamar a si mesmo de "Lobo". Desenvolve a tendência de culpar os outros. E é assim que começa um padrão de autoengano.

Quando a primeira guerra chama, o Lobo se apresenta como voluntário. Ele gosta da clareza do combate e de suas verdades escolhidas, já que todas as verdades na guerra são escolhidas. A única verdade real da guerra é que ninguém deveria participar dela.

O conflito termina mal. Quando seu país se rende, o Lobo

está ferido no hospital, o corpo ardendo por causa do gás mostarda e da humilhação. Não consegue aceitar a derrota. Para ele, significa fraqueza, algo que ele abomina, principalmente porque fraqueza é algo que ele tem demais dentro de si. Quando os líderes do seu país concordam com um tratado de paz, ele promete derrubá-los um dia.

Esse dia logo chega.

Ele entra para um partido político. Chega rapidamente ao topo. Dispara um revólver para o teto e declara:

– A revolução começou!

Ele ascende ao poder apoiado em mentiras. Começa culpando os judeus pelos sofrimentos da sua nação. Quanto mais os acusa, mais ele se fortalece. *Eles são o problema! Eles são os culpados por nossa humilhação!* Ele acusa os judeus de exercerem poderes secretos, de influência oculta, de criarem uma mentira tão grande que ninguém poderia questioná-la, acusação espantosamente verdadeira com relação a ele próprio. Os judeus são "uma doença", ele declara, que precisa ser erradicada para restaurar a saúde do país.

Essas mentiras dão poder ao Lobo, um poder enorme, e multidões aplaudem seus discursos. Ele se eleva ao posto de chanceler, depois ao de presidente e, em seguida, ao de líder supremo. Executa os inimigos. A cada nova onda de sucesso, seu sentimento de inferioridade vai se esvaindo. Ele enche seu prato com mentiras cozidas no ódio e depois alimenta seus guerreiros com a mesma refeição. Seus exércitos crescem. Eles o acompanham até o outro lado da fronteira, esperando esmagar os vizinhos sob o estandarte sedutor de *Deutschland über alles*, "Alemanha acima de todos".

Por que eles cumprem as ordens do Lobo? No fundo, todo ser humano sabe que ser cruel com os outros – torturá-los, matá-los – não é bom nem justo. Então como podem permitir isso?

É porque contam uma história para si mesmos. Eles criam uma versão alternativa de quem eu sou e a brandem como um machado. Por que você acha que eu discuti com todos aqueles anjos, a Justiça, a Misericórdia? Tentei alertá-los. Os que abusam de mim atropelam todas as outras virtudes – e nesse processo se convencem de que são nobres.

As mentiras do Lobo ficam mais poderosas. Ele cria palavras para encobrir sua maldade. Um truque velho: se você quiser mentir sem ser pego, primeiro mude sua linguagem.

Assim, ele usa "A Lei de Supressão do Sofrimento do Povo" para dar a si mesmo autoridade legal. Usa a denominação "Espaço Vital" para justificar a tomada de terras. Usa palavras como "despachados" ou "removidos" como expressões mais gentis para assassinato. E usa "Solução Final" como eufemismo para seu plano definitivo: varrer os judeus do continente.

Ele encontra seguidores leais entre os ressentidos, os alienados, os raivosos e os ambiciosos. Em adultos que têm prazer em delatar os vizinhos e em jovens que adoram empurrar outros no chão com impunidade.

Ele os encontra em almas amargas e perdidas como Udo Graf, cujo pai tirou a própria vida com uma navalha em uma banheira depois que sua esposa – mãe de Udo – o trocou por um judeu.

Udo, que estuda ciências numa universidade alemã, se torna um solitário como o Lobo, uma pessoa vil e sem amigos. Aos 24 anos, ouve o Lobo discursar numa praça. Escuta-o falar de um novo Reich, um império de domínio alemão que durará mil anos. Então ele sente que recebeu um chamado: siga este homem e alivie a dor de sua existência miserável.

Assim, Udo entra para as forças do Lobo e se casa com a causa. Sobe na carreira e, com o tempo, chega ao posto de *Hauptsturmführer*, comandante de nível médio na SS nazista.

E então, no verão de 1942, o Lobo promove Udo e o manda

à cidade de Salônica para executar um plano terrível: livrá-la de todos os cidadãos judeus. Isso nos leva à Praça da Liberdade naquela manhã quente de julho. É ali que Udo encontra Nico Krispis pela primeira vez e pisca para ele, como se fosse ficar tudo bem.

Não ficará, é claro. O fim de uma mentira é sempre a escuridão. Mas estamos longe do fim desta história.

Uma gentileza verdadeira e amorosa

Num domingo de outono de 1942, Lazarre leva Nico, Fannie e Sebastian até o lugar onde os pais dele estão enterrados, do lado de fora do portão da cidade na parte leste de Salônica. Na época, esse era o maior cemitério judaico do mundo, com algumas sepulturas remontando a séculos.
– Nano – pergunta Nico enquanto sobem uma colina –, quem é a pessoa mais antiga enterrada aqui?
– Não é alguém que eu conheça – responde Lazarre.
Sebastian explica:
– Aqui tem sepulturas do século XVII.
– Verdade? – pergunta Fannie.
– É verdade, eu li – responde Sebastian.
– Eu não quero ser enterrado em lugar nenhum – diz Nico.
– Podemos te jogar no mar – sugere Sebastian.
Fannie reage:
– Isso não foi legal!
Nico sorri para ela.
– Eu só estava brincando – diz Sebastian, percebendo que está ruborizado.
Eles passam pelas lápides, feitas de pedra e tijolos, grandes e dispostas bem perto uma da outra, cobrindo o chão até onde a vista alcança. Por fim encontram as sepulturas dos pais de Lazarre. Ele então respira fundo e fecha os olhos. Em seguida, se curva ligeiramente e começa a rezar, acariciando a barba e murmurando palavras em hebraico.

Nico observa. Depois, ele também fecha os olhos e começa a se movimentar para a frente e para trás.

– Ele nem sabe as palavras – sussurra Sebastian para Fannie.

– Então por que está fazendo isso?

– Não sei. Ele é assim.

Quando termina, Lazarre se ajoelha. Tira um pedaço de pano do bolso e o molha com água de um pequeno cantil que carrega. Então começa a limpar a lápide.

– Nano, por que o senhor está fazendo isso? – pergunta Nico.

– Por respeito ao seu bisavô e à sua bisavó.

– Posso ajudar?

Lazarre rasga um pedaço do pano. Nico o pega e se agacha diante da pedra. Fannie se agacha ao lado dele e Sebastian também. Logo os quatro estão limpando a terra das lápides.

– É isso que chamamos de *chesed shel emet* – diz Lazarre, baixinho. – Uma gentileza verdadeira e amorosa. Sabem o que é uma gentileza verdadeira e amorosa? Hein, crianças? Olhem para mim.

Eles param de limpar.

– É quando vocês fazem para alguém uma coisa que nunca poderá ser retribuída. Como limpar as sepulturas dos mortos. Isso é uma gentileza verdadeira e amorosa.

Ele baixa a voz.

– É fácil ser gentil quando ganhamos alguma coisa em troca. Mas quando ninguém, exceto você mesmo, sabe o bem que você está fazendo, fica mais difícil.

As crianças voltam a limpar. Quando terminam as duas sepulturas, Nico se levanta e vai até outra.

– Venham – diz ele, olhando para trás.

– Para onde? – pergunta Sebastian.

– A gente devia limpar as outras também.

Sebastian se levanta. Fannie faz o mesmo. Logo os três estão molhando os trapos e limpando as lápides de estranhos, uma depois da outra. Lazarre fecha os olhos e murmura uma prece de agradecimento.

Mais tarde, os quatro voltam para casa sob o sol de outono. Nico segura a mão do avô. Fannie canta uma melodia. Sebastian cantarola junto. Será a última vez que qualquer um deles visita esse cemitério. Três meses depois, todo o lugar estará destruído.

Primeiro, eles tiram seu negócio...

Nico adorava o cheiro da tabacaria do pai, que ficava no andar térreo, embaixo do escritório da família, que tinha uma empresa de exportação de tabaco. Depois da escola ele corria para lá, abria a porta e mergulhava no odor doce e amadeirado. Pelo resto da vida, aquele cheiro lhe lembraria seu pai.

Um dia, em janeiro de 1943, Lev estava colocando uma nova caixa de charutos numa prateleira quando dois homens entraram na loja. Nico estava no canto, desenhando caricaturas num bloco de papel. Sebastian varria o chão atrás do caixa.

– Boa tarde – disse Lev.

Os homens eram gregos, um alto e o outro baixo e gordo. Lev reconheceu o alto como um freguês que de vez em quando comprava fumo caro para o cachimbo. Os dois visitantes se entreolharam, confusos.

– Algum problema? – perguntou Lev.

– Desculpe – disse o homem alto. – É só que... nós estamos surpresos por ver o senhor aqui.

– Por quê? Esta é a minha loja.

O homem baixo mostrou um papel e disse:

– Não, veja só. Não é.

Lev deu um passo à frente e analisou o papel. Enquanto lia, sentiu um arrepio nauseante.

Serviço de Transferência de Propriedades Judaicas

Informamos que a loja da Rua Votsi, nº 10, do judeu Lev Krispis, está cedida aos senhores. Compareçam ao local em até um dia para recebê-la.

Lev releu a nota. Não sabia o que doía mais: a usurpação da loja ou o fato de forças estrangeiras o chamarem de "o judeu Lev Krispis".
– Achamos que o senhor tivesse ido embora – disse o homem.
Lev fechou a cara.
– Por que eu deixaria minha loja?
– Papai? – chamou Nico.
Lev se dirigiu aos homens.
– Escutem, eu ergui esta loja. Construí meu negócio do nada. Tudo que os senhores estão vendo aqui, o fumo, os charutos, os cachimbos, eu paguei por tudo isso.
– Talvez devêssemos voltar amanhã – gaguejou o homem baixo.
Seu companheiro pigarreou.
– Mas como pode ver, Sr. Krispis, a loja foi dada a nós dois. Está escrito claramente...
– Não me importa o que está escrito! – gritou Lev, segurando o papel. – Vocês não têm vergonha? Esta loja é *minha*!
Nico ficou de queixo caído. Sebastian apertou a vassoura. Nesse momento, parou um carro, de onde dois oficiais nazistas saíram.
Lev olhou o papel na sua mão e o devolveu aos estranhos.
Dez minutos depois, Lev, Nico e Sebastian foram levados até a porta e empurrados para fora. Seria a última vez que pisavam na tabacaria. Não receberam permissão nem para pegar seus casacos.

... Em seguida, tomam seu templo...

No sábado seguinte, Lazarre, Nico e Sebastian caminhavam até a sinagoga para o culto matinal. O avô insistia em levar os garotos todos os sábados, para garantir que realizassem os rituais e aprendessem a ler os textos em hebraico.

Nico usava um colete por cima da camisa de manga curta. Sebastian usava paletó, gravata, suspensórios e, como já havia passado da idade do *bar mitzvah*, levava sua própria bolsa para o *talit*, como o avô. O dia estava ensolarado e os meninos caminhavam competindo entre si, pulando de um bloco do pavimento para outro, tentando não pisar nas fendas.

– Você errou – disse Sebastian.

– Você também.

– Não errei, não.

Nico levantou os olhos.

– Ei, olha a Fannie ali!

Sebastian olhou para o outro lado da rua e viu Fannie com o pai, também indo para a sinagoga. Quando a menina acenou para eles, Nico acenou de volta, mas Sebastian baixou os olhos.

– Você quer beijar ela – sussurrou Nico.

– Não quero, não.

– Quer, sim.

– Não quero, NÃO!

– Quem quer beijar quem? – perguntou Lazarre.

– Nico está mentindo – reagiu Sebastian.

– Ele não mente – disse Lazarre.

– Não estou mentindo. Você quer beijar ela. Você me contou.
– Não era pra você falar!
Sebastian corou. Nico olhou para Lazarre, que levantou e balançou um dedo.
– Se ele lhe contou um segredo, você deve guardá-lo.
– Desculpa, Nano.
– Peça desculpas ao seu irmão.
– Desculpa, Sebastian.
Sebastian comprimiu os lábios.
– Vamos apostar corrida? – pediu Nico.
Sebastian esboçou um sorriso. Sabia que era mais rápido que o irmão mais novo. E sabia que Fannie veria os dois correndo.
– Já! – gritou, saindo em disparada.
Nico foi atrás, gritando.
– Ei!
Sebastian estava muito à frente, rindo, e Nico começou a rir também. Sebastian chegou à esquina, torcendo para que Fannie estivesse olhando para ele com admiração.
De repente, depois de uma curva, Sebastian parou e Nico trombou nele por trás, quase o derrubando. Ali, na entrada da sinagoga, estavam três soldados nazistas com fuzis nos ombros, fumando cigarro. Um deles notou o *talit* de Sebastian:
– Hoje não tem igreja, judeu – disse.
Sebastian engoliu em seco e deu um passo para trás. Viu outros alemães saindo da sinagoga, carregando caixas.
Nico foi adiante:
– Mas a gente sempre vem aos sábados.
O soldado reparou no menino loiro:
– E por que *você* entraria aqui, garoto? Você não é um porco judeu como ele, é?
Nico olhou para Sebastian, que balançou a cabeça, querendo que o caçula dissesse que não.

— Sou grego e judeu — respondeu Nico. — Mas não sou porco.
— E onde arranjou esse cabelo loiro? — O soldado riu. — Será que sua mãe gosta de alemães?
— É — acrescentou outro. — Talvez ela tenha visitado Berlim uns dez anos atrás, hein?
Eles riram, mas Nico não entendeu por quê. Antes que pudesse responder, sentiu duas mãos nos ombros. Quando olhou para cima, viu que era o avô.
— Vamos embora, meninos — falou ele em voz baixa.
Lazarre guiou os dois até virarem a esquina. Lá encontraram Fannie e o pai dela, para quem Lazarre sussurrou que, a partir de agora, a sinagoga, como tantas outras coisas em Salônica, não era mais deles.
— A gente vai para casa, Nano? — perguntou Nico.
— Não antes de rezarmos.
— Mas a *keliá* está fechada.
— Não precisamos de um prédio para rezar.
Os cinco caminharam até o porto. Depois de encontrarem um trecho vazio da calçada junto ao mar, Lazarre pegou seu livro de rezas e começou a entoar. Os outros o acompanharam, curvando-se juntos para a frente e para trás. Fannie ficou junto dos garotos, enquanto seu pai permaneceu atento a qualquer soldado alemão que aparecesse. E assim foi durante meia hora, enquanto pássaros sobrevoavam a área e curiosos espiavam boquiabertos. Nico sussurrou:
— A gente reza para quê?
Lazarre respondeu, ainda de olhos fechados:
— Para agradecer ao Senhor por tudo de bom que há no mundo. — Ele fez uma pausa e acrescentou: — E para pedir o fim desta guerra.

... Depois, tomam sua casa

Até os 11 anos, Nico morou no mesmo lugar. Era uma casa geminada de dois andares, no número 3 da rua Kleisouras, com paredes de reboco branco, porta de madeira e postigos marrons em todas as janelas. Na frente havia uma acácia plantada muito tempo antes, cujas folhas ficavam brancas na primavera.

Na casa havia uma cozinha, uma sala de jantar e dois quartos no andar principal, além de dois quartos no apartamento em cima, onde os avós de Nico moravam. Janelas grandes davam para a rua. A empresa de tabaco era boa, por isso Lev, que trabalhava muito e poupava dinheiro, podia manter a casa muito bem mobiliada, com um sofá confortável e um relógio de pêndulo. Anos antes, tinha comprado um novo jogo de pratos de louça para a esposa, que orgulhosamente os expunha numa cristaleira.

A casa ficava numa área nobre do centro da cidade, perto do mercado de azeite Ladadika e a poucos quarteirões de uma igreja, uma mesquita e uma sinagoga. Essa conjunção refletia uma Salônica na qual judeus, cristãos e muçulmanos viveram juntos em harmonia por muitas décadas, tanto que a cidade contava com três dias de descanso: às sextas-feiras, aos sábados e aos domingos.

Mas o casamento da harmonia com a humanidade dura pouco. Sempre tem alguma coisa prestes a acontecer.

**O que nos traz a um domingo chuvoso,
28 de fevereiro de 1943.**

Naquela manhã, um grupo de crianças carregando sacolas volumosas chegou à casa de Nico. Sob o reinado do Lobo, os judeus de Salônica não tinham mais permissão de frequentar escolas nem de usar transporte público. Tudo que eles possuíam precisava ser declarado, inclusive os animais de estimação. Todos os rádios foram confiscados. Até sua comida deveria ser entregue aos alemães – trigo, manteiga, queijo, azeite, azeitonas, frutas, os peixes que eles pegavam no golfo –, tudo em nome do esforço de guerra. Os homens judeus eram tirados de casa e mandados para longe, forçados a trabalhar por longas horas sob o sol quente. Os que sobreviveram só voltaram quando a comunidade judaica de Salônica entregou 2 bilhões de dracmas aos alemães como resgate pela liberdade temporária.

Resistir era arriscado. Os alemães controlavam quase todos os aspectos da vida cotidiana em Salônica. Fecharam os jornais judaicos, saquearam as bibliotecas, obrigaram todos os judeus a usar uma estrela amarela na roupa. Com a aprovação chocante do governo local, chegaram a saquear o antigo cemitério judaico que Lazarre e as crianças tinham visitado meses antes e destruíram 300 mil sepulturas, vasculhando os ossos em busca de dentes de ouro, enquanto famílias judias choravam entre os restos dos seus mortos. Se houvesse alguma palavra adequada para descrever tamanha desconsideração por outros seres humanos, eu até a diria, mas não há. Os nazistas chegaram a vender as lápides dos judeus como material de construção, e algumas delas viraram pavimento de ruas ou paredes de igrejas.

Mesmo assim, talvez o golpe mais doloroso para a comunidade judaica tenha sido o fechamento das escolas.

– Não teremos futuro se pararmos de aprender – lamentavam os mais velhos.

Em segredo, os judeus começaram a dar aulas nas casas uns dos outros. E de tempos em tempos mudavam de local, para evitar as suspeitas dos nazistas.

Naquela manhã específica, era a família Krispis que recebia os alunos. As sacolas que as crianças carregavam estavam cheias de livros, os quais foram espalhados sobre a mesa da cozinha. Lev guiou os alunos até as cadeiras. Em seguida, chamou os filhos:
– Nico! Sebastian!

Nico estava escondido em seu local predileto da casa: um espaço embaixo da escada que levava até os aposentos dos avós. A porta do pequeno armário não tinha maçaneta; era preciso abri-la com os dedos. Era um lugar onde o menino entrava com frequência e ficava abraçando os joelhos, enquanto ouvia a agitação da vida lá fora, a mãe picando legumes na cozinha, as tias fofocando, o avô e o pai discutindo sobre os salários dos empregados da loja. Sentia-se seguro encolhido na escuridão, esperando a mãe ou o pai gritar: "Nico! Jantar!" Às vezes demorava um pouquinho para atender ao chamado, só para ouvir seu nome ser gritado duas vezes.

Enquanto isso, ao mesmo tempo, Sebastian parou diante de um espelho no quarto dos pais e analisou sua imagem. Sabia que Fannie estava lá, com as outras crianças, e tinha passado um tempo extra ajustando os suspensórios e ajeitando o cabelo escuro para um lado e para o outro, na esperança de parecer mais apresentável.

Toda essa preparação foi interrompida pelo som súbito de portas batendo e de passos pesados. Ele escutou vozes masculinas estranhas e ouviu a mãe gritar. Quando abriu a porta, deparou com os inconfundíveis uniformes pretos e marrons de soldados alemães empurrando os móveis e gritando ordens numa língua que ele não entendia. Um homem de bigode que tinha entrado com eles (Sebastian o reconheceu como o Sr. Pinto, membro da polícia judia) traduzia os gritos para o ladino.

– Peguem suas coisas! Cinco minutos! Vocês precisam sair em cinco minutos!

O que aconteceu em seguida foi uma cacofonia de confusão e terror, revelada em frases curtas e incongruentes.
– Para onde a gente vai?
– Cinco minutos!
– Tanna, pegue o que puder!
– Crianças, vocês precisam ir para casa agora!
– Cinco minutos!
– Cadê o Nico?
– Sebastian!
– Aonde a gente vai?
– Quatro minutos!
– Nico!
– O pão. Pegue o pão!
– Você tem algum dinheiro?
– Sapatos para as meninas!
– Sebastian, ache o seu irmão!
– Ele não está aqui, pai!
– Três minutos!
– Lev, eu não consigo carregar isso!
– Aonde a gente vai?
– Leve alguma coisa para cozinhar!
– Dois minutos.
– *Para onde a gente vai?*

Antes que percebessem, estavam na calçada, sob a garoa que caía. Lev carregava uma mala e uma bolsa. Sebastian estava com suas roupas nos braços. Tanna segurava as mãos das filhas e implorava para os militares:
– Nosso filho! – gritou ela. – Nós temos outro filho! Precisamos encontrá-lo!

Os alemães estavam impassíveis. Por todo o quarteirão, outras famílias judias eram despejadas. Elas se amontoavam diante das casas, segurando suas coisas como se fugissem de um incêndio.

No entanto, não havia fogo, apenas soldados nazistas fumando cigarros, alguns rindo, achando divertida aquela confusão. Então eles levantaram cassetetes e fuzis e empurraram os judeus para a rua Egnatia.

– Andem! – gritou um soldado alemão para a família Krispis, enquanto Tanna chorava.

– Nico!

O soldado berrou de novo:

– Andem!

Lev então gritou:

– Por favor! Deixe a gente encontrar nosso filho!

Nisso, outro soldado deu uma coronhada no peito de Lev, derrubando-o na calçada.

Sebastian tentou ajudar o pai, mas Tanna o impediu. Enquanto Lev se levantava com dificuldade, Sebastian olhou para a casa deles, agora abandonada. Um movimento na janela do segundo andar chamou sua atenção. A cortina se abriu. Havia dois rostos olhando para fora: Nico e Fannie.

Seu corpo estremeceu. Sebastian deveria estar feliz por ver o irmão vivo. Deveria ter gritado para a mãe: "Ele está lá dentro!" Parte dele queria isso. Mas a outra parte – que sentia que, se alguém devesse estar protegendo Fannie, deveria ser ele – agitava-se numa fúria silenciosa.

E foi por isso que ele não disse nada. Com seu silêncio, mudou a vida do irmão para sempre.

Às vezes, as palavras que não dizemos são as que ecoam mais alto.

—

As famílias judias foram levadas pelas ruas, carregando suas coisas como pedintes, passando pelo Cinema Alcazar, pelo Hotel

Viena e pelas muitas lojas e prédios residenciais da rua Egnatia. Das sacadas, os moradores observavam a movimentação. Lev ergueu os olhos e viu que alguns aplaudiam ou acenavam com sarcasmo. Ele virou o rosto.

Quando chegaram à praça Vardaris, as famílias foram levadas em direção ao mar, até uma área degradada perto da estação de trem conhecida como quarteirão Barão Hirsch. O local fora construído para os sem-teto depois do grande incêndio de 1917 e se constituía, em grande parte, de estruturas decrépitas de um andar ou casebres caindo aos pedaços.

Os alemães gritavam nomes. De algum modo, tinham listas de todos os judeus de Salônica: quantos membros por família, quem era do sexo masculino e do sexo feminino, suas idades, alturas, detalhes que deixavam as vítimas perplexas. As famílias recebiam ordens para entrar em uma ou em outra construção.

– Vocês vão receber mais instruções nos próximos dias! – gritou um oficial da SS. – Não tentem sair, ou haverá consequências!

Naquela noite, a família Krispis dormiu em sua nova "casa": um apartamento sujo, de um andar, sem banheiro, sem camas e sem pia. Eles compartilharam o espaço com outras duas famílias, somando 14 pessoas no total, cujos pertences apanhados às pressas estavam empilhados junto à parede. Era tudo que lhes restava.

Tanna não se importava com a perda da cozinha, do quarto ou da cristaleira com seus pratos amados. Ela chorava pelo filho.

– Você precisa achar o Nico, Lev! Não podemos deixá-lo para trás!

Assim que Lev saiu para procurar o filho pelas ruas, descobriu que todo o Barão Hirsch tinha sido isolado por cercas de madeira e arame farpado. Então viu um conhecido da empresa de tabaco, um comerciante atarracado e barbudo de nome Josef, que analisava a barricada como se fosse um problema de matemática.

– Como podemos sair? – perguntou-lhe Lev.

Josef se virou para ele:

– Você não está sabendo? Os alemães disseram que qualquer judeu que tentar escapar será imediatamente morto a tiros.

Udo encontra um lugar para ficar

Enquanto a tarde caía na rua Kleisouras, a temperatura baixou e a chuva se transformou em neve fraca. Um carro parou diante da casa geminada da família Krispis, agora vazia, e Udo Graf desembarcou. Ele ordenou que um soldado pegasse sua valise. Em seguida, parou junto da acácia e passou o dedo por baixo das folhas brancas que estavam brotando. Depois, subiu pela escadaria até o andar principal e passou por Pinto, seu tradutor, que segurava a porta aberta para ele.

Udo analisou tudo. Queria um lugar perto do centro da cidade e do quartel-general dos nazistas, então aquele ali lhe serviria muito bem.

– Encontre o maior quarto e ponha minhas coisas lá – ordenou a Pinto.

Ele se apropriou da casa dos Krispis, assim como todas as casas desejáveis de judeus tinham sido tomadas por oficiais alemães – com todos os pertences delas usurpados. Os soldados nazistas chegavam a usar os ternos encontrados nos armários e a mandar os vestidos bonitos para suas esposas, na Alemanha.

Udo não via nada de errado naquilo, pelo contrário. Tudo lhe parecia bastante patético. Os judeus entregavam humildemente todas as suas posses, como camundongos sendo expulsos de um buraco. Para Udo, isso era prova de que aquele povo não merecia nada do que tinha.

Ele se jogou no sofá e quicou seu corpo algumas vezes. Se precisava ficar preso naquele país, o mínimo que poderia esperar era um sofá confortável no fim do dia. Estava feliz por ter recebido do Lobo aquele posto importante: supervisionar a deportação de toda a comunidade judia de Salônica – *50 mil judeus!* –, mas no fundo gostaria de ficar mais perto de casa e dos céus mais frios de sua pátria. Nada lhe agradava na Grécia, nem o calor do verão, nem as pessoas barulhentas. Ele não conseguia entender as várias línguas e achava a comida estranha e gordurosa.

Enquanto se aconchegava nas almofadas, olhou para o que restava da família que tinha morado ali até aquela manhã. Alguns brinquedos no canto. Uma velha toalha verde de mesa. Pratos de louça numa cristaleira. Uma foto emoldurada de uma família num casamento.

– Que horas são, Pinto? – perguntou.

– Passa das oito, senhor.

– Veja se tem algum conhaque nessa casa. Ou uísque. Ou qualquer coisa.

– Sim, senhor.

Udo se recostou no sofá e pegou um caderninho no bolso do uniforme, onde fazia anotações ao fim dos dias: seus feitos, seus pensamentos, os nomes dos colaboradores. Tendo lido a história do Lobo num livro, sentia que sua própria existência poderia ser narrada algum dia. Queria que os detalhes fossem exatos.

Enquanto escrevia, sentiu a arma comprimindo a coxa. Ocorreu-lhe que não a disparava desde o dia anterior. *Um bom soldado deve disparar sua pistola pelo menos uma vez por dia*, tinha-lhe dito um oficial superior. *É como esvaziar a bexiga.*

Assim, Udo pegou sua pistola Luger e moveu-a lentamente pela linha de visão, procurando um alvo. Decidiu-se pela foto emoldurada. Puxou o gatilho e disparou, derrubando a moldura da mesa, estilhaçando o vidro e fazendo o objeto girar loucamente antes de cair no chão.

Foi então que escutou uma batida forte. Levantou-se, curioso, e foi até a escada. Enfiou a unha no marco da porta de um pequeno armário. Quando a abriu, inspecionou lá dentro e ficou cara a cara com um menino loiro de olhos azuis arregalados.

– Ora, ora – disse. – O que temos aqui?

Aceitação

De todas as mentiras que você conta a si mesmo, talvez a mais comum seja que, se fizer isso ou aquilo, será aceito. Isso afeta seu comportamento com colegas de turma, vizinhos, colegas de trabalho, namorados. Os seres humanos fazem muita coisa para ser amados. São mais carentes do que posso entender.

Vou dizer o seguinte: em geral, isso é inútil. A verdade (lá vou eu falar de mim) é que as pessoas acabam enxergando os esforços que os outros fazem para impressioná-las. Algumas vezes mais depressa, outras vezes mais devagar, mas enxergam.

A pessoa que estava tentando impressionar Udo Graf era um estivador judeu chamado Yakki Pinto, um homem que durante a maior parte da vida ansiara por aceitação. Era bigodudo, magro como um palito e jamais se casara. Aos 53 anos, Pinto morava na zona leste da cidade e todas as manhãs caminhava por uma hora até o cais. Tinha poucos amigos e poucos estudos. Falava gaguejando. Antes da guerra, sua vida se resumia quase totalmente ao barco em que trabalhava e aos cigarros com filtro que fumava.

Porém a avó de Pinto era natural de Hamburgo. Como ele havia morado com a família na infância, aprendera a língua alemã com ela.

Quando entraram em Salônica, os nazistas criaram uma coisa chamada Judenrat. Literalmente, a palavra pode ser traduzida como "Conselho judaico", mas já falei sobre o poder de distorção da linguagem. Não havia nenhum "conselho", era apenas uma farsa para fingir que os judeus podiam ter algum controle sobre seu destino. Aqueles que entravam para o Judenrat eram encarregados de implementar as ordens dos alemães, como se fossem a "polícia" judia estabelecida sob o controle germânico. E ainda que alguns de seus membros tentassem evitar os piores ultrajes dos nazistas, a maioria era vista pelos outros judeus como indignos de confiança.

Pinto havia se oferecido para o Judenrat quase imediatamente, e Udo Graf percebeu que seus conhecimentos de alemão poderiam ser úteis. Ele era capaz de traduzir a algaravia que aqueles judeus gregos falavam.

– Sua tarefa é simples – dissera-lhe Udo. – Você traduz o que eu digo e me diz exatamente o que eles estão falando. Sem mentiras. Sem invenções.

Pinto concordou. Chegou a sorrir quando recebeu seus documentos oficiais com o carimbo nazista na parte de baixo. Acreditava que o trabalho ao lado dos inimigos o protegeria da fúria deles.

Pensamento idiota. Um cordeiro estaria protegido de um lobo por simplesmente caminhar ao lado dele?

—

– O nome dele é Nico, mas é chamado de Chioni – disse Pinto, enquanto o menino permanecia de pé encostado na parede da sala, repuxando as roupas de nervosismo.

– O que significa *chioni*? – perguntou Udo.

– Neve.

– Por que neve?

– Porque... – Pinto teve dificuldade para encontrar a palavra alemã que significava "puro". – Porque ele não mente.

– Não mente? – Udo ficou intrigado. Virou-se para Nico. – Diga, garoto que não mente, nós já nos conhecemos?

Pinto traduziu. Nico respondeu:

– Eu vi o senhor na praça uma vez. O senhor estava num caminhão.

Udo se lembrou. Era o menino que tentara piscar.

– Quantos anos você tem?

– Onze. Quase 12.

– Por que você não mente?

– Meu avô diz que é pecado.

– Sei. – Udo fez uma pausa. – Diga, Nico, você é judeu?

– Sou.

– Acredita em Deus?

– Acredito.

– Você reza na sinagoga?

– Não rezo mais. Ela foi tomada.

Udo riu.

– Mas antes disso, Nico. Você ia?

– Ia todo sábado. – Ele coçou o nariz. – E além disso eu faço as perguntas no *seder* da Páscoa, apesar de minhas irmãs serem mais novas. A pessoa mais nova é que deve fazer, mas, como elas ainda não falam, eu é que faço.

Udo examinou o rosto do menino. Os olhos azuis ficavam a uma distância perfeita um do outro. Ele tinha dentes bons, bochechas macias, queixo delicado, cabelo loiro e um nariz que não parecia nem um pouco judeu. Se o menino não tivesse confessado sua origem, Udo poderia considerar que ele era um belo exemplo de jovem ariano.

Decidiu testá-lo mais.

– Por que você estava escondido embaixo da escada?

– Tinha muito barulho. Todo mundo parecia estar com medo. Por isso fiquei lá dentro.

– Você estava escondido sozinho?

– Não.

Os olhos de Udo se arregalaram.

– Quem estava com você?
– A Fannie.
– Quem é Fannie?
– É da minha turma na escola. Meu irmão gosta dela. Ele quer beijar ela.

Udo riu. Pinto riu com ele.

– E onde ela está?
– Foi para casa.

Udo se levantou.

– Você sabe quem eu sou, Nico?
– Não, mas o senhor tem o casaco preto. Minha mãe diz que eu devo ficar longe dos homens de casaco preto.
– Por quê?
– Não sei. É isso que ela diz.

Udo coçou o queixo. Sentiu o medo da mãe na voz do menino.

– Posso ir ficar com minha família agora? – perguntou Nico.

Udo foi até a janela. Abriu a cortina. À luz do poste, viu um pouquinho de neve cobrindo a rua Kleisouras.

Neve, pensou. *E eles chamam esse garoto de "neve"*. Seria algum sinal? Udo acreditava em sinais. Talvez estivesse mesmo destinado a se mudar para aquela casa, encontrar o garoto, usá-lo com algum objetivo.

– Tenho uma ideia, Nico. Um jeito de você ser um herói para a sua família. Você gostaria disso?

Nico começou a chorar. O preço daquele encontro estava ficando alto. Sentia falta do pai, da mãe. Já estava escuro lá fora.

– Eles podem voltar para casa?
– Vou lhe dizer uma coisa – disse Udo, empolgado. – Se você fizer o que eu pedir, todos vocês poderão ficar juntos de novo.

Em seguida, inclinou-se para o menino, de modo que seu queixo ficou a poucos centímetros dos olhos de Nico.

– E então, vai me ajudar?

Nico sentiu que estava engolindo em seco. Imaginou se Fannie teria chegado em casa. Desejou ter ido com ela.

Espere aí. O que aconteceu com Fannie?

Nós a vimos pela última vez espiando pela cortina, com Nico. Mas o que ela estava fazendo lá?
Bem. Crianças são crianças. Mesmo nas circunstâncias mais difíceis, arranjam momentos para agir conforme a idade que têm.
Aos 12 anos, Fannie estava naquela idade em que começava a pensar em garotos, na aparência deles, em como olhavam para ela... Mas ela reparava particularmente em um menino, Nico, que, como já foi dito, sentava-se na carteira à frente dela na escola. Ele tinha um jeito menos sério que o de alguns dos alunos mais velhos, que tinham espinhas e pelos recém-nascidos na região do bigode. Nico era quase... bonito. Durante as aulas, Fannie olhava para ele, por trás, reparando em como seu cabelo loiro e cheio alcançava um ponto logo acima do colarinho da camisa branca e em como às vezes estava molhado de manhã, quando o menino se sentava. Imaginava-se estendendo a mão e acariciando-os.
No dia em que Fannie e os outros alunos chegaram à casa dos Krispis, ela procurou Nico, mas não o encontrou. Quando foi até a escada, percebeu a porta do armário pequeno meio entreaberta. Lá estava Nico olhando para fora. Ele sorriu, mas puxou a porta, fechando-a.
– O que você está fazendo aí?
Nico abriu a porta.
– Eu fico aqui às vezes.
– Posso ver?
– É bem escuro.
– Tudo bem. Mesmo assim eu quero ver.

– Está bem.

Ele a deixou engatinhar para dentro. Fannie fechou a porta. Nico tinha razão. O lugar era escuro, além de apertado. Ela achou engraçado estar tão perto dele sem ver seu rosto – sentiu tontura, calor, mas estava feliz.

– Quanto tempo você fica aqui? – sussurrou.

– Depende – ele sussurrou de volta. – Às vezes fico escutando o que eles estão dizendo lá fora.

– Isso não é espionar?

– Não sei. Talvez. Você acha que eu não deveria fazer isso?

Fannie sorriu no escuro, feliz porque ele pedia sua opinião.

– Acho que está tudo bem. Não é espionagem de verdade, se você não faz de propósito.

Fannie ouviu as outras crianças conversando e arrastando cadeiras. Ela sabia que em algum momento os dois seriam chamados para a aula. Esperava que isso não acontecesse antes que ela pudesse fazer uma pergunta a Nico, uma pergunta que vinha ensaiando na sua cabeça: "Nico, você gosta de mim?"

Não deu tempo. Houve um estrondo, depois o som de passos pesados e vozes em alemão gritando ordens, e objetos sendo empurrados para lá e para cá. Com medo, Fannie encontrou o braço de Nico e deslizou a mão até o pulso e os dedos dele.

Dava para escutar as coisas sendo arrastadas lá fora. Portas se abrindo. Portas se fechando. Os dois ouviram a mãe de Nico gritar por ele, mas estavam tão apavorados que não conseguiam se mexer.

– O que a gente faz? – sussurrou Fannie.

– Meu pai disse: se os alemães vierem, você se esconda.

– Então a gente deve ficar aqui?

– Acho que sim.

Fannie sentiu os joelhos tremendo. Apertou a mão de Nico. Os dois ficaram assim por vários minutos. Finalmente, quando não ouviram mais barulho vindo de fora, Nico entreabriu a porta do pequeno armário. A casa estava vazia. Os dois foram na ponta dos pés até a janela, abriram a cortina e olharam para baixo. Nisso, viram a família de Nico cercada por soldados. O menino fechou a cortina e os dois voltaram rapidamente para o armário embaixo da escada.

Fannie chorava. Ela enxugou as lágrimas com as palmas das mãos.

– Estou com muito medo – sussurrou.

– Não fique assim. Meu pai é forte. Ele ganhou a guerra. Ele vai voltar para a gente.

– Posso segurar sua mão de novo?

– Pode.

Eles se procuraram no escuro até apertarem as mãos.

– Desculpa, meus dedos estão molhados – disse Fannie.

– Tudo bem.

– Para onde você acha que eles vão?

– Não sei. Talvez para aquele lugar onde as pessoas precisam responder a algumas perguntas e depois são liberadas para voltar para casa.

– Eu odeio os alemães! Você não odeia os alemães?

– A gente não deve odiar ninguém.

– Pode odiar eles. É diferente.

– A gente deve gostar das pessoas.

Fannie bufou. Aquele não era um bom momento para fazer a pergunta, mas ela ficaria menos apavorada.

– Nico?

– O quê?

– Você gosta de mim?

Ele demorou um momento para responder. Fannie sentiu um nó na garganta.

Ele sussurrou:

– Gosto. Eu gosto de você, Fannie.

———

Uma hora depois, os dois entreabriram a porta. A casa continuava vazia, mas agora as ruas também estavam desertas. Nico foi até um armário e deu a Fannie a capa de chuva do seu irmão.
– Ponha isso na cabeça para eles não verem quem você é.
– Tá bem.
– Para onde você vai agora?
– Para a farmácia do meu pai. Ele deve estar lá. Sempre está lá.
– Ótimo.
– Se ele não estiver lá, posso voltar?
– Pode.
– Obrigada, Nico.

De repente, sem pensar, Fannie passou os braços ao redor do pescoço de Nico, encostando seu rosto no dele. Ela roçou os lábios na bochecha do garoto e encostou rapidamente na boca dele.
– Tchau – murmurou.

Nico piscou.
– Tchau – disse rouco.

Ela saiu para a rua.

———

A farmácia do pai de Fannie ficava a oeste, a cerca de um quilômetro pela rua Egnatia. Fannie pôs a capa de chuva que Nico havia lhe dado e que era grande demais para seu corpo franzino. Levantou a gola até as orelhas.

Enquanto andava pelas pedras molhadas do calçamento, pensava no beijo que os dois tinham trocado. Tinha sido um beijo, não tinha? Nunca havia beijado um garoto antes. E, mesmo preferindo que ele tivesse tomado a iniciativa, aquele gesto ainda contava como um beijo, e o fato de ele não ter parecido recusar, e de talvez até ter gostado, deixava sua cabeça tonta. Ela já estava pensando em quando iria revê-lo...

Isso a fez caminhar com leveza. Ela manteve os passos leves por todo o percurso, até o momento em que dobrou uma esquina e parou bruscamente.

A rua estava apinhada por uma procissão de judeus andando lentamente sob a garoa, de cabeça baixa. Eles carregavam caixas ou malas, alguns empurravam carroças. Aquelas pessoas também estavam sendo expulsas de suas casas e conduzidas como gado para o gueto Barão Hirsch.

Fannie escutou a voz do seu pai ao longe:

– Por favor! Só vai levar um minuto!

Ela o viu na frente da farmácia, implorando para um soldado alemão que segurava um fuzil.

– É remédio, não está vendo? – disse o pai de Fannie. – As pessoas precisam de remédios. E se ficarem doentes? Se tiverem algum acidente ou se cortarem? O senhor entende, não é? Só me deixe entrar e encher uma sacola com remédios. Logo estarei de volta e poderemos ir.

Fannie se permitiu respirar fundo. Seu pai falava bem. Por causa dos remédios, a farmácia tivera a permissão de permanecer aberta, enquanto as lojas de outros judeus foram fechadas. Fannie não tinha dúvida de que seu pai conseguiria entrar. Assim que ele fizesse isso, ela iria pela porta dos fundos e se juntaria a ele. Ela viu que o soldado que antes balançava a cabeça agora olhava para o céu, aparentemente exasperado, até que por fim saiu da frente.

– Obrigado – disse o pai dela. – Não vou demorar nem um minuto.

Em seguida, ele passou pelo soldado e foi em direção à porta.

Na mente de Fannie, o que houve em seguida pareceu acontecer em câmera lenta. Quando seu pai foi entrar na farmácia, outro nazista o empurrou, levantou a pistola e atirou duas vezes nas costas dele. Seu pai morreu com a mão na maçaneta.

Fannie gritou, mas não conseguiu ouvir a própria voz. Em seu cérebro, não havia nada além de um estrondo latejante, como se uma bomba tivesse explodido a centímetros de distância e sugado todos os sons da atmosfera. Não conseguia se mexer. Não conseguia respirar. A última coisa de que se lembrava, antes de apagar, era a sensação de dois braços a segurando por baixo dos seus e de seu corpo entrando na fila com os outros, numa marcha longa e arrastada até o gueto.

Sebastian mal conseguia dormir.

O pobre garoto estava tomado pela culpa de não ter contado aos pais sobre Nico. Passou sua primeira noite na casa recém-destinada a eles deitado no chão, com dor de estômago. Quanto mais olhava para o rosto da mãe, pior se sentia. Quanto mais pensava em Fannie, pior se sentia. Em dado momento, acordou suado de um pesadelo em que via Nico gritando de dentro de um incêndio, e decidiu contar a verdade.

Mas quis o destino que ele não precisasse fazer isso. Logo antes das oito da manhã, uma pancada fraca soou do lado de fora de uma janela. Ainda usando as roupas do dia anterior, Sebastian foi o primeiro a escutar. Ele foi arrastando os pés até a porta e, quando a abriu, levou um susto. Uma mulher que ele reconheceu como a esposa do padeiro, a Sra. Paliti, estava lá. E ao lado, usando a capa de chuva dele, estava Fannie.

– Cadê seus pais? – perguntou a Sra. Paliti a Sebastian.

Antes que pudesse responder, Sebastian os ouviu correndo até a porta. Ele tentou atrair a atenção de Fannie, mas a expressão dela estava vazia e distante, como se tivesse caído no sono de olhos abertos.

Quando Lev e Tanna apareceram, a mulher disse:

– Fannie tem notícias do filho de vocês.

E cutucou a menina.

– A gente estava na casa de vocês – murmurou Fannie. – Embaixo da escada. A gente tinha se escondido.

– Ah, meu Deus! – Tanna segurou as mãos dela. – Ele está bem? Onde ele está? Está seguro?

– Estava, quando eu saí.

– Por que você saiu? Por que você o deixou?

– Fui procurar meu pai.

– E seu pai foi buscar o Nico?

A esposa do padeiro chamou a atenção de Tanna para si e balançou a cabeça ligeiramente.

– O pai dela está com o Senhor – disse.

– Ah, não! – lamentou Lev.

– Ah, Fannie! – gemeu Tanna. – Venha cá!

Lágrimas escorreram pelo rosto da menina. Ela se apoiou em Tanna como se suas pernas estivessem amarradas juntas.

Sebastian não sabia o que fazer. Sentia uma vontade intensa de abraçar Fannie, sentir o cabelo dela em seu ombro, sussurrar alguma palavra reconfortante no ouvido dela.

Mas tudo o que disse foi:

– Pode ficar com a minha capa de chuva.

Nico sonha com a Torre Branca

Salônica é uma cidade de grande beleza e história, e muitos acontecimentos ocorridos lá envolvem esses dois aspectos. Na sua primeira noite solitária longe da família, Nico ficou deitado na cama lutando contra as lágrimas, lembrando-se de uma dessas narrativas. Ela lhe trouxe conforto, e ele caiu no sono pensando nela.

A história tinha a ver com a majestosa Torre Branca, uma fortaleza construída no século XV para proteger Salônica de ataques. Era um marco que orgulhava todo mundo na cidade, e seu avô, Lazarre, tinha levado Nico, Sebastian e Fannie até lá para comemorarem o oitavo aniversário de Nico. Depois de um almoço especial com carne de panela, arroz com pinhão e pudim turco de sobremesa, Lazarre e as crianças caminharam pelo passeio junto ao golfo. Eles passaram pelos antigos hotéis e cafés ao ar livre, com suas pequenas mesas e seus toldos coloridos protegendo os fregueses do sol. Logo chegaram à torre e viram o pavilhão, o restaurante e o parque gramado que a cercava.

– Tenho uma surpresa – disse Lazarre. – Esperem aqui.

Nico, Fannie e Sebastian ficaram observando Lazarre se dirigir a um guarda e conversar com ele, sob um pinheiro. Lazarre entregou algum dinheiro ao homem. Em seguida, assentiu para as crianças, indicando que se aproximassem.

– Aonde a gente vai, Nano? – perguntou Nico.

Lazarre sorriu.

– Lá em cima.

Nico deu um tapinha no braço do irmão, e Sebastian sorriu de volta. Fannie chegou a pular de alegria. Logo os três estavam subindo os muitos degraus que circulavam dentro da fortaleza, espiando pelas minúsculas janelas ocasionais cobertas por grades metálicas. Para as crianças, era como se estivessem subindo por horas. Finalmente, passaram por uma porta em arco e saíram no terraço, onde o céu azul golpeou seus rostos e Salônica inteira apareceu delineada embaixo deles.

A vista era diferente de tudo que já haviam contemplado. A oeste ficavam os telhados da cidade e o porto; ao norte, a colina e a cidadela antiga; a leste, as ricas mansões, com seus jardins bem-cuidados; e ao sul, o golfo e o norte do mar Egeu, com o monte Olimpo e seu topo de neve nítido como uma pintura.

– Agora quero contar uma história a vocês – disse Lazarre. – Sabem por que essa torre é chamada de Torre Branca?

As crianças deram de ombros.

– Ela já foi uma prisão. Era suja, escura e com manchas de sangue do lado de fora, sangue de presos que foram mortos. Aconteceram tantas execuções aqui que ela era chamada de Torre de Sangue.

Lazarre continuou:

– Um dia, as autoridades decidiram limpá-la. Mas era um serviço caro e difícil. Ninguém queria fazer. Por fim, um prisioneiro se ofereceu para pintar toda a torre de branco, sozinho, com uma condição: que perdoassem seu crime e o libertassem.

– A torre inteira? – perguntou Nico.

– A torre inteira – respondeu Lazarre.

– E ele conseguiu?

– Conseguiu. Demorou muito tempo, mais de um ano, mas terminou o serviço sozinho. E, como prometido, eles o soltaram. A partir de então, ela foi chamada de Torre Branca.

– O senhor sabe quem era esse homem? – perguntou Sebastian.

– Poucos se lembram. Mas eu sei. O nome dele era Nathan Guidili. – Lazarre fez uma pausa. – Ele era judeu, como nós.

As crianças se entreolharam. Lazarre segurou as mãos dos netos.

– Há uma lição nessa história – disse ele. – Sabem qual é?

Os meninos esperaram enquanto Lazarre olhava para o mar.

– Um homem é capaz de fazer qualquer coisa para ser perdoado – disse.

Outra parábola

Uma vez, em tempos mais antigos, o Anjo da Verdade decidiu caminhar entre as pessoas e transmitir a todos sua mensagem de força positiva.

Infelizmente, porém, sempre que a Verdade se aproximava de alguém, as pessoas lhe davam as costas. Cobriam os olhos. Corriam na outra direção.

A Verdade ficou tão desanimada que foi se esconder num beco. Foi quando a Parábola, que vira tudo acontecer, chegou perto e lhe perguntou:

– O que há de errado?

A Verdade respondeu, com um suspiro:

– Todo mundo me odeia. As pessoas viram as costas assim que me veem chegar.

– Bom, isso não me surpreende. Olhe só para você. Você está completamente nua. É claro que elas fogem. Elas têm medo de você.

A Parábola, vestida com muitos mantos coloridos, tirou um deles e o entregou à Verdade.

– Aqui. Vista isso e tente de novo.

A Verdade assim o fez.

E, de fato, coberta com cores novas e agradáveis, foi recebida calorosamente – pelas mesmas pessoas que pouco antes haviam fugido dela.

E o que aprendemos com isso?

Algumas pessoas dizem que é por isso que as parábolas ensinam aos humanos o que a verdade nua e crua não consegue ensinar.
Pessoalmente, não sei do que vocês têm tanto medo.
Mas...
Isso pode explicar o que vem a seguir.

A Mentira do Reassentamento

Já falei das grandes mentiras nesta história. De como o Lobo deturpou a linguagem para dissimular sua maldade. De como seus lacaios nazistas o seguiram e criaram infindáveis listas, formulários e papeladas de aparência oficial, tudo para encobrir sua brutalidade.

Em Salônica, as mentiras estavam por toda parte. Algumas eram pequenas, como os falsos recibos cor-de-rosa que os judeus recebiam quando entregavam seus rádios. Outras eram grandes, como a promessa de que suas casas seriam mantidas intactas, quando, na verdade, os oficiais se mudariam para elas horas depois e arrancariam os assoalhos à procura de dinheiro escondido.

Mesmo assim, a maior falsidade foi a que os nazistas deixaram para o final.

A Mentira do Reassentamento dizia respeito a uma "pátria" mítica onde os judeus seriam "reassentados" para viver, trabalhar, criar os filhos e ficar em paz. O Lobo sabia que só é possível pressionar as pessoas até certo ponto; se elas souberem que estão condenadas, podem lutar até a morte. Ele já havia degradado e enfraquecido seus alvos, feito com que passassem fome, sem meios de subsistência, desesperançados. Mas, mesmo em guetos arruinados como o Barão Hirsch, eles permaneciam à vista do público. E, à vista do público, o Lobo não poderia realizar seu impulso mais sinistro: aquele que orientou seus generais a estruturarem durante uma reunião numa propriedade com vista para um lago em Wannsee, Alemanha, no verão de 1942.

Foi lá que tomaram a decisão final que afetou não somente Nico, Sebastian, Fannie e as outras pessoas da nossa história, como também cada um dos 11 milhões de judeus que habitavam desde o litoral das Ilhas Britânicas até as montanhas da União Soviética. Essa decisão, resolvida em menos de duas horas enquanto eles consumiam aperitivos, conhaque e cigarros, podia ser resumida numa única frase:

Matem todos eles.

Claro, isso implicava ocultação. A maldade procura as sombras. Não porque tenha vergonha. É que simplesmente as sombras são mais eficientes. Há menos complicações, menos ultraje. O Lobo já havia construído os locais para o horror final: campos de extermínio em lugares como Auschwitz, Treblinka, Dachau. Mas um desafio de logística permanecia: como levar as vítimas até lá? Que história poderia inventar para ludibriar as pessoas a embarcarem numa viagem rumo ao próprio massacre?

Ele precisava de uma miragem. Um manto que distraísse, a ponto de me encobrir por completo.

E assim nasceu a Mentira do Reassentamento.

—

A primeira vez que Lev escutou essa mentira foi em sua segunda noite no gueto Barão Hirsch. Ele e vários outros homens se aqueciam em volta de uma pequena fogueira acesa num barril. Um jovem pescador chamado Batrous se aproximou e disse que tinha ouvido um oficial nazista falando com os subordinados. O oficial dissera que os judeus de Salônica seriam reassentados em algum lugar ao norte, onde viveriam e trabalhariam. Talvez na Polônia.

– Polônia? – perguntou Lev. – Por que a Polônia?

– Vai saber! – respondeu Batrous. – Pelo menos estaremos em segurança.

– Mas é muito longe daqui. E mais perto da Alemanha. Se eles nos odeiam tanto, por que iriam nos levar para mais perto?
– Talvez para nos controlar – sugeriu outro homem.
– Faz sentido – acrescentou outro.
– Não, não faz – reagiu Lev.
– É melhor do que ficar aqui.
– Como você pode dizer isso? Aqui é a nossa terra.
– Não é mais.
– Eu não vou!
– Mas se ficarmos, o que temos aqui? Nossas lojas não existem mais. Nossas casas já eram. Você quer continuar vivendo neste depósito de lixo?
– É melhor do que na Polônia.
– Como você sabe?

Os homens discutiram por mais um tempo, depois se dispersaram sem entrar em concordância. Mas a Mentira do Reassentamento seguiu com cada um deles para casa e se espalhou pelo gueto como um vento soprando por um campo de trigo.

Udo precisava de um plano

Udo deu uma tragada no cigarro e olhou para a escrivaninha. A papelada era interminável. Listas. Manifestos. E horários de partidas de trem para os campos de extermínio. Eram tantos! Cada parada era detalhada até os minutos. As instruções do Lobo eram claras: nada poderia interferir na eficiência ferroviária.

Em particular, Udo se perguntava sobre a obsessão do seu líder com os trens. Seria por causa da imponência deles? De seu barulho intimidante? Qualquer que fosse o motivo, se algo desse errado, ele sabia quais seriam as consequências. Tinha ouvido falar de um incidente na França em que os judeus nas plataformas se revoltaram e fugiram. A confusão causara a morte de dois soldados alemães, e o Lobo ficara furioso.

Udo não queria que isso acontecesse com ele. Era preciso garantir que os judeus sob seu controle embarcassem nos trens sem protestos. A Mentira do Reassentamento ele já tinha. Mas mandar que seus oficiais a gritassem em alemão não pareceria tranquilizador. Ele precisava de alguém que vendesse a ideia aos judeus. Na própria linguagem deles.

E era aí que Nico Krispis entrava.

O garoto tinha permanecido com Udo na casa da rua Kleisouras. Como Pinto havia observado, ele era mesmo completamente honesto, respondendo a cada pergunta de Udo sem hesitar. Era uma pena que ele não detivesse mais informações úteis, como o lugar em que se encontravam os judeus fugidos para as montanhas ou onde poderia haver ouro e joias escondidas nas casas dos vizinhos.

Mesmo assim, Udo tinha se convencido de que o garoto poderia servir a algum propósito. Ele parecia conhecer muitas pessoas na comunidade judaica, onde, pelo jeito, sua família era bastante ativa. Se pudesse ajudar a garantir que as coisas corressem tranquilamente na plataforma da estação ferroviária, valeria a pena mantê-lo vivo.

Nico nunca havia estado numa estação ferroviária.

Duas semanas depois de sua família ser levada embora de casa o menino viu uma estação de trem pela primeira vez. O exterior parecia uma casa grande, com telhados inclinados e janelas enormes no primeiro andar. A entrada era cercada por cinco vidraças, duas compridas e três curtas. Nas paredes claras da fachada, os nazistas haviam pendurado Vs enormes, símbolos da Vitória.

Nico entrou no prédio e olhou para o teto. Udo estava de um lado; Pinto, do outro.

– Tem certeza de que podemos confiar nesse garoto? – perguntou Udo em alemão.

– Olhe para ele – respondeu Pinto. – Ele acha que está numa aventura.

Nico podia parecer distraído, mas na verdade escutava atentamente, absorvendo a língua alemã que os dois falavam. Seu ouvido bom para diferentes idiomas e o fato de já falar grego, ladino, francês, hebraico e um pouco de inglês aceleraram o processo.

– Hoje vou lhe mostrar seu trabalho, Nico – disse Udo, assentindo para Pinto traduzir. – Você já teve algum emprego?

– Um emprego de verdade, não.

– Bom, esse vai ser o primeiro. E, se você fizer direito, sabe o que vai ganhar?

– Uma estrela amarela?

Udo conteve uma risada.

– É. Eu lhe dou uma estrela amarela.

– E minha família pode voltar para casa?

– Se você fizer o trabalho direito.

– Meu pai diz que eu sou um bom trabalhador. Mas meu irmão trabalha mais que eu. Ele sempre varre a loja. Eu não sei varrer direito.

Udo balançou a cabeça. O garoto jamais parava de dar informações.

Eles pararam no meio do salão. Por ordens de Udo, a estação tinha sido esvaziada, de modo que só os três ficassem lá dentro.

– Certo, Nico. Escute. – Ele apontou para a plataforma do outro lado dos portões. – Amanhã, quando você vier, vai haver muita gente ali fora. E um trem. As pessoas não vão saber direito para onde o trem vai. Algumas podem estar confusas. Talvez até com medo.

– Por que elas estariam com medo?

– Bom, você não fica com medo quando não sabe para onde vai?

– Às vezes.

– Seu trabalho é ajudá-las. Você vai lhes dizer para onde o trem vai, para que não fiquem com medo. Você consegue fazer isso?

– Acho que consigo.

– Ótimo. Agora, se você encontrar algum conhecido, ele pode perguntar onde você estava. Você vai dizer que estava escondido. E que ouviu um alemão muito importante dizer que os trens vão para o norte, para a Polônia. E que todo mundo vai ter trabalho lá.

– Mas eu não estou escondido.

– Estava, quando encontrei você, não é?

– É.

– Então é verdade.

Nico franziu a testa e cedeu:

– Acho que sim.

– Certo. Agora vamos testar você. – Udo cruzou os braços. – O que você vai dizer às pessoas?

– Que os trens vão para o norte.

– E o que mais?

– Que elas vão ter trabalho lá.

– E como você sabe?

– Eu ouvi o senhor dizer.

– Certo. Você também pode dizer que todas as famílias judias vão ficar juntas de novo.

– Todas as famílias judias vão ficar juntas de novo.

– Bom garoto. – Ele indicou o portão da plataforma. – Agora vá até lá e treine.

Os olhos de Nico se arregalaram. Mesmo na sombra da manipulação, as crianças podem ser curiosas, e o garoto, que nunca tinha viajado de trem, estava genuinamente empolgado ao ver os trilhos pela primeira vez. E saiu correndo pelo portão.

Udo gritou:

– Agora diga bem alto, Nico! Os trens vão para a Polônia!

– Os trens vão para a Polônia! – gritou Nico.

– Lá nós vamos ter casas novas!

– Lá nós vamos ter casas novas!

– E as famílias judias vão ficar juntas!

– As famílias vão ficar juntas!

Nico parou e inclinou a cabeça, como se olhasse para sua voz ecoando até as montanhas de Pieria, ao longe.

Eu também olhei. Testemunhei aquele menino, tão leal a mim durante toda a vida, ser seduzido por um impostor sem coração. A parábola conta que a Verdade ficou desanimada quando Deus a lançou na terra. Pode ser. Mas, quando Nico Krispis gritou a primeira mentira de sua vida naqueles trilhos ferroviários, eu chorei. Chorei feito um bebê abandonado na floresta.

Uma grande cerimônia de casamento

Na noite anterior à partida do primeiro trem, dezenas de judeus se reuniram em frente a um casebre do gueto Barão Hirsch. O tempo estava frio e úmido e eles se amontoavam, esfregando os ombros uns dos outros para se manterem aquecidos. De poucos em poucos minutos, um pequeno grupo era levado a cruzar a porta e entrar.

Mais cedo naquele dia, os alemães tinham anunciado que todos os judeus deveriam se preparar para partir na manhã seguinte e que deveriam levar uma mala de determinado peso e tamanho. Era tudo que sabiam. Havia apenas boatos, inclusive um, curioso, sobre as regras para quando chegassem:

As pessoas casadas terão prioridade dos apartamentos próprios.

Ninguém sabia de onde vinha essa informação. Mas e se fosse verdade? Percebendo que não teriam chance de mudar de status mais tarde, as famílias arranjaram casamentos rapidamente. Não importava a compatibilidade. Não importavam as idades. Os casamentos estabelecidos pelo amor envolvem planos para o futuro; os estabelecidos pelo medo envolvem sobrevivência.

Naquela noite, um rabino reuniu grupos de cinco casais por vez no casebre. À luz de velas, ele os guiava em breves rituais para uni-los em matrimônio. Alguns eram de homens mais velhos com viúvas da guerra contra a Itália. Outros eram de adolescentes. Eles repetiam uma série de palavras em hebraico, murmurando-as de maneira monótona e rápida. Não havia tapinhas nas costas. Não havia dança nem bolo. Trocavam alianças, às vezes feitas de clipes de papel, e depois saíam, abrindo espaço para a próxima leva.

Quando o último grupo foi chamado, Sebastian entrou no final da fila, arrastando os pés. Ele apertou os maxilares para segurar o choro. Tinha acabado de fazer 15 anos, comemorados por sua família com uma porção extra de pão e um pedaço de doce duro. Agora estava ao lado de uma garota de 16 anos chamada Rivka, que ele mal conhecia, a não ser porque tinha um irmão que costumava empurrá-lo na escola. Sebastian segurava uma aliança dada por sua avó. Ele a apertava com tanta força que até ficou com uma marca na palma da mão.

Sebastian tinha protestado ferozmente contra essa ideia. Disse aos pais que era novo demais para se casar e que nem gostava da garota. Eles insistiram que era uma questão de segurança e que, quando aquele sofrimento terrível terminasse, ele poderia desfazer o casamento de algum modo, mas por enquanto precisava fazer o que eles diziam. O rapaz saiu correndo, com o rosto vermelho e furioso, dizendo que não queria um "apartamento idiota". Correu até a barricada e olhou para o arame farpado, com lágrimas nos olhos.

Senti pena do menino. Mas ele não estava sendo sincero. O motivo real para não querer se casar com a garota chamada Rivka era porque seu coração era de Fannie. Ele temia que um casamento com outra pessoa o deixaria manchado, o marcaria como alguém com uma dona, que iria mantê-lo para sempre preso longe da outra. Nas semanas desde a realocação, Sebastian e Fannie tinham passado algum tempo juntos no gueto, jogando baralho com as outras crianças ou lendo qualquer livro que encontrassem. Fannie, ainda atônita com a perda do pai, não falava muito. Mesmo assim, para Sebastian, aqueles momentos pareciam a única luz num dia cinza e interminável.

Agora, de pé no meio de um grupo de futuros recém-casados,

Sebastian pensou de novo no rosto de Fannie e rezou para que ela jamais soubesse o que ele estava prestes a fazer. Com o olhar desviado, ele pôs a aliança no dedo de Rivka. Aos 15 anos, Sebastian Krispis se tornou um marido sem nem mesmo olhar para a recém-esposa, como se o fato de não testemunhar uma coisa pudesse fazê-la sumir.

Três traições

Quando o Senhor estava distribuindo qualidades, a Confiança foi repartida com fartura. Cada ser humano e cada animal recebeu uma parte. Mas e a Traição?
Essa foi dada somente à humanidade.
O que nos traz a uma data:

10 de agosto de 1943

Esse foi o dia de três traições na nossa história. Todas aconteceram na plataforma da estação ferroviária do gueto Barão Hirsch, no fim da manhã, enquanto o último trem deixava Salônica em direção ao campo de extermínio de Auschwitz.
Nos meses anteriores, 18 viagens haviam sido feitas. Pela avaliação de Udo Graf, tudo ocorrera bastante bem. No horário. Sem incidentes. Udo tinha implementado pequenas mentiras para facilitar o processo, como dizer aos judeus para que convertessem seu dinheiro em zlótis poloneses e entregar-lhes recibos de crédito que jamais seriam resgatados. Udo achava divertido ver aqueles bobos esfomeados entregarem o resto do dinheiro que possuíam, ainda confiando que, no final, seriam bem tratados pelos nazistas. Ele chegou a mandar guardas colocarem as bagagens nos trens, como se fossem carregadores profissionais.
Mas seu melhor trunfo era Nico Krispis. Isso era um pequeno golpe de mestre, dizia a si mesmo. O menino tinha feito exatamente conforme mandado, circulando pelas multidões na

plataforma e sussurrando promessas de emprego, casas e "Reassentamento!". Isso plantou na mente ansiosa dos passageiros a última pitada de esperança de que precisavam para que passassem pelas portas do trem.

Usando a estrela amarela que ganhara de Udo, Nico era tão convincente em sua história de ter escutado um oficial alemão dizendo que as famílias seriam reunidas que alguns passageiros chegavam a abraçá-lo, agradecendo. Muitos o conheciam da vizinhança ou da sinagoga – eles o chamavam de Chioni –, e vê-lo vivo os animava o suficiente para acreditar na história que ele contava. Udo sentia orgulho por ter bolado essa tática de usar um judeu para mentir, e decidiu que na próxima conversa com o Lobo falaria sobre ela, para que talvez os dois conversassem sobre estratégia militar.

—

Durante esse processo, Udo tinha deixado o garoto dormir no mesmo quarto que dormia antes. Isso parecia acalmá-lo. À mesa de jantar, Udo o observava devorar pão e carne.

– Devagar – disse Udo. – Você precisa mastigar bem antes de engolir.

– *Aber ich bin hungrig sehr* – respondeu Nico, tentando falar em alemão.

– *Sehr hungrig* – corrigiu Udo. – Com muita fome. *Muita* vem antes.

– *Sehr hungrig* – repetiu Nico.

Às vezes Udo se pegava observando o garoto, curioso para ver como ele preenchia as horas ociosas: lia dicionários, distraía-se com algum brinquedo ou olhava pela janela. Udo não tinha filhos. Nunca havia se casado. Mas dizia a si mesmo que, quando a guerra acabasse, encontraria uma mulher alemã adequada, de bom caráter e feições excelentes. Sua alta patente lhe proporcionaria amplas possibilidades de noivas em potencial, tinha certeza. Sem dúvida, os filhos viriam em seguida.

Enquanto isso, ficava perplexo com a inocência de Nico. Afinal de contas, o menino estava com 12 anos. Quando tinha essa idade, Udo já havia fumado seu primeiro cigarro, tomado a primeira cerveja e arrumado muita confusão em brigas com garotos mais velhos do bairro onde morava, em Berlim.

Mas aquele garoto era diferente. Numa noite, quando Udo reclamou de dor de cabeça, Nico bateu à porta de seu quarto e lhe ofereceu uma toalha molhada em água quente. Em outra noite, enquanto Udo bebia conhaque, Nico se aproximou com um livro em alemão e o entregou para o homem.

– Você quer que eu leia isso?

Nico assentiu.

– Para você?

– *Ja.*

Udo ficou desconcertado. Sabia que tinha coisas mais importantes para fazer do que ler para um judeuzinho. Mas logo se pegou virando as páginas, fazendo até inflexões vocais.

Enquanto Udo narrava, Nico se inclinou à frente, encostando-se no ombro dele. O contato surpreendeu o alemão, que nunca estivera tão perto de uma criança. Eu gostaria de dizer que isso de algum modo derreteu o coração do sujeito e suavizou suas ações futuras. Mas minha obrigação é ser exata.

Isso não o mudou nem um pouco.

—

Chegou o dia do último trem, numa manhã quente, com o ar grudento e úmido. No começo da guerra, Salônica contava com mais de 50 mil judeus; quando esse trem partisse, 46 mil teriam sido deportados. Os nazistas pretendiam varrer cada migalha de judeu para longe da cidade.

Pouco depois das dez da manhã, Lev, Tanna, Eva, Lazarre, Sebastian, as gêmeas, Bibi, Tedros, Fannie e a esposa do padeiro saíram à rua e se juntaram a uma lenta marcha até a estação ferroviária. Por algum motivo que ninguém podia explicar, eles tinham sido deixados no gueto Barão Hirsch durante meses, enquanto outras famílias chegavam e logo eram despachadas.

As gêmeas se deram as mãos. Cada adulto carregava uma bolsa. Lev passou o braço em volta de Tanna, que chorava por deixar a cidade sem saber do paradeiro do filho mais novo. Sebastian se mantinha atrás, mas um passo à frente de Rivka e da família dela, que também pegariam o trem com ele. Rivka sorriu. Sebastian desviou o olhar.

Na estação de trem, Pinto inspecionou o vagão de carga.

Essa última remessa o havia deixado animado. Udo Graf tinha mencionado planos de voltar à Alemanha depois de resolver o "problema judeu" em Salônica. Pinto tinha esperanças de poder escapar para Atenas, para esperar pelo fim da guerra em relativa segurança.

Ele não demonstrava remorso por haver ajudado a deportar dezenas de milhares de pessoas. Precisava sobreviver, era o que dizia a si mesmo. Mas eu sabia qual era a verdade mais profunda. Pinto mal podia esperar por essa última viagem porque não suportava mais ver rostos desesperançados o encarando enquanto os vagões de gado eram trancados. Aqueles olhos fundos. As bocas curvadas para baixo. Uma distância tão pequena entre os vivos e os mortos, ele pensava. Na verdade, eram poucos centímetros. A espessura de uma porta.

A poucos metros dali, Nico esticou as pernas.

Ele não sabia nada sobre o que estava programado, sobre os planos de Udo e Pinto nem sobre o fato de aquele ser o último trem para Auschwitz. Só sabia que tinha perdido outra sexta-feira. Antes da guerra, numa manhã daquelas sua mãe estaria na cozinha ajeitando tudo para o sábado, pegando os pratos bons e as velas, mexendo a comida, preparando o *pan azeite y asucar* – pão com azeite e açúcar salpicado, a comida predileta do menino.

Era nas noites de sexta que Nico sentia mais falta da família: o barulho, a cantoria, os sons do avô pigarreando antes de rezar ou os chutes de seu irmão por baixo da mesa quando estavam rindo durante uma bênção. Às vezes, quando Udo Graf saía, Nico andava pela cozinha antiga, abria os armários e recitava as orações de sábado junto ao pão, ao vinho e às velas, só para não esquecer as palavras.

Às dez e meia da manhã, viu a multidão entrando na estação. Como nos dias anteriores, as pessoas chegavam rapidamente, preenchendo a plataforma, e os oficiais alemães as conduziam, obrigando-as a subir pelas rampas e a entrar nos vagões de carga.

Nico foi para o meio do pandemônio. Respirou fundo. Não gostava de se espremer entre as pessoas, ver o rosto triste delas, observá-las entregando as malas ou olhando as montanhas como se estivessem se despedindo de alguma coisa para sempre. Não entendia por que elas pareciam tão preocupadas, já que iam para novos empregos e novas casas, talvez até melhores do que os que tinham ali.

Porém fazia seu trabalho, como Herr Graf o tinha instruído. Fazia para trazer sua família para casa. Ele vislumbrava o dia em que todos estariam reunidos. Sua mãe iria agradecer por ele ter sido um bom menino, seu avô afagaria sua cabeça e assentiria em aprovação. Nico mal podia esperar por esse momento. Toda noite, quando via Udo Graf dormindo no quarto dos seus pais, sentia que tinha sido arrancado de uma vida e largado em outra. Queria a antiga de volta.

Udo olhava de dentro do portão da estação.

Faltava menos de uma hora para terminar. Ele poderia preencher os últimos documentos e escapar daquela cidade, com seu porto sujo e seu mercado de peixes fedorento. Queria voltar para a Alemanha. A mais fresca e mais limpa Alemanha. Encontrar-se com o Lobo. Falar sobre um novo posto, com responsabilidades mais estratégicas.

Falta menos de uma hora, disse a si mesmo, *desde que tudo corra conforme o planejado.*

Então uma coisa não correu como planejado. Udo levantou os olhos e viu dois mensageiros alemães correndo em sua direção, as botas ressoando no piso da estação. Eles fizeram uma saudação e lhe entregaram um envelope.

Udo reconheceu a insígnia quando tirou o papel de dentro. Era do *Oberführer*, seu oficial superior. As instruções eram curtas e diretas:

Você viajará no transporte para Auschwitz.
Suas novas ordens o aguardam lá.

Udo ficou atônito. Virou o papel para ver se havia mais alguma coisa. Era isso? Iam mandá-lo para um campo? No trem? Não estava certo. Não era isso que ele merecia. Passar mais tempo com aqueles judeus repugnantes? Por quê?

A suspeita tomou conta de seu corpo. Sua respiração acelerou. Um calor se irradiou da nuca.

Alguém está tentando me prejudicar.
A primeira traição.

—

A raiva de Udo o fez atravessar o portão e se dirigir até a plataforma, trombando com os passageiros judeus magros e exaustos, uma senhora encurvada de cabelo grisalho, um homem gordo e barbudo de respiração ofegante e dois rapazes de bigode, obviamente irmãos, abraçando uma mulher que chorava num lenço.

– Saiam da frente! – rosnou Udo, com nojo.

Em seguida, agarrou dois de seus soldados e os mandou correr até o número 3 da rua Kleisouras para pegar todos os seus pertences. Eles partiram a toda velocidade. Enquanto passava pela multidão, Udo gritava ordens, frustrado.

– *Mais rápido! Vocês estão demorando demais! Andem logo, seus porcos imundos!*

Os passageiros se amontoaram mais, evitando seu olhar.

De longe, Pinto viu Udo se aproximar. Então forçou um sorriso e se adiantou. Sem saber de nada, resolveu perguntar sobre os planos do alemão para depois da partida do trem.

O momento não poderia ter sido pior.

– Meus planos? – reagiu Udo, rispidamente. – Meus planos mudaram! E os seus também!

Udo avistou um de seus oficiais e gritou, apontando para Pinto:

– Esse aqui também vai!

Pinto ficou imóvel. *O que tinha acabado de ouvir?* Um passageiro alto trombou nele e quase o derrubou. Era um homem de chapéu que esbarrara em seu braço. Quando Pinto recuperou o equilíbrio, Udo tinha se virado e andava pela plataforma.

– Espere! Herr Graf!

A próxima coisa que Pinto percebeu foi um guarda alemão cutucando seu ombro com um fuzil, empurrando-o para uma rampa.

– Não! Não! – gritou. – Eu estou com o *Hauptsturmführer*! Estou com Herr Graf!

Essas foram suas últimas palavras como membro da classe protegida. Ele foi empurrado para o vagão de gado e engolido pela multidão, tornando-se só mais um dos rostos desesperados dos quais tanto havia tentado escapar.

A porta foi fechada.

A segunda traição.

—

– O trem está indo para o norte – sussurrava Nico, andando entre as pessoas. – Está tudo bem. Não fiquem com medo.

Rostos se viraram na sua direção. Olhos ansiosos. Lábios trêmulos.

– O que você disse?

– Escutei um oficial alemão dizendo. Eles estão mandando a gente para a Polônia. Vamos ter casas novas. E empregos.

– Empregos?

– É. E nossas famílias vão ficar juntas de novo.

Aonde quer que Nico fosse, os murmúrios o acompanhavam. *Ouviu? Vamos ter empregos. Não é tão ruim.*

Você pode perguntar por que aqueles viajantes cativos acreditavam nele. É que, nos momentos de desespero, as pessoas escutam o que querem, a despeito de tudo que estiver evidente ao seu redor.

Nico continuava se movendo em zigue-zague em meio à multidão. Alguns rostos lhe eram familiares. Ele avistou a esposa do padeiro, que irrompeu em lágrimas ao vê-lo.

– Chioni! Você está vivo!
– Estou, Sra. Paliti! Nós vamos ser reassentados! Não fique com medo.
– Nico, não...
Antes que ela pudesse continuar, um guarda a empurrou. Nico prosseguiu. O barulho na plataforma era ensurdecedor, de tanta gente chorando e gritando perguntas e guardas berrando ordens.
– As famílias vão ser reunidas – sussurrava Nico. Em seguida, pôs a mão em concha ao lado da boca, como se contasse um segredo. – Vai haver empregos. Escutei um oficial alemão dizendo!
Ele sentiu o suor pingando sob os braços. Naquele dia, parecia haver mais pessoas embarcando. Desejou que pudesse terminar logo e voltar para casa.

E então Nico viu Fannie.

Ela segurava a mão de uma mulher que andava à frente. Estava cabisbaixa, com o cabelo preto enfiado sob um gorro. Nico abriu caminho até estar perto o suficiente para gritar o nome dela:
– Fannie!
A menina levantou a cabeça e reagiu devagar, como se precisasse descolar os lábios antes de abrir a boca.
– Fannie! Está tudo bem! A gente vai ficar junto! Eles vão levar a gente para um lugar seguro!
Fannie inclinou a cabeça e sorriu. Então sua expressão mudou e seu olhar se desviou para alguma coisa atrás de Nico – e foi quando o menino sentiu duas mãos grossas agarrá-lo pelas axilas e levantá-lo do chão.
– Pare de dizer isso às pessoas – trovejou uma voz profunda. – É mentira. Eles estão nos levando para a morte.

Nico foi solto. Seus sapatos bateram com força na plataforma e ele caiu. Quando ergueu os olhos, viu um grandalhão olhando-o furioso enquanto embarcava no trem e desaparecia. Ao se levantar e limpar as mãos, Nico tentou encontrar Fannie, mas ela também tinha sido engolida pela multidão.

Ele sentiu uma queimação no estômago. Até então, Nico só estava fazendo o que o haviam instruído, achando que era a coisa certa. Mas por que aquele homem tinha dito aquilo? *É mentira?* Nico pensou no avô. *Jamais conte mentiras, Nico. Deus está sempre olhando.* Herr Graf tinha prometido que todos teriam emprego e que as famílias se reuniriam. O grandalhão é que era mentiroso! Só podia ser!

Nico se virou, procurando pelo *Hauptsturmführer*, desesperado para questioná-lo sobre isso, mas havia gente demais. As palavras do homenzarrão ecoavam em seus ouvidos. Por alguns instantes, ele não ouviu nada além delas.

Então Nico ouviu outro som.

Um som que tinha ansiado por ouvir desde a manhã em que se escondera no armário embaixo da escada.

A voz de sua mãe.

– Nico!

Era inconfundível, mesmo na barulheira de outras mil vozes. O menino se virou e seus olhos se arregalaram. Lá estava sua mãe, a uns 12 metros dele, na plataforma. Lá estava seu pai, ao lado. Lá estavam seu avô e sua avó, sua tia, seu tio, seu irmão mais velho e suas irmãs mais novas, todos olhando para ele, incrédulos.

– Mamãe! – gritou ele.

De repente, todos berravam seu nome, como se só soubessem dizer uma palavra: *Nico!* Lágrimas encheram os olhos do menino. Ele sentiu suas pernas correndo sem ao menos pensar. Viu sua mãe correndo também.

Então, num instante, não pôde mais vê-la. Três corpos com uniformes cinza se interpuseram na sua frente e a impediram de avançar.

– NÃO! – Nico ouviu sua mãe gritar. Em seguida, sentiu alguém o agarrar por trás e passar o antebraço pelo seu pescoço.

Udo Graf.

– É a minha família! – gritou Nico.

– Eu disse que você iria vê-los.

– Eu quero ir com eles! Me deixa ir com eles!

Udo apertou o maxilar. *Eu deveria deixá-lo ir*, disse a si mesmo. *Me livrar dele*. Esse seria o protocolo. Mas ele sabia que o trem levaria Nico para a morte certa. E, naquele momento, sentindo-se traído pelos superiores, Udo se voltou contra as regras.

– Não – disse. – Você fica aqui.

Nesse ponto, toda a família de Nico já tinha sido empurrada para dentro do vagão de madeira. Não era mais possível ver nenhum deles. O menino começou a chorar histericamente e a se retorcer, segurado pelo alemão.

– Me solta!

– Calma, Nico.

– O senhor prometeu! O senhor prometeu!

– Nico…

– Eu quero ir para a Polônia! Quero ir para a nossa casa nova…

– Não existem casas novas, *seu judeu idiota*!

Nico parou. Seus olhos se arregalaram.

– Mas… eu disse pra todo mundo…

Udo fungou com vigor. Alguma coisa no rosto do menino, tão atônito, tão despedaçado, o fez desviar o olhar.

– Você foi um bom mentiroso – disse ele. – Agradeça por estar vivo.

O vapor chiou. A locomotiva rugiu. Udo sinalizou para um soldado nazista, que rapidamente levou Nico para longe. Então, sem olhar de novo para a criança cujo coração ele havia partido, Udo se dirigiu ao primeiro vagão, com raiva porque precisava entrar naquele trem, com raiva porque suas contribuições não estavam sendo reconhecidas, com raiva porque aquela criança petulante não valorizara o fato de ele ter salvado sua vida.

Minutos depois, o trem começou a se mover. O soldado que segurava Nico, sem a menor vontade de bancar a babá, soltou-o e foi pegar um cigarro. O menino saiu correndo pela plataforma e pulou nos trilhos, tropeçando com força e caindo de quatro. Logo ele se levantou e continuou correndo, sem ligar para a pele arrancada das palmas das mãos e dos joelhos. Três soldados alemães, vendo aquilo da plataforma, começaram a rir. Um deles gritou:

– Você perdeu seu trem, garoto!

– Vai chegar atrasado no trabalho! – gritou outro.

Nico continuou a correr. Foi além da plataforma, na área aberta onde os trilhos são cercados por cascalho. Ele balançava os braços e movia rapidamente as pernas, correndo entre os trilhos e passando pelas agulhas, seus pés batendo com força nos dormentes de madeira. Sob o sol quente da manhã, Nico correu atrás do trem que desaparecia no horizonte até perdê-lo de vista, até não aguentar mais respirar nem correr. Então desabou, em soluços. Seu peito ardia. Os pés sangravam nos sapatos.

O garoto iria sobreviver. Mas Nico Krispis morreria naquela tarde e seu nome jamais seria usado de novo. Era uma morte por traição em um dia de muitas traições. Três delas numa plataforma ferroviária e incontáveis outras dentro daqueles sufocantes vagões de gado que seguiam rumo ao inferno.

PARTE II

Os pontos de virada

A verdade é uma linha reta, mas a vida humana é uma experiência flexível. Você sai do útero se desenrolando num mundo novo, e a partir desse momento vai se dobrando e se ajustando.

Eu prometi uma história com muitas reviravoltas. Então me deixe falar dos seguintes pontos de virada que acontecem com três dos nossos quatro personagens numa única semana, mudando a vida de cada um deles para sempre.

Começamos com Fannie, que cai do trem.

Agora ela está escondida perto de um rio, no meio de arbustos. Mergulha as mãos na água gelada e a respinga nos arranhões na perna esquerda e no cotovelo, que parecem ter sido raspados com um ancinho. Os machucados umedecem e Fannie estremece.

Desde a manhã anterior ela está em movimento. Com fome e exausta. Pergunta-se se ao menos ainda está na Grécia. Examina as árvores perto da margem do rio e o solo escuro que as circunda. Serão árvores gregas? O que é uma árvore grega? Como saber?

Sob a forma de flashes de memória, ela se lembra de sua fuga do trem: a queda rápida pela janela do vagão, o impacto no solo que expulsa o ar dos seus pulmões, o giro súbito, a sensação dura e louca, céu/terra/céu/terra, até finalmente parar, de costas, ofegante. Ela fica deitada ali enquanto a dor atravessa seu corpo e o som do trem vai diminuindo. Então escuta um guincho distante, o que significa que o trem está freando.

Alguém a viu fugir.

Ela então fica de pé, o corpo todo moído, como se um rolo compressor tivesse passado por cima. Ouve um tiro. Depois outro.

Corre.

Corre até os pulmões ficarem a ponto de estourar. Então tropeça. Depois corre mais um pouco. Continua assim durante horas, através de uma vasta campina, sem ninguém à vista, até que, finalmente, quando o sol começa a se pôr, encontra aquele bosque emoldurando um rio sinuoso. Ela une as mãos em concha para beber água, depois se encolhe perto do tronco de uma árvore grande e se esconde, temendo ouvir passos e palavras de guardas nazistas a qualquer momento.

Quando não consegue mais ficar acordada, cai num sono agitado. Nos sonhos, vê Nico na estação de trem chamando seu nome, mas não consegue responder. Então ele desaparece, sendo substituído por Sebastian, que a segura no vagão e a empurra. *Leve ela!*

Acorda ofegante. A luz do sol se espalha entre os galhos e ela escuta sons de pássaros. A imagem de Sebastian ainda está na sua cabeça e Fannie sente uma raiva ardente. *Por que ele fez aquilo? Por que a separou dos outros?* Ela não queria sair por aquela janela. Não queria ser caçada feito um animal, nem dormir junto de um rio com terra na testa e pedrinhas pinicando as costas. Qualquer lugar para onde aquele trem ia certamente seria melhor que isso.

Fannie estreita os olhos para a luz do sol. Ela escuta a própria respiração e sente uma solidão sufocante, que cresce à medida que sua própria sombra vai se esvaindo, até que cada zumbido de inseto, cada murmúrio do rio grite para ela: *Você está sozinha, Fannie! Você está completamente sozinha!*

Ela fecha os olhos para conter uma nova crise de choro. Pouco depois, leva um susto ao ouvir uma voz feminina:

– *Zsidó?*

Fannie se vira e vê uma senhora com um cesto de roupas. A mulher veste uma saia bege comprida e uma blusa de algodão branca com as mangas enroladas e um colete marrom por cima.

– *Zsidó?* – repete a mulher.

O coração de Fannie quase sai pela boca. Ela não entende a língua da mulher, o que significa que não está mais na Grécia.

– *Zsidó?* – pergunta a senhora de novo, agora apontando para o peito de Fannie. Fannie olha para baixo. A mulher aponta para a estrela amarela em seu suéter. A língua é o húngaro.

E a palavra significa "judeu".

Agora vamos ao ponto de virada de Sebastian, enquanto o trem chega ao seu verdadeiro destino.

As portas se abrem e os passageiros protegem os olhos da luz ofuscante do sol. Num primeiro instante, todos estão em silêncio. Então soldados alemães, de casacos compridos e escuros, começam a gritar com eles:

– Andem! Andem! Para fora! ANDEM!

Sebastian, Lev e o resto da família estão amontoados no fundo. É como se alguém os sacudisse para acordarem de um sono profundo. Depois de oito dias naquele vagão de carga, seus membros estão fracos e seus pensamentos, lentos. Só comeram migalhas de pão e pedacinhos de salsicha. Sem ter bebido água durante quase todo o percurso, a garganta deles chega a queimar. Como o balde de metal para recolher excrementos já estava cheio desde o primeiro dia, depois disso as pessoas se aliviavam nos cantos; o mau cheiro impregnava cada partícula de ar dentro do trem.

O desembarque é demorado, porque muitos morreram. Os vivos precisam andar entre os mortos, passando com cautela por cima dos corpos sem vida, como se evitassem acordá-los. Enquanto todos seguem em direção à luz do sol, Lev baixa os olhos e vê o homem barbudo que sussurrou para Fannie: "Seja uma boa pessoa" e cujo rosto foi cortado pelo oficial alemão com a grade. Ele está caído de lado, sem respirar, o nariz e as bochechas numa massa retalhada de sangue seco e pus.

– Sebastian – diz Lev –, não podemos deixá-lo aqui. Ele é rabino. Pegue as pernas.

Os dois o levantam e descem a rampa cambaleando, com Tanna e as meninas atrás, Lazarre e Eva em seguida, Bibi e Tedros depois. Seus pés tocam a terra lamacenta. Há soldados nazistas em toda parte.

– Vamos ficar juntos a qualquer custo! – grita Lev. – Entenderam? Vamos ficar juntos!

O que acontece em seguida é um bombardeio de imagens e sons, que são assimilados pelo adolescente de 15 anos como uma tempestade violenta, como se raios, vento, chuva e trovões caíssem ao mesmo tempo. Primeiro a gritaria. Oficiais berrando ordens em alemão e passageiros gritando os nomes judaicos de seus entes queridos. *Aron! Luna! Ida!* Cães latem e mostram os dentes, fazendo força contra as coleiras. O rabino morto é arrancado de Sebastian por dois soldados que empilham cadáveres perto dos trilhos. Mais gritos. *Rosa! Isak!* Um nazista ordena:

– Mulheres para cá!

Sebastian vê esposas sendo separadas de maridos, mães arrancadas de perto dos filhos, as mãos desesperadas tentando em vão agarrá-los. *Não! Meus bebês!* Ele se vira e vê sua mãe, sua tia e sua avó sendo puxadas para longe, gritando pela ajuda dos maridos. Sebastian corre em sua direção, mas só dá três passos até sentir uma pancada na cabeça que o faz cambalear: um guarda acaba de acertá-lo com um porrete de madeira. Nunca tinha sido golpeado no crânio. Seus olhos ficam turvos, enquanto leva a mão à nuca. Ele sente o sangue quente escorrer, o que deixa seus dedos pegajosos. Então seu pai o puxa para trás, gritando:

– Fique comigo, Sebby! Do meu lado!

Sebastian tenta localizar a mãe, mas ela desapareceu no meio das centenas de outros rostos que são levados dali. Correndo. Por que todo mundo está correndo?

Espere. *Suas irmãs! Onde estão suas irmãzinhas?* Ele as perdeu de vista. Os cães uivam loucamente. São guardas demais, fuzis demais, e todas aquelas pessoas magricelas em uniformes listrados, correndo de um lado para outro no pátio, como formigas desnorteadas. Sebastian olha de volta para o trem e vê malas sendo jogadas numa pilha.

Mais gritos. *Yafa! Elie! Josef!* Mais ordens. *Andando! Todos!* Os homens são divididos em filas de cinco e obrigados a seguir adiante, passando por oficiais nazistas de vários tipos de uniformes, alguns muito bem engomados, com colarinhos pretos. Quando esses guardas apontam, os prisioneiros indicados são arrancados da fila e levados embora. Parece que escolhem os mais velhos e os mais fracos, mas é difícil afirmar. Quando Sebastian passa, um oficial o inspeciona de cima a baixo, como se examinasse uma peça de mobília. Ele afasta o olhar e Sebastian cambaleia, segurando o pai pela parte de trás do paletó, sendo conduzido numa confusão nevoenta. Ele não sabe em que país está nem que ar respira; tampouco lhe é dado perguntar o porquê de tudo isso: o que, afinal, está acontecendo? Com ele, com seus pais, com o resto da família, com todo mundo que estava naquele trem?

Não há tempo para pensar no irmão.

Nico chega ao ponto de virada nos trilhos da ferrovia.

Horas depois da partida daquele último transporte, Nico ainda está agitado por sobre os trilhos, na esperança de ver o trem reaparecer. Ele continua andando para o oeste, até chegar a uma ponte metálica que passa sobre o rio Gallikos. Quando chega a noite, ele se senta ao lado da ponte e cai num sono exausto.

Um fuzil bate em seu peito e o acorda. O menino franze os olhos por causa do sol ofuscante e vê o rosto de um soldado nazista, que grita em alemão:

– O que você está fazendo aí, garoto? De pé!

Nico esfrega o rosto enlameado. Suas pernas doem quando ele tenta se levantar. De alguma maneira, está se sentindo diferente naquela manhã. Quase entorpecido. Ele fala com o soldado na língua nativa deste:

– O trem. Para onde foi?

– Você fala alemão? – O soldado fica pasmo. – Quem lhe ensinou?

– Eu trabalho para o *Haupsturmführer Graf*.

A expressão do soldado muda. Ele gagueja:

– Graf??? Udo Graf? Então por que não está com ele?

O soldado não parece muito mais velho que Sebastian. Nico fica na ponta dos pés, tentando parecer mais alto.

– Para onde o trem foi? – repete, imitando o tom que costumava ouvir Herr Graf usar com seus subordinados. – O de ontem, com todos os judeus. Diga!

O soldado inclina a cabeça, imaginando se aquele garoto está sendo esperto ou simplesmente idiota. Será aquilo um teste?

– Para os campos.

– Campos? – Nico não conhece essa palavra em alemão. – Que campos?

– Acho que são chamados de Auschwitz-Birkenau. Na Polônia.

– E o que eles fazem nos campos?

O homem então responde com gestos, levando dois dedos ao pescoço como se cortasse sua garganta.

Um arrepio atravessa o corpo de Nico. Ele se lembra de sua mãe gritando seu nome, correndo em sua direção, na plataforma.

Do pai, dos avós e das irmãzinhas chamando por ele. Lágrimas escorrem pelo seu rosto. O grandalhão estava certo.

Nico era o mentiroso.

O peso dessas informações encurva seus ombros. Sua cabeça baixa como uma pedra pesada. Nico não está nem aí para a atitude que o soldado pode tomar. Sua família se foi.

O que foi que eu fiz?

O nazista, confuso com a postura do garoto e seu estranho conhecimento de alemão, decide que ele não vale o risco. Se atirar nele e ele realmente trabalhar para o *Hauptsturmführer*, isso pode lhe custar o posto. Mas, se deixar o garoto ir embora, quem ficará sabendo?

Ele olha para baixo, para a margem do rio. Depois se vira para cima e vê a estrada.

– Escute, garoto. Você tem algum dinheiro?

Nico balança a cabeça. O soldado enfia a mão no bolso e lhe entrega um pequeno maço de notas.

– Diga a Herr Graf que o Sturmmann Erich Alman ajudou você. Erich Alman. Ouviu? Diga para ele se lembrar de mim. Erich Alman.

Nico pega o dinheiro e observa o soldado se afastar. Fica perto dos trilhos até o anoitecer. Finalmente, no escuro, começa seu retorno a Salônica. Ele segue pela linha férrea até alcançar a estação Baron Hirsch, de onde vai até a rua Kleisouras. Já passa bastante da meia-noite quando sobe os degraus da casa de sua família. Vai até o quarto dos pais. Olha em volta. Numa gaveta, encontra alguns antigos charutos da loja do pai. Ele os cheira e começa a chorar. Então se arrasta até a cama onde os pais costumavam dormir e se encolhe debaixo do cobertor, desejando que, ao acordar, tudo seja como era um ano atrás.

Em vez disso, quando chega a manhã, a casa parece mais vazia do que nunca. Até as coisas de Herr Graf sumiram.

Nico desce a escada. Vê seu estimado armário e abre a porta. Dentro, encontra uma bolsa de couro marrom. Ele a pega.

A bolsa pertence a Udo Graf, que a escondeu ali. Os soldados, na pressa, não olharam dentro do armário. Nico abre o zíper e encontra, entre outras coisas, uma boa quantia de dinheiro grego e alemão, diversos papéis e documentos e uma caixinha com vários distintivos nazistas.

Por um bom tempo, fica olhando tudo aquilo. Pensa no que fez. Quando o relógio marca dez horas da manhã, toma uma decisão. Como muitas decisões que mudam uma vida, esta chega de mansinho, sem fazer alarde.

Nico encontra uma camisa limpa e prende um dos distintivos no peito. Dentro dos sapatos, esconde algum dinheiro. Junta o máximo de comida que consegue colocar na bolsa de couro e sai da casa, voltando à estação férrea, onde compra uma passagem no próximo trem que parte para o norte, em direção à Polônia.

Quando o bilheteiro curioso pergunta seu nome, Nico não hesita. Mente com sotaque alemão perfeito:

– Meu nome é Erich Alman.

Um mundo de luz e sombra

Às vezes penso nos anjos no céu, no que estão dizendo sobre mim e no que eles acham deste mundo cruel. Se você quer saber se alguns períodos aqui na terra me fazem ter vontade de ainda estar lá, a resposta é sim.

Os meses seguintes foram um desses períodos. Era uma época de homens loucos, nazistas embriagados de poder se banhando na própria crueldade. Boa parte do mundo fingia não ver. Eu não conseguia. A Verdade era obrigada a testemunhar cada ato de tortura e humilhação, cada prisioneiro forçado a se arrastar na lama como um animal, cada novo vagão cheio de vítimas chegando aos campos, as mãos arranhando as tábuas do piso, implorando por uma misericórdia que jamais era concedida.

Foi um tempo, na história humana, em que o mundo se partiu em dois: havia os que não faziam nada para evitar aquele horror e os que tentavam impedi-lo. Um mundo de luz e sombra.

Portanto, sim, havia momentos em que eu desejava estar no céu. No entanto, também havia outras circunstâncias, repletas de ternura e cordialidade inesperadas.

Fannie, por acaso, não foi entregue aos guardas pela mulher que a encontrou perto do rio. Em vez disso, a senhora a levou até sua casa e lhe serviu uma tigela de sopa de cordeiro e cenoura.

Sebastian não morreu naquela primeira noite em Auschwitz. Em posição fetal, num beliche imundo, ele se aconchegou junto ao pai, e, na escuridão, Lev o abraçou para que não tremesse.

Nico viajou de trem durante vários dias, aprendendo a pagar

por suas refeições e a apresentar os bilhetes sem levantar suspeitas. Certo dia, um carregador notou seu impressionante distintivo nazista e perguntou para onde ele estava indo.

– Ver minha família – respondeu Nico.

Um mundo de luz e sombra. A maior crueldade, a maior coragem. Não era uma época muito propícia para trabalhar no ramo da verdade. Mas ali estava eu, incapaz de dar as costas para aquilo.

Doze meses depois

– Bata nele! – gritou o guarda.

Sebastian golpeou as costas do homem com o chicote pequeno.

– Mais forte!

Sebastian obedeceu. O homem não se mexeu. Minutos antes, ele caíra no chão durante o trabalho e permanecera caído até que o guarda o viu. Seu rosto tinha manchas vermelho-escuras e a boca estava aberta na lama, como se abocanhasse um bocado de terra.

– Você é tão fraco assim que nem consegue acordá-lo? – perguntou o guarda, acendendo um cigarro.

Sebastian soltou o ar. Odiava causar dor. Mas, se o homem não reagisse, seria considerado morto e seu corpo seria incinerado no crematório de tijolos vermelhos. A essa altura, pouco importava se ainda estivesse vivo.

– Pare de sonhar acordado – rosnou o guarda.

A tarefa, bater com um chicote de tendão de boi para ver se os prisioneiros tinham morrido, era o último trabalho dado a Sebastian no campo conhecido pelo nome alemão de Konzentrationslager Auschwitz. Desde sua chegada, o rapaz tinha aguentado muitos serviços, sempre correndo (andar era proibido) de uma tarefa para a outra, tirando a boina e baixando os olhos se avistasse um oficial da SS se aproximar. Trabalhava o dia inteiro e recebia apenas um pedaço de pão e uma sopa horrível para comer à noite. Às vezes os guardas jogavam um pedaço de carne no meio da multidão de prisioneiros, só para vê-los brigar feito cães famintos. Aquele que conseguisse vencer a disputa logo enfiava a carne goela abaixo, enquanto os perdedores se arrastavam para longe.

Em Auschwitz, ser jovem e forte como Sebastian era sinônimo de alívio e angústia. Ao mesmo tempo que o livrava de ser enviado imediatamente para a morte na câmara de gás, assegurava-lhe um futuro sombrio, definhando dia após dia enquanto passava fome e frio, sendo torturado e tendo as doenças ignoradas até cair na neve, como aquele homem.

– Bata com mais força – vociferou o guarda. – Senão você é que vai apanhar!

Sebastian golpeou com o chicote. Ele não reconhecia aquele prisioneiro, que aparentava ter uns 50 e poucos anos. Talvez ele tivesse acabado de chegar no trem e, como os outros que desembarcaram, tivesse sido despido, tido todos os pelos do corpo raspados, largado de pé durante toda a noite num cômodo com chuveiros, os pés descalços molhados em goteiras de água gelada, sendo esfregado de manhã com um desinfetante forte, em seguida tendo que correr nu pelo pátio para pegar os uniformes listrados e a boina de prisioneiro. Talvez fosse seu primeiro dia de trabalho forçado e ele já tivesse caído como um animal exausto.

Ou talvez estivesse ali fazia anos.

– De novo!

Sebastian obedeceu. Por algum motivo, os trabalhos que lhe davam eram os mais medonhos. Enquanto outros faziam tijolos ou cavavam trincheiras, Sebastian precisava transportar cadáveres em carrinhos de mão ou tirar de dentro do trem os corpos das pessoas que não sobreviviam à viagem.

– Mais uma, para terminar – ordenou o guarda.

Sebastian golpeou com força. Os olhos do homem se abriram ligeiramente.

– Ele está vivo – disse Sebastian.

– Maldição. Levante-se, judeu. Agora!

Sebastian mirou o rosto do homem. Os olhos de peixe morto, vítreos, sem vida. Sebastian se perguntou se o prisioneiro ao menos era capaz de ouvir as instruções, que dirá compreender as implicações delas. Será que ele tinha noção de que aquele era o momento decisivo entre permanecer neste mundo ou ser queimado e mandado para o outro?

– Eu mandei se levantar, judeu!

Apesar de ter se condicionado a não ligar para o que presenciava, Sebastian sentiu o sangue ferver. *Anda, senhor. Não importa quem você seja, lembre-se. Não deixe que eles vençam. Levante-se.*

– Estou lhe dando cinco segundos! – gritou o guarda.

A cabeça do homem se curvou ligeiramente para cima, até se direcionar para Sebastian. Em seguida, o senhor soltou um chiado agudo, como um guincho enferrujado. Era um barulho que Sebastian nunca ouvira de outro ser humano. Por um breve instante, os dois trocaram olhares. Então os olhos do homem se fecharam.

– Não, não! – murmurou Sebastian.

E o golpeou com o chicote, de novo e de novo, como se quisesse fazê-lo recuperar a consciência por meio de pancadas.

– Chega – disse o guarda. – Estamos perdendo tempo.

Ele fez sinal para outros dois prisioneiros, que vieram correndo, levantaram o homem e o levaram para o crematório, sem se preocupar se ele ainda respirava. Enquanto carregavam o corpo para longe, nem sequer olharam para o rapaz alto e esquelético, de cabelo castanho-escuro, que estava agachado e encarando o chicote, involuntariamente fazendo o papel do anjo da morte.

Ele tinha 16 anos.

—

Naquela noite, no barracão onde ele, seu pai e seu avô dormiam, Sebastian se recusou a participar das orações. Era um ritual que eles haviam estabelecido, por insistência de Lazarre, para que não se esquecessem de seu passado, sua fé, seu Deus. Deitados nos beliches imundos, murmuravam as palavras baixinho, no escuro, enquanto um colega prisioneiro tossia de propósito, para impedir que os guardas escutassem. Quando terminavam, Lazarre, agora uma versão esquelética de seu antigo eu atarracado, pedia que todo mundo recitasse uma coisa pela qual estavam gratos naquele dia.

– Eu ganhei uma colherada extra de sopa – disse um homem.
– Meu dente podre finalmente caiu – disse outro.
– Não me espancaram.
– Meu pé parou de sangrar.
– Eu dormi a noite toda.
– O guarda que estava me torturando foi mandado para outro bloco.
– Eu vi um pássaro.

Sebastian não tinha nada a dizer. Ouviu em silêncio, enquanto seu pai e seu avô recitavam o *kadish* pela sua avó Eva, que fora morta na câmara de gás já no primeiro dia, por ter sido considerada pelos nazistas velha demais para ter utilidade. Eles também fizeram o *kadish* pelas gêmeas, Anna e Elisabet, levadas por médicos nazistas para experiências cujos detalhes felizmente eram desconhecidos. Rezaram o *kadish* por Bibi e Tedros, que não sobreviveram ao primeiro inverno. E finalmente recitaram o *kadish* por Tanna, que morrera em seu quinto mês no campo, depois de contrair tifo. Suas colegas de galpão até tentaram ajudá-la, escondendo com feno as erupções na pele, quando iam trabalhar. Mas um guarda nazista a viu deitada tendo calafrios, e ela foi morta naquela tarde, sem deixar nada para ser enterrado, apenas as cinzas da fumaça preta que brotava da chaminé do crematório.

Depois das orações, Lazarre e Lev se aconchegaram perto de Sebastian. Os dois mais velhos tinham assumido uma postura protetora com relação ao adolescente, talvez porque agora ele representava o último dos filhos.

– O que foi, Sebby?

– Não sinto vontade de rezar.

– Nós rezamos mesmo quando não sentimos vontade.

– Para quê?

– Para pedir que isso acabe.

Sebastian balançou a cabeça.

– Isso só vai terminar quando a gente morrer.

– Não fale assim.

– É a verdade.

Sebastian olhou para longe.

– Hoje tinha um homem... Estava vivo, por um minuto. Eu tentei fazê-lo se recuperar. Mas mesmo assim o queimaram.

Lazarre olhou para Lev. O que havia para dizer?

– Faça uma oração pela alma do homem – sussurrou Lazarre.

Sebastian ficou em silêncio.

– E reze pelo seu irmão – acrescentou Lev.

– Por que eu deveria fazer isso?

– Porque queremos que Deus cuide dele.

– Assim como cuidou de nós?

– Seb...

– Nico estava trabalhando para os nazistas, pai.

– Não sabemos o que ele estava fazendo.

– Ele estava nos enganando. Estava mentindo!

– Ele nunca mente – disse Lazarre. – Devem ter feito alguma coisa com ele.

– Por que vocês sempre defendem o Nico?

– Seb, baixe a voz – sussurrou seu pai. Em seguida, tocou no ombro do filho. – Você deve perdoar seu irmão. Você sabe disso.

– Não. Eu até rezo, se vocês quiserem. Mas não por ele. Por qualquer outra coisa.

Lev suspirou.

– Está bem. Reze por alguma coisa boa.

Sebastian pensou em todas as coisas boas pelas quais poderia rezar, todas as coisas boas que desejava e não podia mais ter. Uma refeição quente. Uma cama confortável para dormir. A liberdade de sair pelos portões daquele inferno e nunca mais olhar para trás.

No final, como os jovens costumam fazer, rezou pelo que seu coração desejava.

Rezou para ver Fannie mais uma vez.

Noites de feno

A mulher que encontrou Fannie perto do rio era uma costureira húngara chamada Gizella, cujo marido, Sandor, tinha sido morto em combate dois anos antes.

Como a aliança da Hungria com o Lobo não tinha sido muito forte, era supostamente pela causa nazista que Sandor lutara. Mas Gizella já havia aprendido uma dura verdade sobre a guerra: o luto não toma partido. Sandor morrera. Seu corpo fora mandado para casa. Ela ficara viúva aos 30 e poucos anos, dormindo numa cama vazia. Então a causa não fazia diferença.

Quando viu Fannie escondida perto do rio, Gizella soube que ela era judia, portanto vítima da tragédia. Nisso elas eram semelhantes.

Assim, as duas esperaram juntas até o anoitecer. Então Gizella levou Fannie à aldeia na colina onde morava. Deu-lhe uma tigela de sopa, que foi devorada em segundos, e arrumou um espaço para que ela dormisse no pequeno galinheiro atrás da casa. Também ofereceu a Fannie algumas roupas velhas e pegou seu vestido com a estrela amarela e o queimou na lareira. Ela queria dizer que era melhor assim, porque muitos de seus vizinhos húngaros, como os nazistas, consideravam os judeus uma ameaça e, se descobrissem que ela estava abrigando uma judia, ambas poderiam ser mortas. No entanto, a mulher e a garota não sabiam uma única palavra em comum. Falavam uma para a outra, não uma com a outra, usando as mãos para tentar se expressar.

Gizella bateu no chão e disse, em húngaro:

– Aqui. Você precisa ficar aqui. Aqui. Neste lugar.
Em grego, Fannie respondeu:
– Obrigada pela comida.
– Lá fora não é seguro – disse Gizella.
– Eu estava num trem. Fugi.
– As pessoas daqui não gostam de judeus. Para mim isso não faz diferença. Somos todos filhos de Deus.
– A senhora sabe para onde o trem ia?
– Aqui. Você precisa ficar aqui. Entende?
– Eles mataram meu pai.
– Sopa? Você gosta de sopa?
– Não entendo a senhora. Desculpa.
– Não entendo você. Desculpa.
Gizella suspirou, depois segurou a mão de Fannie, levou-a ao peito e disse baixinho:
– Gizella.
Fannie repetiu o gesto.
– Fannie.
Na primeira noite, isso bastou. Depois que Gizella saiu e fechou a porta, Fannie caiu num sono sem sonhos num grande monte de feno.

———

Nos meses seguintes, Gizella e Fannie estabeleceram uma rotina. Fannie acordava antes de o sol nascer e entrava na casa, onde as duas tomavam café da manhã com bolos de aveia e geleia e trocavam palavras em húngaro. Mais tarde, enquanto Gizella circulava pela aldeia para pegar roupas para lavar ou costurar, Fannie se escondia no galinheiro. Quando o sol se punha, ela se juntava de novo a Gizella para uma sopa ou qualquer coisa que pudessem preparar juntas: batatas, alho-poró, sopa de pão. Muito de vez em quando, Gizella preparava bolinhos de farinha fermentada recheados com queijo cremoso. Fannie ajudava a enrolar a massa.

Aos domingos, Gizella ia à igreja católica e fazia uma oração silenciosa pela sobrevivência da garota. Levava uma bolsinha com um rosário de contas vermelhas e o apertava com força enquanto falava com Deus.

Com o passar do tempo, o vínculo entre elas se desenvolveu. Ambas ampliaram seus vocabulários. Fannie e Gizella puderam contar detalhes de suas famílias e se viram unidas pelas perdas sofridas. Gizella contou que, antigamente, o galinheiro era o celeiro de um cavalo, que ela precisara vender após a morte do marido. Fannie contou que foi jogada do trem em movimento e que rolou no capim duro e precisou correr ao ouvir tiros.

Gizella balançou a cabeça.

– Quando essa guerra acabar, você não vai precisar mais fugir. Até lá, não pode confiar em ninguém, entendeu? Nem nos vizinhos, nem na polícia, nem em ninguém.

– E quando a guerra vai acabar?

– Logo.

– Gizella?

– Sim?

– Quando ela acabar...

– Sim?

– ... como eu vou encontrar todo mundo?

O inverno chegou e trouxe 1944.

À medida que a guerra se tornava mais violenta, os suprimentos iam ficando mais escassos. Quase não havia o que comer. Até o pão era caro. Gizella então passou a trabalhar mais, pegando mais roupas na vizinhança. De manhã ela lavava roupas no rio, fazia entregas à tarde e costurava a maior parte da noite. Em alguns fins de tarde, quando Fannie entrava na casa, encontrava a senhora dormindo com a cabeça pousada na mesa de costura. Ela parecia mais velha do que no dia em que se conheceram no bosque.

– Eu te ajudo – ofereceu Fannie. – Eu costumava remendar roupas com minha mãe.

– Está bem.

Depois do jantar, as duas passavam horas costurando juntas, com Gizella ensinando a Fannie como pregar botões ou fazer bainha num vestido. Foi assim por muitas semanas. Numa noite, Gizella pôs uma peça de roupa de lado e pousou sua mão sobre a de Fannie.

– Posso dizer uma coisa?

– Pode.

– Acredito que Deus mandou você para mim. Antes de Sandor ir para a guerra, nós queríamos ter um filho. Ele disse que queria uma menina. Eu perguntei: "Por que não um menino?" Ele disse que um menino viraria soldado e que um soldado poderia ir embora e ser morto. Disse que não queria que eu me preocupasse com a possibilidade de perder um filho.

Gizella mordeu o lábio.

– Em vez disso, perdi um marido.

Fannie apertou a mão dela.

– O que estou dizendo – sussurrou Gizella – é que, quando essa guerra acabar, se você quiser ficar comigo, pode ficar.

Fannie se sentiu acolhida. Havia muito ela não experimentava algo assim. Com 13 anos, não tinha vocabulário para explicar o que era. Mas eu posso definir o que ela sentiu:

Pertencimento.

—

No dia seguinte, quando Gizella saiu, Fannie decidiu se empenhar mais para ajudá-la. Havia muitas costuras por fazer e ela se sentia inútil escondida no feno, passando as horas com os poucos livros que Gizella lhe dera. Assim, teve o cuidado de se esgueirar do galinheiro até a casa, engatinhando para que nenhum vizinho a visse. Uma vez dentro da residência, começou a trabalhar. Presenciar uma cena diferente, com a luz do sol transbordando por uma janela, a deixou revigorada e decidida. Era a primeira vez que ela vivia uma sensação de normalidade desde o início de toda a loucura em Salônica.

Ao meio-dia, por ter bebido três copos d'água, precisou usar a latrina e saiu sorrateiramente. Porém, ao voltar à casa, minutos depois, e entrar no quarto de costura, ficou cara a cara com uma mulher de cabelo grisalho, de casaco e chapéu verdes, segurando uma pilha de roupas.

A mulher mostrou-se surpresa, arqueando suas sobrancelhas grossas.

– Quem é você? – perguntou ela.

Fannie ficou tão espantada ao ver a mulher – e ficaria do mesmo jeito na presença de qualquer outra pessoa – que não conseguiu formular uma resposta.

– Eu perguntei o seu nome – disse a mulher.

Fannie engoliu em seco. Não conseguia pensar direito.

– Gizella... – sussurrou.

– Você não é a Gizella. Eu conheço a Gizella. Ela deveria ter consertado os botões dessas camisas.

– Eu quis dizer que... eu ajudo a Gizella. – Em seguida, acrescentou: – *Csókolom* – palavra em húngaro usada para se dirigir respeitosamente a uma mulher mais velha.

A mulher inclinou a cabeça para trás, como se farejasse o ar em volta de Fannie.

– Que sotaque é esse? Você é búlgara?

– Não.

– Seu cabelo... Você é grega? De onde você veio?

– Não sei...
– Você não sabe de onde veio?
– Eu sou daqui. Daqui!
– Você está mentindo. Onde está a Gizella? Ela sabe que você está na casa dela? Quero ver a Gizella!

Fannie sentiu o coração bater tão forte que achou que cairia ali mesmo. Só conseguiu pensar em sair correndo. E foi o que fez. Ela saiu pela porta dos fundos em direção ao bosque, enquanto os gritos da mulher – *"Aonde você vai, garota?"* – iam ficando mais baixos, lá atrás.

—

Até o pôr do sol, Fannie ficou escondida no meio das árvores. Ela esteve atenta a qualquer sirene ou barulho de botas pesadas de soldados que pudesse surgir. Mas não aconteceu nada. Por fim, viu uma luz se acender na cozinha de Gizella. Geralmente, esse era o sinal de que era seguro sair do galinheiro. Então foi engatinhando até chegar à casa e depois bateu de leve à porta. Gizella abriu.

– O que foi? – perguntou Gizella. – Por que você está no chão?

Fannie olhou para os dois lados. Tudo parecia normal.

– Fannie? O que aconteceu?

Naquele momento, Fannie poderia ter confessado a verdade. Poderia ter contado a Gizella sobre o encontro com a mulher grisalha. Talvez as coisas tivessem sido diferentes.

Mas a mentira tem muitos disfarces, e às vezes se parece com a segurança. Como Fannie não queria que Gizella ficasse com medo ou decidisse que sua permanência era perigosa demais, não mencionou o incidente.

– Está tudo bem – disse Fannie, levantando-se. – Desculpe ter assustado a senhora.

– Eu vi as costuras que você fez. Obrigada.

– De nada.
– Mas, Fannie, por favor não faça isso de novo. É perigoso. Alguém poderia ter visto você.

Fannie assentiu.

– É. A senhora está certa.

Gizella fez uma pausa, depois foi ao seu quarto e voltou com a bolsa do rosário. Estava usando um par de luvas brancas, as que usava na igreja.

– Está vendo essas contas?
– Estou.
– Sabe o que elas são?
– A senhora reza com elas.
– É. Mas essas não são contas comuns de rosário. São ervilhas. Ervilhas-do-rosário.
– São bonitas.

Gizella baixou a voz.

– São venenosas. Se você comer só uma, pode morrer.

Fannie olhou para aquelas pequenas bolinhas vermelhas. Pareciam inofensivas. Gizella as colocou de volta na bolsa.

– Meu marido me deu, antes de partir. Pagou um bom dinheiro para uma pessoa que importa do estrangeiro. Eu tenho dois rosários. O meu e o dele.

Ela soltou o ar.

– Quero que você fique com um.
– Por quê?
– Porque eu conheço o inimigo. Sei o que eles podem fazer.

Gizella encarou Fannie.

– Se algum dia nós formos descobertas, se não houver esperança e eles forem fazer certas coisas com você... Às vezes...
– O quê?
– Às vezes é melhor deixar este mundo pelas próprias mãos do que pelas deles.

Então ela colocou a bolsinha na mão de Fannie, se levantou e saiu da sala.

Nos cinco meses seguintes, compreendendo o início e o fim do verão, as duas continuaram sua rotina, costurando, lavando, se alimentando, dormindo. Fannie ficava no galinheiro, e até se acostumou com o cheiro de amônia das fezes dos animais. Também praticamente se esqueceu da mulher grisalha que tinha gritado tanto.

Mas só porque você se esquece de uma mentira não significa que ela se esquece de você.

—

Eu disse que esta é uma história de grandes verdades e mentiras. Você descobrirá que as maiores e as menores estão interligadas.

Quando o líder da Hungria, Miklós Horthy, fez aliança com a Alemanha, ele mentiu sobre suas conversas contínuas com os inimigos do Lobo. E, quando o Lobo descobriu, ele também mentiu, convidando Horthy para uma reunião falsa, só para que ele saísse de seu país enquanto os nazistas o invadiam.

Quando descobriu que tinha sido enganado, Horthy ficou furioso. Antes de se reunir com o Lobo, escondeu uma pistola na roupa, planejando executar o líder nazista a sangue-frio. Mas, pouco antes de sair do quarto, guardou a arma de volta, e mais tarde disse que não era capaz de tirar uma vida. Talvez, se ele tivesse ido em frente, a guerra terminaria mais cedo, e o que se sucedeu com Nico, Fannie, Sebastian e Udo poderia jamais ter ocorrido.

Mas isso é fantasia. E eu não negocio com fantasias.

Esta é a realidade: Horthy foi imediatamente substituído e um Estado-fantoche foi instaurado. As forças nazistas, sentindo que estavam perdendo o controle da guerra, atravessaram a Hungria com a fúria de um animal ferido. O Lobo encarregou seus melhores homens de mandarem os judeus húngaros para os campos de extermínio. Nessa tarefa, eles tiveram a ardorosa ajuda do Partido da Cruz Flechada, um odioso movimento político húngaro que, espelhando a visão deturpada do Lobo, acreditava que seu povo também tinha uma pureza racial que precisava ser protegida.

O Cruz Flechada era tão maligno quanto todas as outras organizações nazistas, e seus soldados percorriam o interior do país capturando todos aqueles que consideravam indesejáveis. Invadiam escolas, sinagogas, padarias, madeireiras, lojas, apartamentos, casas.

E numa manhã de outubro, antes que o sol nascesse, eles invadiram uma aldeia nas montanhas e seguiram a informação de uma mulher de cabelo grisalho e casaco verde, que disse:

– A senhora daquela casa está escondendo uma judia.

Eles chutaram a porta da frente e descobriram uma costureira e uma adolescente comendo bolo de aveia.

– Quem é essa garota? – gritou um deles.

– É minha filha! – respondeu Gizella. – Deixem-nos em paz!

Um soldado a golpeou com um porrete e disse que era bom que ela amasse tanto assim os judeus, porque agora poderia morrer com eles. Fannie gritava enquanto o homem do Cruz Flechada a levava para longe, arrastando-a e passando pela mulher grisalha, que assentiu em aprovação, os braços cruzados.

Fannie estava incrédula.

A pequena mentira a havia pegado.

Na guerra, não há limites para a repetição dos horrores.

Catorze meses depois de ser empurrada para dentro de um vagão de gado, Fannie Nahmias foi empurrada para dentro de outro, desta vez em direção a Budapeste, onde caíam bombas e as construções estavam em ruínas. Mais tarde, foi levada para seu segundo gueto e obrigada a dormir num cômodo sem luz com outras nove pessoas, cujos nomes jamais ficou sabendo.

Então, em novembro de 1944, Fannie e dezenas de outros judeus foram obrigados a andar pelas ruas da cidade sob a mira de armas. Estava escuro, era quase meia-noite. A neve caía. Os prisioneiros foram arrastados por uma ponte comprida, depois obrigados a descer uma escadaria até a margem do rio Danúbio. Ali, tremendo de frio, foram obrigados a tirar os sapatos. Seus corpos foram amarrados com corda, em grupos de três ou quatro. Fannie percebeu que um jovem soldado do Partido da Cruz Flechada olhava para seu rosto bonito.

– Não vai doer – murmurou ele, desviando o olhar.

Os prisioneiros foram virados em direção à água escura do rio, cuja correnteza era muito veloz. Fannie tentou enxergar até onde ia a fila. Eram pelo menos setenta ou oitenta pessoas, muitas delas crianças, com a neve cobrindo-lhes a cabeça e os pés descalços. Durante alguns minutos os soldados se juntaram e apontaram para lá e para cá. Por fim, um guarda do Cruz Flechada avançou até a extremidade da fila, levantou sua arma e disparou contra a cabeça de um judeu, observando, impassível, o corpo cair no rio gelado arrastando junto as pessoas amarradas a ele. A correnteza rápida os levou para longe.

Em seguida, foi até o próximo grupo e disparou outra vez.

Fannie fechou os olhos com força. Seu coração quase saía pela boca. Pensou em Gizella e se perguntou se ela ainda estaria viva. Pensou no seu pai, sabendo que ele estava morto, e em seus vizinhos de Salônica, que provavelmente também haviam morrido. Pensou no homem barbudo do trem, que sussurrara para ela: "Seja uma boa pessoa. Conte ao mundo o que aconteceu aqui", e percebeu que jamais poderia fazer isso. Ela tremia incontrolavelmente, os joelhos, as mãos, o queixo. Em meio aos soluços dos outros prisioneiros, disse a si mesma que tudo aquilo acabaria em um minuto, que poderia morrer e encontrar seus entes queridos no céu. Não havia mais nada a perder neste mundo.

De repente, ouviu gritos e uma agitação. Enquanto um vento gélido soprava em seu rosto, por algum motivo pensou em Nico. Viu-o com tanta clareza na mente que pensou tê-lo ouvido chamar seu nome.

– Fannie?

Ela perdeu o fôlego.

– Fannie? É você?

Fannie abriu os olhos e viu uma versão mais alta do único garoto que ela havia beijado, vestindo um sobretudo de oficial nazista. Ao vê-lo, desmaiou imediatamente, fazendo com que as duas pessoas amarradas aos seus pulsos também tombassem ao chão e quase caíssem no rio manchado de sangue.

Nico, de mentira em mentira

Agora preciso contar a jornada de Nico. Para mim isso é doloroso, tal como uma mãe contando sobre o tempo que seu filho passou na prisão.

O garoto que nunca mentia largou seu véu da honestidade naqueles trilhos de trem em Salônica, em 1943. Quando apareceu às margens do Danúbio, agora com quase 14 anos, estava praticamente irreconhecível – para mim ou para as pessoas que, como Fannie, o conheciam em sua forma terrena.

Não cabia dizer que a adolescência tivesse chegado para Nico, e sim que ela se jogara sobre ele. Nico crescera 15 centímetros. Suas feições, antes encantadoras, agora estavam mais incisivas. A voz ficara grave como a de um barítono e ele ganhara 10 quilos. Sem contar o peso das mentiras, que não pode ser calculado.

Mas essas mentiras o mantiveram vivo. Nico se tornou, como Udo havia comentado, "um bom mentiroso", abandonando a vida de honestidade praticamente da noite para o dia. Isso não é novidade. Adão não perdeu o Paraíso por causa de uma simples mordida na maçã? Lúcifer não era um anjo bom antes de decair por toda a eternidade? Todos estamos à distância de um ato fatídico que é capaz de mudar nosso destino, e o preço que pagamos pode ser imensurável.

Nico pagou esse preço.

Ele me perdeu.

Não podia mais falar a Verdade. Fugia dela como o diabo foge da cruz. Dizer coisas verdadeiras só o fazia lembrar que sua honestidade podia ser a responsável por condenar sua família à morte. Quem, dentre nós, poderia olhar para uma responsabilidade tão ardente quanto o sol e não ficar cego?

Assim, a mentira se tornou a nova língua de Nico. Ele lançou mão de incontáveis falsidades para ir de um lugar a outro. Nessas empreitadas, teve a ajuda de certas pessoas que encontrou no caminho.

Mas primeiro ele foi ajudado por um passaporte.

O passaporte pertencera a um soldado alemão de ombros largos chamado Hans Degler, que capturava judeus em Salônica. Em uma noitada numa taverna grega, ele se embebedou demais e acabou caindo do alto de um prédio para onde tinha levado uma mulher em busca de prazer. Seu corpo foi encontrado na manhã seguinte, esparramado e sem vida, num beco perto de um automóvel abandonado.

Udo tinha guardado o passaporte do rapaz, planejando entregá-lo quando chegasse à Alemanha. Isso foi antes do dia das traições e da descoberta fortuita da bolsa de couro escondida no armário embaixo da escada, que, junto com o dinheiro e os distintivos, também guardava o documento de identidade do falecido Hans Degler. Você pode achar estranho tantos benefícios terem vindo dos pertences de um ex-algoz. Mas as pessoas que mais lhe fazem mal – se você sobreviver a elas – podem inadvertidamente levá-lo a coisas boas.

Nico desembarcou do trem que ia para o norte na pequena cidade grega de Edessa, não muito longe da fronteira com a Iugoslávia, procurando alguém que tivesse uma máquina fotográfica. Ele pretendia trocar a foto do passaporte de Hans Degler por uma sua, para se passar por um jovem de 18 anos usando o documento. Sabia que essa possibilidade era remota, mas que outra opção havia? Os soldados nazistas podiam insistir em ver documentos a qualquer hora. Com um passaporte alemão, talvez o deixassem em paz.

Enquanto andava pela cidade com o distintivo preso na camisa, Nico atraía olhares, mas ninguém o questionou. As pessoas de Edessa, como as de Salônica, já haviam sentido a fúria das forças nazistas. Ninguém queria mais encrenca.

Nico ficou horas procurando um fotógrafo, mas não conseguiu encontrar. No fim da tarde, cansado e suado, passou diante de uma barbearia e viu fotos de clientes na vitrine. Ao entrar no estabelecimento, uma sineta tocou. Então surgiu um homem alto, com o rosto tomado por cicatrizes de varíola, usando um jaleco de mangas curtas e o bigode mais grosso que Nico já vira.

– Em que posso ajudar? – perguntou o homem, olhando o distintivo de Nico.

Nico tentou parecer sério.

– *Ich brauche ein Foto* – disse.

– Foto? Você precisa de uma foto? – perguntou o homem, confuso.

– *Ja* – respondeu Nico, apontando para as fotografias na vitrine. – *Ein Foto*.

– Certo. Primeiro um corte de cabelo. Não é?

O homem sinalizou para a cadeira de barbeiro. Nico não queria cortar o cabelo, mas não desejava levantar suspeitas. Vinte minutos depois de se sentar, seu cabelo loiro estava curto e ele parecia mais velho. O barbeiro bigodudo foi para os fundos e voltou com uma velha máquina fotográfica. Tirou várias fotos.

– Volte daqui a dois dias – disse, levantando dois dedos.

Nico desceu da cadeira e se preparou para sair. O homem pigarreou e esfregou a palma da mão, esperando o pagamento. Nico abriu a bolsa e tirou algumas moedas gregas. Quando percebeu que o barbeiro o observava, rapidamente fechou o zíper.

– *Ein kleines Foto* – disse.

– Hein? – perguntou o homem.

Nico repetiu, até que o homem pareceu entender. Uma foto pequena. Tamanho para passaporte. Era o que ele queria.

– *Ich werde zurückkommen* – disse Nico. Eu voltarei.

Nas duas noites seguintes, Nico dormiu na estação de trem. Comeu o pão com salsicha que tinha enfiado na bolsa e bebeu água da pia do banheiro. Lá perto ele achou uma livraria, comprou um livro de frases em alemão e estudou durante horas seguidas, treinando as palavras em conversas imaginárias consigo mesmo.

No terceiro dia, quando voltou à barbearia, o bigodudo esperava por ele. O barbeiro o levou até a sala nos fundos e disse:

– Sua foto está aqui.

Nico passou pela porta e foi imediatamente atacado por dois adolescentes, que o seguraram enquanto o barbeiro abria a bolsa. Ele mexeu na comida, nas roupas e no dinheiro, mas quando viu os distintivos se encolheu.

– Para quem você trabalha? Por que tem distintivos nazistas?

Nico se retorcia para tentar se soltar dos rapazes.

– Trabalho para Herr Udo Graf, o *Hauptsturmführer*! E ele vai mandar matar vocês!

Só então percebeu que tinha gritado essa frase em grego.

O barbeiro olhou para os adolescentes e assentiu para soltarem Nico.

– Você é de Salônica – disse o homem. – Percebi pelo seu sotaque. Você pode parecer alemão e pode falar a língua deles, mas é um de nós. Um grego. Por que está fingindo?

Nico fechou a cara.

– Devolva a minha bolsa.

– Pode ficar com a bolsa, mas eu fico com tudo o que está dentro dela. A não ser que você me conte o que está fazendo.

– Eu preciso de uma foto. Para um passaporte.

– Para onde vai?

Nico hesitou.

– Para os campos.

– Os campos? Os campos *alemães*?

O barbeiro olhou para os adolescentes e começou a rir.

– Ninguém vai de livre e espontânea vontade para aqueles campos. Eles levam você como um animal capturado. E você nunca mais volta.

Nico travou o maxilar.

– Diga, garoto. Quem é que você tanto precisa ver nos campos?

– Não é da sua conta.

– Você é judeu?

– Não.

– A gente pode baixar suas calças e ver rapidinho.

Nico apertou as mãos. Os adolescentes se entreolharam. O barbeiro sinalizou para se afastarem.

– Não importa. Talvez seja judeu, talvez não, mas é um garoto que fala alemão e precisa de um passaporte para ir *para* os campos. Isso é interessante.

Ele se afastou e remexeu na bolsa. Embaixo das roupas e da salsicha, encontrou mais papéis dobrados. Pegou um deles, se virou para os adolescentes e disse:

– Levem o garoto para o seu avô.

Quem eram aquelas pessoas?

O nome do barbeiro era Zafi Mantis e os adolescentes eram seus filhos, Christos e Kostas. Eram *romanis*, frequentemente chamados de "ciganos" naquela época. Também se escondiam dos nazistas e usavam a barbearia para despistar suas verdadeiras intenções.

Os três levaram Nico até os arredores da cidade, a um quarteirão deserto com apenas duas construções de pé. Nico viu um agrupamento de barracas atrás de uma das edificações e algumas mulheres dando banho em crianças numa grande banheira de metal. Levaram-no por uma escada. No segundo andar, Mantis bateu quatro vezes numa porta, esperou, bateu mais três vezes e depois mais uma.

A porta se abriu, e um homem baixo e barbudo, que usava um avental, os deixou entrar.

– Quem é esse? – perguntou ele.

– Nosso golpe de sorte – respondeu Mantis.

Nico olhou em volta. Havia latas de tinta, telas e várias obras de arte em cavaletes. Nos fundos, uma grande lona estava pendurada do teto até o chão, com alguns bancos à frente, como se destinados a modelos vivos.

– Olhe isso – disse Mantis, abrindo a bolsa de Nico e tirando os papéis. – Documentos de identificação. Documentos *alemães*!

Uma expressão de medo se acendeu no rosto do homem barbudo.

– Relaxa – continuou Mantis. – Não são dele. Ele é um judeu fugitivo. Ou não. Olhe.

O barbudo segurou os papéis diante de uma lâmpada acesa. Virou-se de volta para Nico. Seu avental azul estava cheio de manchas de tinta.

– Onde você conseguiu esses documentos?

– Não vou contar nada enquanto não me devolverem minha bolsa – respondeu Nico. – E a foto pela qual eu paguei. – Sua voz tremia, ainda que tentasse parecer corajoso.

– Ele fala alemão – disse Mantis.

– Verdade? – O barbudo levantou uma sobrancelha. – E sabe ler também?

Nico fungou e assentiu. O homem então enfiou a mão no próprio bolso e pegou um papel dobrado.

– Depressa, o que está escrito aqui?

Nico leu. Era uma lista oficial de nomes, sob um parágrafo de instruções.

– Diz que essas pessoas devem ser presas no dia 28 de agosto e levadas para a estação de trem. Que as bagagens não devem pesar mais de seis quilos. E que as mulheres e crianças devem ser separadas dos homens antes de embarcarem.

Mantis franziu a testa.

– Dia 28? É depois de amanhã.

Nico devolveu o papel e perguntou:

– Vocês todos são judeus?

O barbudo balançou a cabeça, arrasado.

– Pior – murmurou.

O que poderia ser pior?

Deixe-me intervir. Os romanis viviam em comunidades nômades por toda a Europa, com uma história rica, uma fé estrita, um amor pela música e pela dança e um profundo senso de família. Mas o Lobo os considerava tão venenosos quanto os judeus. Ele os rotulava de *Zigeuner* e os chamava de "inimigos do Estado". Onde quer que os encontrassem, as forças nazistas os transportavam para os campos de extermínio ou os assassinavam imediatamente. Os soldados do Lobo eram particularmente cruéis com os "porcos ciganos" que eles tanto detestavam, estuprando as mulheres, enforcando os homens, obrigando-os, por diversão, a escolher entre morrer com um tiro na cabeça ou por choque elétrico.

Antes do fim da guerra, mais da metade dos romanis que moravam na Europa seriam exterminados da face da Terra. Há quem diga que, de cada quatro, três foram mortos. Os descendentes referem-se a esse período como *Porajmos*, que significa "devoração", ou *Pharrajimos*, que quer dizer "corte", ou *Samudaripen*, que significa "assassinatos em massa". Não dá para criticá-los por terem tantos termos. Afinal, uma única palavra poderia descrever um horror tão grande?

Mas voltemos ao sótão.

Nico se lembrava de como sua família tinha sido levada para os trens. Pensou no grandalhão que o levantara pelas axilas. *Eles estão nos levando para a morte.*

– Vocês precisam fugir daqui agora mesmo – alertou.

Os homens assentiram um para o outro. Mantis fechou a bolsa de couro e a entregou a Nico.

– Boa sorte na tentativa de chegar aos campos.

Em seguida, virou-se para os filhos.

– Levem ele de volta à loja.

– Espere – interrompeu o barbudo. – O garoto precisa de uma foto.

Mantis bufou.

– Por que a gente deveria ajudá-lo?

– Porque ele nos ajudou.

O barbudo se virou para Nico.

– O documento que você traduziu foi roubado por uma empregada que trabalha para um oficial nazista. Nós não conseguimos ler. Agora, graças a você, sabemos que precisamos ir embora.

Nico assentiu. Sentia-se mal por eles. Aquelas pessoas só estavam tentando permanecer vivas, como ele.

– Este é o meu filho, Mantis – disse o barbudo, apontando. – E estes são meus netos, Christos e Kostas. Pode me chamar de Papo, como eles. Significa "avô".

– Papo – repetiu Nico.

– E como podemos chamar você?

– Erich Alman.

– Certo, Erich Alman, onde está o passaporte para o qual você precisa de ajuda?

Nico hesitou. Parte dele sentia que já havia falado demais com aquelas pessoas. Mas alguma coisa nos olhos do barbudo o fez pensar no seu avô e o deixou com saudade daquela sensação de segurança de antes. Ele tirou o sapato, no qual estava escondido o passaporte de Hans Degler, e o entregou. Papo viu a capa marrom com a águia preta e a suástica acima das palavras *Deutsches Reich*. Então abriu um largo sorriso.

– Um passaporte alemão? Você nos deu um segundo presente, Erich Alman.

– O senhor não pode ficar com ele! – gritou Nico.

– Ah, eu não quero ficar com ele.

O barbudo puxou a lona e revelou uma mesa de desenho, frascos de tinta e de produtos químicos e uma máquina de costura.

– Quero copiá-lo – disse.

Apesar do avental sujo de tinta, Papo não era pintor.

Era um falsário.

Sua família vinha fornecendo documentos falsos para a comunidade havia mais de um ano. Carteiras de identidade. Certidões de casamento. Sempre mudando a grafia dos nomes para não serem detectados como romanis. Aquela pequena oficina, escondida sob a fachada de um ateliê de pintura, era impressionante. Nico viu pilhas de papel, carimbos, copos com água colorida, várias tinturas e até uma pilha de passaportes de várias cores.

– Eu nunca tinha arranjado um alemão – disse Papo.

– O senhor pode colocar minha foto nele?

Papo examinou as páginas.

– Vou ter que apagar esse carimbo azul e criar outro. Mas posso usar ácido lático. Funciona bem.

Nico não sabia o que o homem estava dizendo, mas ficou fascinado. Ali, naquele prédio abandonado, havia um lugar de reinvenção, onde antigas identidades podiam ser destruídas e outras, novas, podiam ser criadas. Para um camaleão como Nico, era perfeito.

– Me ensine o que o senhor faz – pediu.

– Ensinar?

– É.

– Não.

– Eu pago.

– Escute, garoto – disse Mantis. – Daqui a algumas horas, nós vamos fazer as malas e partir. Amanhã à noite, teremos ido embora.

Nico contraiu o maxilar.

– Então eu vou com vocês.

Udo arranja um novo trabalho

Desculpe-me. Ao fazer os relatos detalhados sobre Nico, Fannie e Sebastian, percebi que ignorei a progressão de seu algoz, nosso quarto personagem, Udo Graf.

Udo chegou a Auschwitz no mesmo dia que a família de Nico. Ele desceu do vagão para testemunhar o tumulto de passageiros e guardas. Aquilo lhe causou repulsa. O fedor pavoroso, as pilhas de cadáveres, todas as figuras esqueléticas correndo pela lama com seus pijamas listrados. *O que ele estava fazendo ali?*

A resposta veio em menos de uma hora. Enquanto os prisioneiros recém-chegados eram empurrados, espancados, tinham o cabelo raspado, eram desinfetados ou levados para câmaras de gás, Udo foi escoltado até uma propriedade no canto mais distante do campo, uma imponente estrutura de tijolos com jardins bem cuidados ao redor. Os trabalhadores ali – um jardineiro e várias empregadas – mantiveram a cabeça baixa quando Udo passou. Assim que entrou na construção, ele olhou pelas janelas. Avistou muros altos e árvores grandes que bloqueavam boa parte da visão do campo de prisioneiros, em particular da grande chaminé do crematório. O lugar parecia uma casa de campo, agradável, quase pastoral.

Udo foi levado até um escritório com uma mesa de mogno. Em cima havia uma garrafa de vodca. Enquanto esperava, escutou um ruído constante de motor vindo de fora. Mais tarde ficaria sabendo que, quando os prisioneiros eram mortos com gás, um guarda ligava o motor de uma motocicleta para encobrir os gritos abafados das pessoas que respiravam pela última vez.

De repente um membro de alta patente da SS entrou na sala, os sapatos fazendo barulho no chão de madeira encerada. O homem encheu dois copos de vodca, entregou um a Udo e informou que ele fora convocado para ajudá-lo nas operações do campo, a começar imediatamente. Esse homem era o novo *Kommandant*. Quando Udo, confuso, perguntou o que havia acontecido com o *Kommandant* anterior, o novo baixou a voz.

– Ele teve um lamentável relacionamento com uma prisioneira. Um relacionamento íntimo, que resultou numa criança. Foi mandado de volta para a Alemanha, enquanto se aguarda uma investigação completa.

O *Kommandant* fez uma pausa.

– Confio que não teremos um problema assim com o senhor, não é, Herr Schutzhaftlagerführer?

A palavra significava "diretor do campo". Então *esse* era seu novo trabalho. Por isso ele havia sido convocado. Não era uma traição. Era uma promoção.

– Não haverá esse tipo de problema, *Kommandant* – assegurou Udo.

– Ótimo. É o seguinte. Aqui temos uma regra principal: manter o que vale a pena ser mantido e livrar-se do resto.

– Poderia ser mais específico?

O homem baixou o copo.

– Que tal isto: quando os judeus imundos chegarem, separe-os como o lixo que eles são. E sabe as velhas, as mães com bebês, os velhos frágeis, qualquer um que demonstre a menor resistência? Mate-os imediatamente.

Ele fez uma pequena pausa.

– Quaisquer outros, homens fortes, mulheres úteis, ponha-os para trabalhar. Você viu o letreiro no portão, certo? *"Arbeit macht frei"?* "O trabalho liberta"?

O *Kommandant* riu.

– É claro que na verdade não queremos dizer "liberta".

Udo tentou rir de volta. Seu estômago roncava. Tomou um gole de vodca e se perguntou quantas pessoas ele deveria exterminar.

—

Antes de chegar a Auschwitz, Udo estivera mais no lado logístico dos assassinatos. Ele cercava o inimigo, colocava-os de joelhos e depois os mandava para outro lugar, para que o problema fosse resolvido longe dele. Isso era uma coisa. Mas *matá-los imediatamente* era outra. Udo hesitou. Alguém com uma consciência melhor teria recusado. Ido embora. Pedido outro posto.

Porém ou se serve ao Senhor, ou se serve ao homem. Se você escolher o segundo, talvez não haja limite para as ordens que terá de cumprir ou para a sua própria crueldade.

Por isso Udo se tornou um exterminador. E dos bons. Sob sua orientação, os trens que chegavam eram descarregados rapidamente, e com frequência os prisioneiros eram levados às câmaras de gás em poucas horas. Ainda que cada um deles fosse o aterrorizado pai ou mãe de alguém, ou o filho apavorado de outro, eles eram empurrados para a morte com o mesmo desapego com que se tiram farelos de uma toalha de mesa. Udo mantinha os detalhes em seu diário, os números, a contabilidade, seus sentimentos de orgulho quando os extermínios do dia aconteciam sem problemas.

Também não perdeu tempo em sujar as mãos de sangue. Antes de Auschwitz, ele próprio não tinha matado muito. Havia eliminado um velho rabino judeu que implorara para que os soldados não incendiassem uma sinagoga em Salônica. E tinha atirado em dois homens fugidos do gueto Barão Hirsch, depois que um soldado da SS se atrapalhou com o fuzil. Na ocasião, Udo achou vergonhosa a dificuldade do soldado enquanto os dois judeus estavam de joelhos. Como não aguentava mais o choro deles, encerrou a questão rapidamente com sua pistola Luger.

No entanto, esses acontecimentos haviam sido singulares, e Udo olhara para os corpos depois de suas balas os silenciarem sentindo um leve pesar, até mesmo raiva, pelo fato de os confrontos terem chegado àquele ponto.

No campo de concentração, por achar que seus atos motivariam os guardas, Udo insistia em matar pelo menos um judeu por dia e dois aos sábados. Depois que eles morriam, perguntava quais eram os números tatuados em seus braços, para anotá-los numa lista em seu caderno.

Durante todo o tempo em que esteve em Auschwitz, Udo jamais soube o nome de qualquer prisioneiro.

A não ser um.

Sebastian Krispis.

O irmão do seu pequeno mentiroso.

Udo se lembrava dele na plataforma do trem. Lembrava-se de que, enquanto a família de Nico gritava, chorava e corria para ele, só o irmão mais velho não se movera, ficando para trás.

Depois, no vagão do trem, quando Udo jogou o bebê pela janela, todos os passageiros desviaram os olhos, menos ele, de novo, o irmão, que o ficou encarando até que Udo baixasse os olhos. Isso, aliás, era motivo suficiente para que ele o matasse. Tinha pensado nessa hipótese.

Em vez disso, assim que chegou a Auschwitz, ele instruiu os guardas a darem ao garoto as tarefas mais insuportáveis. Uma vez, um oficial lhe perguntou:

– Se você odeia tanto esse aí, por que simplesmente não o mata?

– Matar a carne é fácil – respondeu Udo. – Matar o espírito é um desafio.

Sebastian cresce mais fraco, mas se fortalece

Acontece que matar o espírito do garoto não seria tão simples quanto Udo imaginava. Tendo perdido a mãe e os irmãos, e com os ciúmes bobos substituídos por fome e exaustão, Sebastian amadureceu rapidamente. Ficou mais forte. Mais ousado. Os vários trabalhos lhe deram uma visão mais ampla do campo e de como sobreviver. Roubava cascas de batata das latas de lixo. Pegava ração de cachorro das tigelas. Se aliava a outros prisioneiros gregos para saber qual bloco tinha menos inspeções ou que guardas poderiam ser distraídos. Entre si, inventavam apelidos para identificá-los.

– Cuidado com o Orelha hoje. Ele está irritado.
– Vi o Vampiro dormindo do lado de fora da latrina.
– O Furão atirou em dois prisioneiros ontem. Fique longe dele.

E, ainda que os prisioneiros não tivessem permissão para conversar com os civis poloneses que eram levados para trabalhar com os judeus, Sebastian até fez contato com alguns deles. Numa manhã, estava espalhando cascalho perto de um trabalhador de pescoço grosso que usava um tapa-olho e ouviu:

– Você é uma porcaria de um esqueleto – sussurrou o homem. – O que eles estão fazendo com vocês aqui?

Sebastian engoliu em seco. Não tinha pensado em como as outras pessoas o enxergavam. Nenhum prisioneiro comentava sobre a aparência dos outros. Todos estavam igualmente enfraquecidos – cabelo raspado, machucados, com cicatrizes, feridas abertas, sujos de graxa, reduzidos a pele e osso. Mas a pergunta do polonês lhe chamou a atenção: *O que eles estão fazendo com vocês aqui?* Como aquele homem, que obviamente morava por perto, podia não ter a menor ideia do que acontecia ali?

Parte de Sebastian queria relatar tudo desde o princípio: os vagões de gado, as separações, a desinfecção, os espancamentos, os castigos matinais, o bocado de sopa sem gosto à noite, tosses, vômitos, tifo, escarlatina, os corpos encontrados mortos nos beliches.

Por outro lado, se os guardas soubessem, ele seria enforcado diante de todo o acampamento, e seu pai e seu avô teriam o mesmo fim. Isso, aliás, era um multiplicador mortal empregado pelos nazistas: para cada prisioneiro pego roubando comida, cinco eram torturados. Para cada tentativa de fuga, dez eram mortos. Como Sebastian poderia revelar a Verdade, quando os nazistas me sufocavam dentro de sua garganta?

– O senhor pode me arranjar um pouco de comida? – murmurou finalmente.

O homem com tapa-olho balançou a cabeça e continuou espalhando o cascalho, como se dissesse: *Por que fui me incomodar com o problema deles?* Mas no dia seguinte, quando os guardas estavam longe, ele passou para Sebastian uma batata e uma lata de sardinhas, que o jovem escondeu na cueca até voltar ao barracão. Dividiu a comida com o pai e o avô.

– Esta noite agradeço pelo nosso brilhante Sebastian – disse Lazarre, estalando os lábios. – Nunca imaginei que uma batata pudesse ser tão gostosa.

Lev sorriu e afagou a cabeça do filho. Ele notou a cicatriz curva acima da clavícula, causada por um cachorro que havia mordido Sebastian depois que o Schutzhaftlagerführer Graf ordenara aos cães que atacassem um grupo de prisioneiros.

– Como está a ferida? – perguntou Lev.

Sebastian olhou para baixo.
- Ainda dói.
- Quando você vestir uma camisa com colarinho, nem vai notar.
Sebastian riu.
- E quando é que vou vestir uma camisa com colarinho?
- Um dia - respondeu Lev.
Lazarre se inclinou para perto.
- Nunca sinta vergonha de uma cicatriz. No final, elas contam a história da nossa vida, de tudo o que nos machuca e de tudo o que nos curou.
Sebastian tocou de leve a cicatriz.
- Sinto orgulho de você, Seb - sussurrou Lev. E piscou para conter uma lágrima. - Nunca tinha percebido como você era forte. Desculpe. Acho que não prestei atenção suficiente.
- Tudo bem, pai.
- Eu te amo, filho.
Sebastian estremeceu. Pensou nessas palavras e nas muitas vezes em que desejou que seu pai as dissesse. Porém agora as palavras não eram mais tão importantes, e sim a comida. E a água. E não ser vigiado pelos guardas. Isto é um fato triste que percebi nos seres humanos: quando você finalmente diz o que um ente querido quer escutar, em geral ele não precisa mais ouvir.

———

Certa noite, no fim do verão de 1944, os prisioneiros se assustaram com um som distante de explosões. No dia seguinte, mandaram que deixassem seu trabalho para que construíssem às pressas abrigos antiaéreos.
- Estamos sendo bombardeados - sussurrou um deles.
- Estão vindo nos libertar - disse outro.
- Mas e se acertarem *a gente*?

– É o fim da guerra! Não vê?

Infelizmente, não era o fim. As forças aliadas estavam mesmo bombardeando, mas não o campo de concentração, e sim as fábricas ao redor. Dia após dia o som dos aviões retumbava no céu. Os alemães então corriam para seus abrigos, proibidos para os prisioneiros, aos quais só restava se deitar num campo lamacento, um em cima do outro.

Durante esses ataques, Lazarre contraiu um vírus, provavelmente devido às horas passadas debaixo de outros pessoas. A cada dia ficava mais fraco, precisando se esforçar muito para cumprir suas tarefas. Cada passo era um desafio. Seu corpo estava encurvado, torto feito um limpador de cachimbo, as vértebras visíveis sob a pele.

À medida que a tosse de Lazarre piorava, crescia o temor de Lev e Sebastian de que ele não passasse na próxima "seleção", uma triagem que os nazistas faziam para descartar os fracos e abrir espaço para novos prisioneiros. Nos últimos tempos, o campo tinha sido inundado de judeus húngaros e os barracões ficaram apinhados. Alguns prisioneiros precisariam sair.

– Dê sua porção a ele – disse Lev a Sebastian quando a sopa noturna foi distribuída.

Sebastian obedeceu e seu pai fez o mesmo. Eles tinham a esperança de que, se alimentando melhor, Lazarre recuperasse um pouco da saúde. Porém, quando chegou o dia da seleção, ele não tinha melhorado.

Naquela tarde, os prisioneiros foram despidos e espremidos num cômodo grande. Todos receberam a ordem de correr pelo pátio e entregar um cartão com seu nome ao oficial de inspeção. Com base num olhar superficial de dois segundos, o oficial decidia quem seria executado e quem não seria.

– Leve seu avô para a parte de trás – sussurrou Lev.

Ele e Sebastian colocaram Lazarre atrás de um monte de outros prisioneiros. Esperavam que, assim que a cota de pessoas fosse alcançada, o inspetor talvez não se importasse muito em selecionar mais gente.

– Lembre-se, Nano – disse Sebastian. – Fique de cabeça erguida, o peito estufado, e vá o mais rápido que puder, para parecer forte.

Lazarre assentiu, porém mal conseguia ficar de pé. Restavam apenas alguns homens nus à frente. De repente, ele começou a tossir sem parar, em um forte acesso. Curvou-se de dor.

Lev franziu os lábios e seus olhos se encheram de lágrimas. Ele se virou para Sebastian, que viu no rosto do pai algo que nunca havia testemunhado. Então, com um movimento furtivo, Lev tomou da mão de Lazarre o cartão dele, enfiou seu próprio número na mão do pai e saiu para o pátio, correndo nu e passando pelo inspetor, o peito estufado e os olhos no céu, salvando o pai e se condenando.

Budapeste

Fannie passou geleia num pãozinho e o devorou rapidamente. Mesmo ali, no porão de um prédio residencial em Budapeste, ela comia com pressa, como se pudessem lhe tomar o alimento a qualquer momento.

Havia outras 22 crianças ao redor, algumas com apenas 5 anos, outras com até 16. Elas comiam em silêncio, cuidando para não fazer barulho com os talheres. Todas tinham sido resgatadas das margens do Danúbio e fazia quase três semanas que estavam escondidas naquele porão.

Pelo que Fannie conseguiu entender, ela se salvara por uma série de acontecimentos peculiares. Uma famosa atriz húngara tinha chegado à margem do rio no instante em que os homens do Cruz Flechada começavam as execuções. A artista carregava consigo ouro e peles e caminhou entre os guardas oferecendo subornos para que soltassem os prisioneiros. Fannie não chegou a vê-la – tinha desmaiado antes disso –, mas os garotos mais velhos disseram que ela era muito bonita, até mesmo sensual. Segundo eles, ela parecia flertar com os soldados.

Porém, os esforços dela só foram bem-sucedidos em parte. Os homens do Cruz Flechada deixaram que ela levasse os mais novos, mas não os adultos. As crianças então foram postas em automóveis e enviadas, no meio da noite, àquele prédio vazio, que aparentemente não ficava sob o apartamento da atriz, e sim do outro lado da cidade. Ao chegarem, foram conduzidas rapidamente para baixo e receberam cobertores para dormir.

No porão, eram alimentadas duas vezes por dia por uma cozinheira, que Fannie presumiu que trabalhava para a atriz. Tinham livros para ler e até um jogo de tabuleiro. Todo dia, quando a cozinheira chegava para entregar as refeições, Fannie perguntava a mesma coisa:

– A senhora viu um garoto chamado Nico? Ele estava lá naquela noite, na beira do rio?

A resposta era sempre a mesma. Ninguém conhecia esse nome. Quando dezembro chegou e a cozinheira levou biscoitos doces com confeitos verdes, Fannie já se perguntava se não teria imaginado aquilo tudo.

Posso lhe dizer que não.

E o que Nico estava fazendo junto ao rio Danúbio?

Tudo começou com as falsificações, talento que ele aperfeiçoou durante o tempo passado com os refugiados romanis. Escondido na floresta perto da fronteira entre a Grécia e a Iugoslávia, Papo lhe ensinou tudo sobre tintas e tinturas, e como remover marcas com ácido lático oriundo de lavanderias a seco. O talento de Nico para o desenho lhe foi muito útil; ele tinha facilidade, de modo que, no inverno de 1943, já havia produzido dezenas de carteiras de identidade e maços de certificados de racionamento de alimentos, que ajudavam os refugiados romanis a permanecer vivos. Além disso, agora possuía três passaportes: um húngaro, um polonês e, mais importante, o alemão, em nome de Hans Degler.

À noite, Nico se sentava com as famílias romanis junto às fogueiras dos acampamentos, que eram pequenas para não ser detectadas pelos nazistas. Compartilhava com eles uma panela de cozido de coelho acebolado e escutava-os tocar violões. Ouvia os cantos lamuriosos dos idosos e se lembrava das noites de sábado em Salônica, quando seu avô entoava em voz alta as bênçãos hebraicas e ele e o irmão continham uma gargalhada quando a voz do velho tremia nas notas agudas. Nico ansiava por reviver aquelas lembranças. Estava desesperado para revê-los.

Numa manhã, Mantis acordou e viu Nico totalmente vestido e fechando o zíper da bolsa de couro.

– O que você está fazendo, garoto?

– Preciso ir.

– Encontrar sua família?

– Minha família está na Alemanha, em segurança – mentiu.

Mantis levantou uma sobrancelha.

– É mesmo?

– É. Está. Mas preciso ir.

– Espere um minuto.

Mantis foi até sua barraca. Instantes depois, voltou com Papo, que trazia dois pães, uma lata de geleia e uma sacola cheia de canetas, tinta, carimbos e três passaportes húngaros roubados. Ele sorriu calorosamente e entregou a sacola a Nico.

– Eu sabia que este dia iria chegar.

– Desculpa, Papo.

– Tenha cuidado. Não confie em ninguém.

Nico não conseguiu dizer nada. Parte dele queria permanecer ali, com as fogueiras noturnas, as músicas agradáveis e os companheiros romanis que o haviam recebido sem questionar. Eram como uma família. Porém sua família verdadeira precisava dele. Tendo aprendido a arte da falsificação, seu plano era criar documentos para libertá-los.

– Obrigado por tudo – disse a Papo.

– Nós é que deveríamos agradecer. Você salvou nossa vida.

Mantis soltou o ar com força e disse:

– Você sabe que, se for até aqueles campos, eles vão matá-lo num segundo.

Nico não respondeu.

– Vou lhe dizer uma coisa, Erich Alman, ou seja lá qual for o seu nome: você é corajoso.

O vento soprou folhas na lama congelada. Papo foi com Nico até o limite do acampamento e lhe disse:

– Sempre se lembre disto: *Si khohaimo may pachivalo sar o chachimo.*

– O que quer dizer? – questionou Nico.

– É mais fácil acreditar em certas mentiras do que na verdade.

—

Fiel a esse lema, Nico caminhou, andou de trem, pegou carona em carroças e automóveis e foi em direção à Polônia, viajando pela Iugoslávia e entrando na Hungria, adotando a identidade que lhe servisse melhor. Em Belgrado, fingiu ser estudante e comeu durante uma semana no refeitório de uma escola. Em Osijek, arrumou trabalho como aprendiz de gráfico, permanecendo por tempo suficiente para roubar papel e material para mais falsificações. Sempre tinha uma história pronta, para o caso de alguma autoridade o parar. Era um músico húngaro em visita aos avós. Era um atleta polonês de férias com o tio. *É mais fácil acreditar em certas mentiras do que na verdade.* A verdade de Nico – que era um garoto judeu da Grécia, que fora orientado por um *Hauptsturmführer* nazista, que tinha enganado seu próprio povo numa plataforma de trens, que aprendera a arte da falsificação com romanis e que agora viajava para um campo de concentração do qual tinha sido poupado – era muito menos crível do que aquelas histórias de fachada.

Certa noite, na cidade húngara de Kapsovár, ele estava andando por uma rua movimentada quando um grupo de nazistas chegou em caminhões e entrou correndo em uma loja de departamentos.

Os proprietários, três irmãos judeus, foram obrigados a sair sob a mira de armas e enfileirados diante das vitrines. Um jovem soldado alemão de ossos largos e musculoso tirou o sobretudo e o quepe e os pôs num banco. Enquanto os irmãos judeus eram contidos, o soldado espancou cada um deles até que perdessem a consciência.

Uma multidão se reuniu para olhar, com algumas pessoas comemorando a cada golpe.

– Bate de novo!

– Já não era sem tempo!

O alemão se sentiu ainda mais estimulado e, quando os irmãos perderam os sentidos, exigiu que fossem levantados para que ele batesse mais. Quando finalmente terminou, os nós dos seus dedos estavam em carne viva e as mangas de sua camisa, manchadas de sangue. Ele foi parabenizado com tapinhas dos colegas e exalou o ar com força, satisfeito.

No entanto, quando foi pegar o sobretudo e o quepe, eles haviam sumido.

Nico já estava a quarteirões de distância.

—

Ao longo das semanas, Nico aprendeu húngaro com pessoas que conheceu ao usar suas várias identidades. Na cidade de Szeged, arrumou emprego de lavador de pratos em um café. O cozinheiro gostou dele, então passou a lhe ensinar frases enquanto jogavam cartas depois do trabalho. Já tendo aprendido um pouco de oito idiomas, Nico usava um método: decorava determinados verbos fundamentais (fazer, querer, ver, ir, ser, comer, dormir), alguns substantivos fundamentais (comida, água, quarto, amigo, família, país), memorizava todos os pronomes e depois começava a preencher as lacunas.

Uma noite, vestiu o sobretudo e o quepe do soldado alemão e foi até o centro da cidade. Ainda que parecesse jovem demais para o uniforme nazista, ninguém o questionou. Pelo contrário. Os transeuntes fingiam sorrisos e lhe davam passagem.

Perto do centro, viu um monte de gente na frente de um cinema. Aproximou-se para ver o que estava acontecendo. No meio da multidão estava uma linda mulher de cabelo ondulado, que, pelo que ele ouvira, era uma atriz do novo filme em cartaz ali. Ela tinha ido a Szeged para divulgá-lo. Usava um vestido brilhante e luvas brancas, e as pessoas se amontavam a seu redor para pedir autógrafo.

– Katalin! – gritavam. – Aqui, Katalin!

Nico jamais tinha assistido a um filme. Enquanto a multidão se agitava na frente do cinema, ele se esgueirou até os fundos e encontrou uma porta destrancada. O rapaz entrou e se sentou num lugar ao fundo. Quando os outros lugares foram ocupados e a sala ficou escura, sentiu um momento de empolgação. Então a tela se iluminou.

Era um filme sobre um conde húngaro que, por meio de uma máquina do tempo, voltava dois séculos para pedir a mão de uma mulher, interpretada pela atriz que estava lá fora. Nico ficou fascinado, não somente pelo filme, pelas imagens, pela ação, pelos personagens extraordinários, mas também pela história e pela ideia de poder voltar no tempo. Toda a experiência foi mágica. Por alguns instantes ele não pensou na guerra, nos trens, nem em suas mentiras. Só olhava para a tela, boquiaberto. Não queria que aquilo terminasse.

Mas terminou. Abruptamente. Uma agitação barulhenta pôs fim à paz, lembrando-lhe o dia em que sua casa fora invadida por soldados enquanto ele estava escondido no armário. As luzes do cinema se acenderam e Nico ouviu homens gritando em alemão. Eram soldados da SS. Eles ordenavam que os espectadores saíssem.

– *Schneller!* – gritavam. – Andem logo!

Nico esperou até que o cinema estivesse quase vazio e saiu lentamente com as mãos nas costas para parecer que tinha ajudado a esvaziar o local. Quando viu os outros nazistas, desviou-se para longe, com o coração batendo forte. Uma coisa era apresentar documentos falsos ou andar fantasiado sozinho pela rua. Outra muito diferente era representar um nazista diante de nazistas verdadeiros. Felizmente para Nico, era um momento de redução do contingente de soldados alemães por causa da guerra, o que fazia com que membros da Juventude Nazista fossem cada vez mais convocados. Assim, não era incomum que um adolescente estivesse em serviço.

Os soldados naquele cinema – apenas cinco – estavam mais preocupados com o proprietário e a atriz, que eles acusavam de fazer propaganda política. Gritaram que o filme era "proibido" e que "violava" o protocolo. Eles forçaram a atriz a entrar num veículo militar, presumivelmente para prendê-la.

Nico sabia que deveria sair dali o mais rápido possível. Mas aquela mulher, que ele tinha acabado de ver numa tela gigante, o deixou petrificado. Ela parecia de outro mundo. Era tão glamourosa! Mesmo dentro do carro, não demonstrava ter medo. Mantinha as mãos cruzadas no colo e os olhos fixos num ponto à frente.

Os nazistas começaram a discutir com alguns espectadores que exigiam o dinheiro de volta do dono do cinema. Nisso começaram a brigar e os soldados foram apartá-los. Um deles passou correndo por Nico e, ao ver seu uniforme, apontou para o carro, gritando em alemão:

– Vigie a mulher!

Nico assentiu e correu até o veículo. A atriz continuou olhando para a frente, parecendo sentir mais raiva do que medo.

– A senhora tem como sair daqui? – sussurrou ele, em húngaro.

Ela se virou para ele, que ficou arrepiado. A mulher era de uma beleza fatal. Ela o examinou por um momento, depois beliscou o queixo abaixo dos lábios pintados com batom e disse:

– Meu chofer está ali.

Do outro lado da praça, havia um carro preto com um homem dentro. Sem pensar, Nico abriu a porta do veículo militar.

– Vá.

A atriz olhou para os dois lados, como se não acreditasse. Então, enquanto a briga na porta do cinema se acirrava ainda mais, ela saiu em disparada até o carro que a esperava.

Nico fechou a porta do veículo, baixou a cabeça e dobrou a esquina. Assim que se viu sozinho, tirou o sobretudo e o quepe e caminhou rapidamente até o café onde trabalhava, para pegar sua bolsa. Ofegava e piscava com força, como se não acreditasse no que tinha acabado de fazer. E se os nazistas o encontrassem? Qual era o tamanho da encrenca em que tinha se metido? Por que havia se arriscado tanto, ainda mais por uma estranha?

Assim que pegou sua bolsa, correu para a estação de trem. Entrou por um beco e foi a toda velocidade. Quando saiu do outro lado, ouviu pneus cantando e pulou para trás, antes de ser atingido por um carro.

A porta traseira se abriu.

– Entre – disse a atriz.

—

Seu nome era Katalin Karády e ela já fora a maior estrela de cinema da Hungria. Filha de um sapateiro pobre, tornara-se cantora e ícone do cinema, de grande fama. Tinha uma voz incomum que atraía legiões de fãs, e sua aparência sensual e seu estilo foram copiados por milhares de húngaras, que se vestiam, se penteavam e se maquiavam como ela.

Sua vida pessoal costumava estar na imprensa, o que lhe conferia ainda mais fama. Mas, quando chegou a guerra, ela se posicionou de maneira contundente contra os alemães, e, como tudo que fazia ou dizia se tornava público rapidamente, isso lhe custou caro. À medida que a Hungria afundava ainda mais sob o controle alemão, suas músicas e, por fim, seus filmes foram proibidos.

Na noite em que Katalin chamou Nico para dentro do seu carro, eles seguiram para Budapeste, e ela o levou para o seu apartamento, o lugar mais luxuoso que Nico já vira. Havia um lustre no meio de uma enorme sala de estar e cortinas de renda em cada janela.

– Bom – disse ela, servindo-se de uma taça de vinho –, você não me disse o seu nome.

– Hans Degler.

– Você é alemão?

– *Ja.*

Ela riu.

– Meu jovem, eu sou atriz. Não acha que percebo quando alguém está fingindo?

Nico mostrou seu passaporte alemão, o que a fez sorrir.

– Melhor ainda – disse ela. – Um ator com documentos.

Ela deu de ombros.

– Não importa. Faz anos que eu não uso meu nome verdadeiro. Meu empresário inventou o "Karády". Ele achou que soava mais húngaro. – Ela tomou um gole de vinho. – Hoje em dia, todo mundo é quem precisa ser.

Nico examinou a mulher. A cor das faces. Os cílios pintados.

– Não tem medo de eles virem atrás da senhora de novo? – perguntou.

– Ah, eu sei que virão. Se você defende alguma coisa durante uma guerra, acaba pagando um preço.

Ela olhou direto nos olhos de Nico.

– O que você defende... Hans Degler?

Nico hesitou. Nunca lhe tinham feito essa pergunta. *O que ele defendia?* Só era capaz de pensar no avô, a pessoa com mais princípios que conhecia. Pensou na história que o velho havia contado a ele e a Sebastian na Torre Branca, sobre o prisioneiro e a oferta de alcançar a liberdade pintando-a.

– Um homem é capaz de fazer qualquer coisa para ser perdoado – disse.

Katalin deu um risinho.

– Rosto de colegial, roupas de nazista e palavras de filósofo. Você deveria estar no cinema.

Nico achava Katalin fascinante. Ela o achava divertido.

Naquela noite, ficaram acordados até amanhecer, Nico fazendo perguntas intermináveis sobre os filmes. De onde vinham as roupas? Quem escrevia as histórias? Como faziam parecer que ela havia voltado no tempo? Katalin estava encantada com a ingenuidade dele, e isso a ajudou a não se preocupar com o risco de os acontecimentos em Szeged a acompanharem até ali.

Não demorou muito. Dois dias depois, veículos alemães chegaram rugindo diante do prédio e ela foi pega e levada para a cadeia. Não era a primeira vez. Não seria a última. As autoridades húngaras a acusaram de espionagem, e ela foi espancada e torturada numa cela. Isso continuou durante meses.

Por fim, com a ajuda de uma autoridade do governo, Katalin foi solta. No entanto, durante o tempo que passou na prisão, os nazistas esvaziaram todo o seu apartamento. Quando ela retornou, os cômodos estavam vazios, até as cortinas tinham sumido.

Ela foi para um canto da casa e se agachou, abraçando os joelhos. As pernas e os braços estavam cobertos de cortes. O rosto, antes lindo, estava salpicado de manchas roxas.

Enquanto enxugava as lágrimas, ouviu um barulho do lado de fora da janela da sala e prendeu a respiração. Então viu uma mão, depois duas, aparecendo no vidro da janela, seguidas por um tufo de cabelo loiro e o rosto sorridente de Nico. Ele levantou o vidro e entrou pela janela.

– Você de novo? – perguntou ela.

– A senhora está bem?

– Eu pareço bem?

– Não.

– Aqueles desgraçados. – Ela mostrou a sala vazia. – Eles me roubaram. Levaram tudo.

Nico sorriu.

– Nem tudo.

As palavras de uma bênção

Há uma oração que os judeus recitam quando ficam sabendo de uma morte. As palavras são em hebraico, e a tradução é mais ou menos assim:

Bendito sejas tu, Senhor nosso Deus, Juiz da Verdade.

Dentre todas as coisas que poderiam ser ditas quando alguém morre, por que falar de mim? Por que citar a Verdade? Por que não pedir perdão, misericórdia, uma chegada tranquila a um céu glorioso?

Talvez porque as mentiras com as quais você morre sejam as primeiras coisas que o Senhor lhe arranca – as mentiras que você contou e as que foram contadas sobre você.

Ou talvez eu seja mais importante do que você imagina.

—

Depois de Lev trocar os cartões com o pai na fila de seleção, foi apenas uma questão de tempo até os alemães o pegarem. À noite, no beliche, Lazarre implorou ao filho que admitisse o que havia feito, que dissesse aos homens da SS que só estava tentando salvar o pai idoso. Mas Lev balançou a cabeça:

– Eles simplesmente matariam nós dois.

Estava certo, é claro.

Assim, Lev permaneceu em silêncio, seu pai chorou e Sebastian esperou, impotente, a ponto de sentir as mãos e os pés dormentes.

Na terceira manhã, um dia frio e chuvoso, os guardas da SS leram os números dos "selecionados" e os tiraram das filas de chamada. Lev foi um deles. Ele exalou com força e Sebastian viu as mãos do pai tremerem. Pouco antes de ser levado, ele se aproximou do filho.

– Eu te amo, Seb – sussurrou. – Nunca desista. Sobreviva por mim, está bem? Cuide do Nano. E encontre seu irmão um dia. Não importa quanto tempo demore. Diga a ele que ele está perdoado.

– Não, pai – implorou Sebastian. – Por favor, por favor, não me deixe...

Um guarda deu um tapa no rosto do rapaz, que viu Lev ser puxado com força para longe.

Sebastian sentiu lágrimas quentes escorrerem pelo rosto. Queria berrar. Queria matar aqueles soldados, pegar seu pai e fugir. Mas para onde poderia ir? Para onde qualquer um deles poderia ir?

De repente, ouviu as seguintes palavras:

– Bendito sejas tu, Senhor nosso Deus, Juiz da Verdade.

Seu avô, encolhido, murmurava a reza em hebraico. Sebastian ardia com uma raiva que incinerava a alma. Naquele momento, jurou que nunca mais rezaria. Não havia Deus ali. Não havia Deus em lugar nenhum.

– Voltem ao trabalho! – gritou o oficial nazista.

Uma corneta soou. Os prisioneiros se dirigiram rapidamente para suas tarefas. Nuvens densas engoliam o céu matinal.

Vinte minutos depois, Lev Krispis havia partido desta terra. Uma única bala na cabeça separou sua alma de seu corpo, que foi jogado numa vala cheia de lama, cavada no dia anterior por uma dúzia de prisioneiros macilentos, entre eles o próprio Sebastian.

Um filho nunca deveria ter que cavar a sepultura do pai. Eu gostaria de pensar que isso fazia parte da verdade que o Senhor julgou quando Lev chegou à porta do céu.

Mas, afinal de contas, eu estou aqui embaixo com vocês. Então como eu poderia saber?

Quatro dias de neve

Só os mortos veem o fim da guerra. Mas as guerras individuais acabam sendo concluídas, e a Segunda Guerra Mundial terminaria com a derrota dos nazistas. No entanto, essa derrota não aconteceu ao mesmo tempo em todos os lugares. Em vez disso, o desfecho se estendeu por meses, com alguns celebrando a libertação enquanto outros ainda sofriam consequências brutais.

Permita-me apresentar um único dia, sábado, 27 de janeiro de 1945, vivido a partir de quatro perspectivas diferentes, para ilustrar como a guerra terminou de jeitos diferentes para Fannie, Sebastian, Udo e Nico.

Todas envolveram neve.

Fannie caminhava numa longa fila de prisioneiros.

Não sabia que dia era. Não sabia que mês era. Só sabia que fazia um frio terrível e que ela e outras pessoas precisavam dormir no chão congelado toda noite, sem sequer um lençol para se esquentar.

Em seus últimos atos de desespero, os nazistas estavam obrigando judeus capturados a voltarem para sua pátria, a fim de impedir que contassem a quem aparecesse para libertá-los sobre as atrocidades que haviam sofrido, e para usar o que restava de força neles para trabalhar, antes de assassiná-los.

É difícil conceber que, mesmo durante a desocupação dos campos de concentração, que eram incendiados e abandonados, os sobreviventes ainda se viam sob tortura. Dispostos em bando como gado, esqueléticos e pálidos, eram obrigados a caminhar por centenas de quilômetros sem comida nem água. Os que caíam, paravam para descansar ou mesmo se agachavam para defecar eram rapidamente mortos a tiros, e seus corpos ficavam largados na beira da estrada.

Você pode perguntar por que, nos últimos dias da tentativa de dominar o mundo, o Lobo se importava tanto em matar judeus impotentes quando havia batalhas militares a serem travadas. Mas questionar um louco é como interrogar uma aranha: ambos continuam tecendo suas teias até que alguém os esmague de vez.

Fannie e as outras crianças escondidas por Katalin Karády foram descobertas numa noite, depois de um vizinho delatar ao Partido Cruz Flechada que grandes entregas de comida eram feitas no prédio. Soldados invadiram o porão e começaram a gritar ordens e brandir fuzis. As crianças mais novas foram levadas embora. Os adolescentes, como Fannie, foram postos num alojamento de detenção na praça Teleki, onde ficaram esperando com uma multidão de adultos famintos, sem a mínima ideia do que lhes aguardava.

Então, certa manhã, todos foram obrigados a sair no frio do inverno para se juntar a mil outros judeus e formarem uma fila imensa que ocupava toda a rua. Guardas nazistas vigiavam, gritando uma única ordem:

– *Marsch!*

Eles caminhavam para a fronteira com a Áustria.

Essa jornada acabou sendo conhecida posteriormente como "marcha da morte", devido ao tanto de vítimas fatais que causou. Fannie descobriu que o único modo de sobreviver àquilo era pisando nas pegadas lamacentas das pessoas à frente e olhando adiante, sem jamais parar, sem jamais olhar para trás. Ela se manteve assim mesmo quando uma velha a seu lado caiu na neve, mesmo quando um homem magro, ofegante, parou para urinar e foi derrubado por um soldado da SS. Naquela ocasião, Fannie fechou os olhos com força, já esperando o tiro. Pou! Ela estremeceu e continuou andando.

A pressão constante da guerra tinha drenado toda a adrenalina de sua corrente sanguínea. Ela estava magra como um palito, as faces encovadas. Emocionalmente dilacerada, Fannie se pegou manuseando a bolsinha com o rosário de contas vermelhas dado por Gizella, enquanto uma voz dentro de si sussurrava: "*Chega. Não somos mais nada. Engula uma conta. Acabe com isso.*"

Ela poderia ter se entregado àquela voz se não fosse pela lembrança que não saía de sua cabeça: o vagão lotado saído de Salônica e as últimas palavras daquele barbudo estranho:

"*Seja uma boa pessoa. Conte ao mundo o que aconteceu aqui.*"

E ela só poderia fazer isso se sobrevivesse. Aquele era seu último resquício de objetivo. Por isso, levantava um pé, depois o outro, e se mantinha acordada batendo com a neve no rosto, enfiando-a na boca quando os guardas não estavam olhando, a fim de se hidratar.

No quinto dia de marcha, viu-se ao lado de um menino de uns 7 anos que se esforçava para ficar de pé com uma mochila às costas.

– Tire a mochila – sussurrou Fannie. – Deixe isso aí.

– Não posso – disse o menino. – Tem queijo dentro. Vou precisar comer quando a gente chegar.

Fannie se perguntou como ele teria arranjado queijo, ou mesmo uma mochila, já que a maioria dos prisioneiros tinha sido proibida de levar até mesmo uma sacola minúscula. E estava difícil. Ele continuava tropeçando e chorando, e várias vezes caiu na neve. Fannie o puxava de pé antes que os guardas notassem.

– Me dá a mochila, eu carrego.

– Não. Ela é minha.

Ele caiu de novo e Fannie o levantou. Continuou segurando-o pelo braço por mais três horas, até parecer que ele iria desmaiar.

– Me deixe ajudar você – disse Fannie. – Prometo que eu devolvo.

O garoto aceitou, e Fannie pendurou a mochila no ombro. Era pesada e tornava seus passos mais penosos. Ela se perguntou se realmente o que havia ali dentro era queijo.

– Onde você mora? – perguntou ao menino.

– Em lugar nenhum.

– E sua família?

– Não tenho.

Ele se corrigiu:

– Não tenho mais.

E começou a chorar de novo. Fannie insistiu que parasse, senão se cansaria ainda mais. Os ombros dela doíam. Seus pés latejavam. Quando chegou a noite, os caminhantes pararam e ela disse para o menino dormir, que no dia seguinte talvez fossem libertados.

– E aí pra onde eu vou? – sussurrou ele.

– Você pode viver comigo.

– Onde?

– Vamos arranjar algum lugar.

Dormiram lado a lado. Fannie acordou de manhã com os nazistas gritando ordens. Os prisioneiros ao redor começaram a se levantar lentamente, mas o menino não. Fannie o sacudiu.

– Acorda, garoto.

Ele não se mexeu.

– Acorda. Anda!

– Deixe-o!

Um SS estava parado junto dela com a arma na mão.

– Não, por favor, não atire! Ele só está dormindo.

– *Marsch!*

Ela foi cambaleando, carregando a mochila, empurrada pela multidão. Olhou para trás, para o corpinho do menino. Tentou se lembrar das palavras do *kadish*, mas só conseguiu recordar as duas primeiras linhas, que sussurrou baixinho. Um homem ao seu lado ouviu e sussurrou junto com ela.

Cinco horas depois, com as pálpebras pesadas, tirou a mochila do ombro e a deixou na lama. Jamais chegou a abri-la.

—

Bom, eu avisei que esta história, com suas reviravoltas, poderia fazer você questionar a coincidência de determinados eventos. Só posso confirmar o que aconteceu em seguida.

Naquele dia, sábado, 27 de janeiro de 1945, o céu estava escuro e chegou a notícia de que a marcha da morte se aproximava de Hagyeshalom, uma cidade perto da fronteira da Áustria. Fannie estremeceu quando ouviu a palavra. *Áustria?* Não! Quando entrassem no local de nascimento do Lobo, ninguém jamais a ajudaria, nem mesmo se escapasse. Precisava fazer alguma coisa. Mas o quê?

No momento exato em que pensou nisso, a neve começou a cair. E enquanto o vento chicoteava formando uma tempestade, um grande grupo de refugiados húngaros apareceu de repente, caminhando pela estrada numa rota perpendicular à marcha dos nazistas. Os guardas da SS apitaram e gritaram, para que os refugiados passassem. Mas estes os cercaram como abelhas num enxame, com as mãos estendidas em desespero.

– Nos deem comida... água! Por favor! Um pouco de água.

No caos da multidão, Fannie viu sua chance. Os guardas estavam ocupados. Ela respirou fundo e saiu da fila, de cabeça baixa. Rapidamente, entrou no grupo de refugiados e, assim que se enfiou junto deles, começou a imitá-los, soltando as mesmas palavras que eles gritavam em húngaro.

Os alemães, irritados, continuavam empurrando os refugiados.

– Saiam do caminho! Não temos nada para vocês. Andem!

Fannie chegou perto de um homem com capa de chuva amarela e agarrou seus ombros. Como última estratégia, forçou um sorriso cativante e o homem sorriu de volta. Ele tirou a capa, envolveu-a com ela e ficou com o braço em volta do seu pescoço. Os dois caminharam assim pelo cruzamento, sob o olhar impaciente dos guardas da SS. O coração de Fannie batia tão forte que ela jurou que os soldados podiam ouvir.

Cabeça baixa. Dê um passo. Dê um passo.

Instantes depois, os soldados da SS atiraram para o alto e continuaram marchando com seus prisioneiros para a fronteira ao norte. Os refugiados, indo para o oeste, desapareceram no branco ofuscante da nevasca. Fannie sentiu os joelhos se dobrarem. O homem que lhe dera a capa de chuva pegou o rosto dela e o virou para ele, repetindo uma única palavra em húngaro.

– *Lelegzik.*

Respire.

E, para Fannie, esse foi o fim da guerra.

Udo descalçou suas botas.

Ele as jogou na lareira, onde já queimava o uniforme, o quepe e o sobretudo. Pela primeira vez em anos, estava vestido sem qualquer símbolo de autoridade. Usava apenas uma camisa de flanela, calça preta, sapatos de trabalho e um casaco de lã que tinha pegado de um agricultor que entregava comida no campo.

Era 27 de janeiro de 1945. Nos dias anteriores, dava para ouvir explosões ao redor de Auschwitz. As forças soviéticas estavam bem próximas, então a ordem nazista era evacuar os prisioneiros sobreviventes para a Alemanha, mas apenas os que estivessem fortes o bastante para caminhar. Os outros – fracos, doentes ou idosos – seriam deixados para trás. Não havia tempo para matá-los.

Udo olhou as chamas engolirem seu uniforme. Se ele fosse o tipo de homem capaz de me encarar, saberia que era o fim. Era o fim do Lobo. O Reich tinha sido destruído. Mas, fielmente convencido de que era de uma raça superior, Udo se concentrava apenas nos passos seguintes daquela guerra, o que significava destruir todas as provas de sua maldade.

Ele já havia demolido as câmaras de gás e os crematórios e assassinado todos os judeus que trabalhavam lá, para que jamais testemunhassem a respeito. Armazéns cheios de bens roubados foram incendiados. Registros foram destruídos. Pedaço por pedaço, Udo ia encobrindo seus rastros.

Porém tudo isso levava tempo, e ele não sabia quanto tempo lhe restava. Seu *Kommandant* já havia fugido. Covarde. Udo ficara para terminar o serviço. Agora, com os prisioneiros evacuados e seus guardas marchando com eles ou lutando contra os russos, era hora de se preservar. Voltar ao Lobo. Viver para lutar novamente.

Seu plano de fuga era simples. Tinha comprado os documentos de um trabalhador polonês e assumira uma nova identidade: Josef Walcaz. Ele sairia do campo usando as roupas civis, iria se misturar às pessoas na cidade mais próxima e, conforme combinado, pegaria um carro até a fronteira com a Alemanha. Assim que chegasse lá, seus contatos o receberiam de volta.

O que Udo não sabia era que, exatamente naquele momento, o exército soviético, vestido com sobretudos brancos que praticamente se fundiam com a neve, aproximava-se rapidamente dos portões de Auschwitz. Os soldados a cavalo e em jipes chegariam logo. Udo poderia tê-los evitado se tivesse saído vinte minutos antes, mas usou esse tempinho procurando munição para sua Luger e pensando se deveria levá-la. Se o inimigo encontrasse a arma com ele, isso poderia condená-lo. Por outro lado, será que ousaria fugir sem proteção?

Enquanto segurava a pistola, sua mente não parava. Por algum motivo, se lembrou da noite em Salônica, quando disparou um tiro, ouviu um barulho no armário embaixo da escada e descobriu o menino grego chamado Nico, que o ajudou a implementar a deportação bem-sucedida de quase 50 mil judeus.

Que tempo bom! Que poder. Que controle! Udo sentiu uma onda de orgulho pelo que havia realizado para a *Deutschland über alles*, e considerou que isso era sinal de que deveria ficar com a arma. Então pôs as balas na Luger, enfiou-a no cinto, vestiu o sobretudo do fazendeiro e pôs um gorro na cabeça. Com o uniforme ainda pegando fogo na lareira, saiu porta afora.

—

Para visualizar o que se sucedeu, tente pensar nos três vértices de um triângulo.

O primeiro vértice eram as tropas soviéticas, subindo a colina para libertar o campo.

O segundo vértice era Udo Graf, disfarçado de civil, indo na direção deles.

O terceiro vértice era uma cerca de arame farpado, atrás da qual havia uma fileira de débeis sobreviventes de Auschwitz, apoiando-se em muletas ou envoltos em cobertores esfarrapados, ainda usando os imundos uniformes listrados que pendiam dos ossos finos. Enquanto os russos se aproximavam, esses sobreviventes, fracos demais para falar, apenas olhavam sem entender, como um animal que espia um humano se aproximar do outro lado de um rio.

Udo viu os soldados e respirou fundo. Olhou para seus pés. Agora, correr estava fora de questão. Só podia continuar andando, as mãos nos bolsos, como se nada daquilo fosse da sua conta. *Você é um fazendeiro. Está de passagem. Fez uma entrega.* Frequentemente, as pessoas ensaiam suas mentiras quando estão diante de um confronto. Udo ficava repetindo isso. *Um fazendeiro. Repolho e batatas. Continue andando.*

Os primeiros soldados passaram direto por ele. Udo segurou-se para não rir. Um jipe também passou.

Eles são idiotas demais para notar você. Continue em frente.

Outro jipe. Um terceiro. O plano estava funcionando.

Então uma voz.

– Peguem ele! Alguém pegue esse homem!

Era uma voz rouca e tensa que vinha de trás da cerca de arame farpado. Parecia o uivo de um animal ferido.

– Peguem ele! Ele é um assassino! *Peguem ele!*

Udo olhou de soslaio e viu um prisioneiro abrindo caminho por entre os outros, pulando, acenando, apontando pela cerca e gritando. Udo soube imediatamente quem era.

O irmão mais velho.

Sebastian Krispis.

Por que ele não está morto?

—

Agora devo contar como Sebastian, aos 16 anos, surgiu gritando no meio dos doentes e idosos naquele dia.

Quando se espalhou a notícia de que a SS estava planejando partir de Auschwitz com os sobreviventes, Sebastian tomou uma decisão. Ele não iria a lugar algum. Seu avô, Lazarre, ainda estava vivo; fraco e incapaz de andar, mas vivo. Tinha pegado piolhos que o infectaram com tifo. Por causa da doença, formaram-se lesões purulentas em seus olhos, que quase o deixaram cego. O velho havia sido levado à enfermaria, onde Sebastian trocou itens que havia roubado dos armazéns do campo pela promessa de que os guardas não executariam o avô.

– Não vou deixar o senhor, Nano – tinha dito Sebastian, na última vez que se falaram. – Aconteça o que acontecer, eu vou ficar.

– Não seja bobo... – resmungou Lazarre. – Eu vou morrer logo... Se você tiver chance de fugir, fuja.

– Mas...

– Não pense em mim, Sebastian!

– Mas, Nano...

Lazarre segurou a mão do neto e a apertou de leve, impedindo o rapaz de terminar a frase. Se pudesse completá-la, Sebastian teria acrescentado as seguintes palavras:

– O senhor é tudo que me resta.

—

No fim das contas, o destino de Sebastian foi mudado por algo que Udo Graf fez. Em janeiro de 1945, Auschwitz já não era mais aquele eficiente polo de morte de antes. Não havia mais ordem no campo. Os guardas, receosos de serem pegos, abandonavam seus postos. Descobrir o paradeiro dos presos em meio àquele caos era um desafio.

Quando chegaram as ordens de evacuação, Sebastian se afastou logo depois da chamada matinal. Encontrou uma pá e um pedaço de cano e começou a fazer uma pilha de neve em cima de um caixote de madeira, perto do último crematório que restara. Como o prédio não era mais usado, ele achou que os guardas não olhariam ali. E como ele parecia ocupado, ninguém se importou com o que estava fazendo no meio daquela confusão. Seu plano era se esconder dentro do caixote enterrado na neve até que os alemães saíssem com todo mundo.

Assim que o caixote ficou coberto de neve, ele enfiou o cano pelo centro e bateu até sentir a madeira se romper. Depois se arrastou para dentro, puxando a pá junto com ele.

Ele não fazia ideia de como aquilo salvaria sua vida.

Minutos depois, do outro lado do crematório, vários guardas da SS, seguindo ordens de Udo, puseram bananas de dinamite em buracos nas paredes e em seguida as detonaram, com a finalidade de destruir o prédio. A explosão fez voar pedras e entulhos por todo lado, inclusive ao redor de um caixote coberto de neve com o qual ninguém se incomodaria.

Naquela tarde, dezenas de milhares de prisioneiros foram obrigados a sair de Auschwitz e caminhar em direção à fronteira com a Alemanha.

Sebastian permaneceu dentro do caixote, respirando pelo cano, durante dois dias.

Quando saiu, usando as poucas forças que lhe restavam para empurrar a tampa com a pá, precisou piscar repetidas vezes para proteger os olhos do sol. O campo estava deserto. Ele escutou o vento soprando no pátio. Tentou se levantar e caiu na neve, pois as pernas estavam fracas demais para sustentar até mesmo seu mísero esqueleto. Então ficou deitado por um bom tempo, sugando o ar e imaginando o que faria em seguida.

Quando finalmente se levantou, foi cambaleando em direção à entrada dos fundos do campo. Ali, viu um grupo de prisioneiros junto à cerca de arame farpado. Sem guardas. Sem cães. Sem sirenes. Sem alarmes. Estavam amontoados, como se esperassem um ônibus.

Sebastian se arrastou até o grupo e olhou em direção ao que eles estavam vendo: o exército soviético se aproximando. Uma sensação de alívio percorreu seu corpo, seguida imediatamente por um tremor de preocupação.

Nano. Cadê o Nano?

Trôpego, ele se preparava para ir à enfermaria quando uma

figura atraiu seu olhar. Um homem com sobretudo e gorro saía do campo. Mesmo vestido daquele jeito, Sebastian reconheceu o modo de andar. O corpo. O rosto virado para baixo.

O *Schutzhaftlagerführer*.

Ele caminhava como se estivesse voltando para casa depois de um dia de trabalho. E ninguém o impedia. Não. Não! Não podia ser! A garganta de Sebastian estava áspera e seca, havia dias que ele não falava.

Mas começou a gritar.

—

– Peguem ele! Peguem esse homem! Ele mata! Ele é o chefe!

As palavras do garoto eram condenatórias – só que em ladino, uma língua que os russos não entendiam. Udo continuou a andar, sentindo o suor escorrer por baixo do gorro. *Ignore-o. Eles não falam a língua dele. Você é um fazendeiro. Não tem motivo para olhar para trás.*

– Peguem ele! – berrou Sebastian. – Alguém pegue ele!

Um quinto jipe passou. *Agora não falta muito*, pensou Udo. Ele viraria no cruzamento e desapareceria na cidade.

E então, do outro lado da cerca de arame farpado, ouviu-se uma única palavra gritada, uma palavra que em qualquer língua significava a mesma coisa.

– NAZI!

Udo estremeceu. *Continue andando. Não reaja.*

– NAZI! NAZI! NAZI!

De repente, uma segunda voz gritou na direção de Udo.

– Você aí! Parado!

Udo trincou os dentes.

– Ei! Você! Pare aí!

Um soldado russo gritava de dentro de um caminhão militar.

Maldito garoto judeu! Eu devia tê-lo matado no trem.

Se Udo tivesse parado e falado com o soldado, apresentado seus documentos poloneses, dado de ombros para o adolescente que gritava, talvez até conseguisse fugir. Mas os gritos incessantes de Sebastian ecoavam em seu cérebro. *NAZI! NAZI!* Aquele *judeu* imundo gritava para ele com tanto desdém... Como ousava? Sim, Udo era nazista. E tinha um orgulho imenso disso. Aquela escória gritava a palavra como se fosse uma maldição!

Udo não toleraria. Numa fração de segundo que fez tudo mudar, ele se virou em direção à cerca de arame farpado, sacou sua arma e disparou contra Sebastian, que se retorceu grotescamente sob o impacto da bala e caiu como uma marionete largada.

Essa foi a última coisa que Udo viu antes de também levar um tiro, logo acima do joelho, que o derrubou enquanto dois russos o atacavam pelas costas, empurrando-o contra a terra gelada.

Na cerca, os outros sobreviventes se espalharam, deixando sozinho o corpo de um adolescente que tinha levado um tiro no instante da libertação, o sangue avermelhando a neve branca.

E foi assim que a guerra terminou para Udo e Sebastian.

A oitocentos metros dali, Nico ouviu dois tiros.

Os soldados a seu lado baixaram a cabeça. O jipe que os levava continuou na fila de veículos russos, seguindo os trilhos ferroviários até chegar a uma entrada. Nico viu letras de ferro num arco sobre o portão. Três palavras em alemão.

ARBEIT MACHT FREI

Auschwitz. Dezessete meses depois de ir atrás do trem que levara sua família, 17 meses mudando de identidade, trocando documentos, falando diferentes línguas, fazendo qualquer coisa para chegar àquele lugar, finalmente ele havia conseguido. Ainda era apenas um adolescente, mas havia pouca juventude em Nico Krispis, tanto na aparência quanto na alma. A guerra lhe havia apresentado a crueldade, a brutalidade e a indiferença. Mas, acima de tudo, tinha mostrado a sobrevivência por meio da mentira. Nada – muito menos a Verdade – poderia interferir nisso.

O nome mais recente de Nico, segundo seus documentos "oficiais", era Filip Gorka, um polonês que trabalhava na Cruz Vermelha. Anteriormente, ele tinha sido um aprendiz de carpintaria tcheco chamado Jaroslav Svoboda. E, antes disso, Kristof Puskas, um estudante de arte húngaro.

O modo como conseguiu embarcar naquele veículo soviético, no dia da libertação de Auschwitz, é uma história improvável repleta de mentiras.

Eis aqui, brevemente, o caminho de Nico.

—

Você se lembra de que, na Hungria, Nico disse à atriz Katalin Karády que "nem tudo" tinha sido levado pelos nazistas? Um dia antes de eles invadirem o apartamento, Nico havia entrado e escondido as joias e peles dela em duas latas de lixo num beco próximo. Semanas depois, esses itens permitiram que Katalin negociasse a vida de crianças judias que seriam executadas no rio Danúbio, entre elas Fannie, que Nico reconheceu e convenceu Katalin a incluir na troca.

Nico chegou a falar com Fannie?

Não teve chance. As crianças salvas foram escondidas no porão de um prédio a poucos quilômetros do apartamento de Katalin. Enquanto isso, a notícia do resgate ousado se espalhou rapidamente.

Katalin foi presa de novo, agora pelos homens do Cruz Flechada. Nico escapou escondendo-se no telhado até que os soldados fossem embora, depois pegou sua bolsa e o material de falsário e correu para a estação de trem.

Dali, viajou pela Eslováquia. Durante duas semanas, alugou um quarto de um carpinteiro que concordou em levar Nico de carroça até a fronteira com a Polônia, onde ele conheceu um funcionário da Cruz Vermelha polonesa num café. O homem contou que a instituição estava se mobilizando para se juntar aos aliados que libertavam os campos de concentração nazistas.

– Tem um campo perto de Oświęcim – disse ele.

– O nome é Auschwitz?

– Acho que sim.

Nico respirou fundo. No fim da noite, trocou um maço de certificados falsificados de racionamento de alimentos pela braçadeira da Cruz Vermelha. Dali viajou para o norte, pelas montanhas Tatra, e encontrou abrigo numa igreja polonesa na estação de esqui da cidade de Zakopane. O padre o levou até a equipe da Cruz Vermelha mais próxima, que contava com poucos funcionários, na maioria mulheres.

Uma dessas mulheres, uma jovem enfermeira chamada Petra, gostou do bonito recém-chegado que disse que esperava ajudar prisioneiros de guerra judeus. Ela o levou até uma casa numa rua pouco iluminada e encostou o dedo nos lábios do rapaz, em sinal de silêncio, enquanto desciam uma escada. Embaixo, ela encontrou uma lanterna encostada na porta. Pegou-a, entrou e a acendeu.

Era um pequeno cômodo cheio de crianças de olhos arregalados, encarando-os.

– São todos judeus – sussurrou a enfermeira.

Nico pegou a lanterna e a apontou para os rostos jovens, captando as expressões desanimadas e os olhinhos cansados, piscando. Ele não contou que tinha esperança de achar ali suas irmãs mais novas, Elisabet e Anna. Mas será que ele conseguiria ao menos reconhecê-las agora?

A lanterna iluminou algo escrito na parede. Quando chegou perto, Nico viu que as palavras estavam em toda parte. Em várias línguas, crianças que tinham sido abrigadas ali haviam escrito mensagens acima dos seus nomes: "Estou vivo", "Eu sobrevivi", ou "Diga aos meus pais que eu fui para...", com várias orientações para que entes queridos as encontrassem.

Nico sentiu um aperto no peito. Virou-se para a enfermeira:

– Como posso chegar a Auschwitz?

—

Sua chance veio em três dias, depois que os nazistas que controlavam Zakopane partiram de repente. No dia seguinte, Nico entendeu o motivo quando viu soldados russos passeando pela cidade usando sobretudos de couro marrom com gola de pele de ovelha. As famílias polonesas aplaudiam nas varandas. Quando esses soldados pararam para entregar comida e suprimentos, Nico aproveitou a oportunidade.

Vestindo seu uniforme da Cruz Vermelha, ajudou a colocar equipamentos médicos nos jipes, dizendo o tempo todo, a quem pudesse entender, que falava alemão e que poderia ser útil se eles fizessem prisioneiros nazistas.

Um capitão russo concordou. O fato de Nico ter lhe oferecido uma garrafa de vodca cara, que ele tinha roubado de uma hospedaria, contou pontos a seu favor.

– Você pode ir com os médicos – disse o capitão, analisando a garrafa. – Vamos partir ao nascer do sol.

—

E foi assim que no sábado, 27 de janeiro de 1945, aquele batalhão, indo na direção de Oświęcim, alcançou uma série de campos a um quilômetro e meio dali. O jipe em que Nico estava chegou bem a tempo de testemunhar soldados soviéticos arrombando o portão de Auschwitz com seus fuzis. Isso ficava no extremo oposto do local do campo onde Sebastian tinha acabado de levar um tiro de Udo Graf. Mas Nico não tinha como saber. Em vez disso, via sobreviventes atônitos em uniformes listrados saírem pelo portão, abraçando os libertadores ou arrastando os pés no chão congelado, sem saber o que fazer com a liberdade súbita.

Tendo chegado tão longe, Nico não pôde mais se conter. Pulou do jipe e correu pela entrada, verificando cada rosto esquelético em busca de sua família. *Não é ele. Não é ela. Não é ele. Onde estão?* Os russos avançavam com postura militar, fuzis erguidos, prevendo alguma resistência. Entretanto, em choque diante daquela cena, baixaram rapidamente as armas.

Nenhum deles podia acreditar no que via. Em meio aos restos incendiados do campo, prisioneiros famélicos estavam sentados imóveis na neve, olhando fixamente, como se alguém os tivesse despertado de suas tumbas. Centenas de cadáveres se espalhavam pelo chão congelado, insepultos, em decomposição. Atrás do crematório destruído encontrava-se uma montanha de cinzas que antes eram seres humanos. O fedor da morte estava em toda parte.

Nico sentiu as pernas tremerem. Não conseguia se mover nem respirar. Até esse ponto, como muitos soldados que estavam ao seu lado, ele acreditara que os lugares como Auschwitz eram campos de trabalho forçado. Trabalho duro, certamente. Mas não aquilo. Não um terreno de carnificina. Ele honestamente acreditava que poderia encontrar seus familiares vivos à espera da libertação. Mas as mentiras do Lobo haviam enganado até mesmo o pequeno mentiroso. Restou à Verdade abrir seus olhos.

Sou a mais dura das virtudes.

– **Olá? Alguém aqui fala grego?**

Nico abria caminho pelo que restava de uma enfermaria apinhada de corpos trêmulos, doentes demais para sair. Não havia remédios, ataduras ou soro. Os nazistas tinham deixado o local sem ao menos uma única aspirina. Os pacientes, pele e osso, aos gemidos, ocupavam cada maca decrépita, cada espaço no chão imundo.

– Alguém aqui fala grego? – repetiu Nico.

Ele ouviu um grunhido vindo do canto. Quando se virou para lá, viu um velho levantando a mão. Correu para perto. Somente a centímetros de distância ele reconheceu aquela papada familiar, o nariz e a boca.

– Nano? – sussurrou Nico.

– Quem é? Quem está aqui?

A garganta de Nico ficou seca. Será que o velho era mesmo seu avô vibrante, animado, de peito largo? Aquele corpo era bem menor do que o antigo. O pescoço caberia na mão de Nico. O cabelo branco estava raspado, e os olhos, cobertos por uma gosma acinzentada.

– Você pode me ajudar? – grasnou o velho. – Não consigo mais enxergar. Mas tenho um neto...

– É, eu sou...

– O nome dele é Sebastian. Ele é tudo que me resta.

Nico engoliu em seco. *Tudo que me resta? Como assim?* No bolso do seu casaco estavam documentos de identidade falsos para seu pai, sua mãe, os dois avós, os irmãos, o tio e a tia. Ele os havia forjado para que pudessem escapar daquele lugar e ir para casa. Todas as mentiras que tinha contado deveriam servir apenas a uma missão: levar todos de volta para casa. Retornar às manhãs ensolaradas de sábado, quando iam até a sinagoga, e às noites estreladas, quando caminhavam pela beira do mar até a Torre Branca. *Tudo que me resta? Por que ele só perguntou sobre Sebastian?*

– Senhor – disse Nico, num tom ensaiado de voz adulta –, onde está o resto da sua família?

Lazarre fungou. Virou a cabeça para o outro lado.

– Mortos.

Nico repetiu a palavra sem ao menos perceber.

– Mortos? – sussurrou.

– Eles mataram todos. Aqueles demônios. Mataram todos.

O velho começou a chorar sem lágrimas, o rosto se derretendo em dor, como se quisesse falar mais e nenhuma palavra lhe viesse. No canto, uma mulher berrou quando uma enfermeira tocou nela. Por todo o salão, soldados russos levantavam pacientes em prantos e os colocavam em macas.

Eu gostaria de dizer que, naquele instante, Nico parou de fingir e abraçou seu avô querido. Que os dois se reuniram depois de todo aquele sofrimento. Mas nada solidifica uma mentira mais do que a culpa. Assim, naquela enfermaria, acreditando que tinha mandado seus entes queridos para a morte – *eles mataram todos* –, Nico Krispis finalmente me perdeu para sempre, como um astronauta no espaço que solta o cordão que o mantém preso à nave.

– O senhor precisa ir para um hospital – disse, levantando-se.

– Acho que não vou conseguir.

– Vai, sim. Acredite que vai.

O velho tentou piscar para limpar o pus dos olhos.

– Qual é o seu nome? – sussurrou.

Nico pigarreou.

– Meu nome é Filip Gorka. Sou médico da Cruz Vermelha. Fique aqui. Vou arranjar alguém para ajudar o senhor.

Em seguida se virou, enxugou as lágrimas e se afastou.

E foi assim que a guerra terminou para Nico.

PARTE III

PARTE III

1946

A verdade é universal. Frequentemente você ouve isso.
Bobagem.
Se eu realmente fosse universal, não haveria discordância em relação ao que é certo ou errado, sobre quem merece o quê, ou o que significa felicidade.
Mas há certas verdades que são experimentadas de modo universal, e uma delas é a perda. O vazio no coração quando você está ao lado de uma sepultura. O nó na garganta quando você olha para sua casa destruída. Perda. Sim. A perda é universal. Todo mundo um dia vai conhecê-la.
Em 1946, Salônica era um monumento à perda. Uma cidade de fantasmas. Restavam menos de dois mil judeus. Havia os "sortudos", que tinham fugido e se refugiado nas montanhas próximas, e os menos afortunados, que se arrastaram de volta para casa vindos dos campos, como mortos-vivos, procurando algo mas sem saber direito o que era, tendo perdido todas as pessoas que amavam e tudo o que conheciam.
Sebastian Krispis, agora totalmente crescido porém magro feito um palito, parou na frente da casa número 30 da rua Kleisouras numa gélida manhã de fevereiro e bateu à porta. Usava um casaco dado pela Cruz Vermelha, calça e camisa de uma entidade de ajuda humanitária e botas doadas por um comerciante polonês que sentira pena dele. Seu ombro ainda doía do tiro que levara um ano antes.
Um homem de meia-idade, com barba longa e densa, atendeu

vestido com uma camiseta. Sebastian ajeitou a postura, empertigando-se.

– Olá, senhor – disse em ladino. – Meu nome é Sebastian Krispis, filho de Lev e Tanna Krispis. Esta é minha casa.

– *Ti?* – respondeu o homem.

– Esta é minha casa – repetiu Sebastian, passando a falar grego.

– O que você está dizendo? Ela é minha. Eu comprei.

– De quem?

– De um alemão.

– Esse alemão nunca foi dono dela. Ele a roubou.

– Bom, não importa como ele conseguiu, mas ele me vendeu. Eu paguei em dinheiro. Portanto ela é minha.

Ele inclinou a cabeça, examinando as roupas de Sebastian.

– Quantos anos você tem, afinal? Você parece um adolescente. Volte para a sua família.

Sebastian sentiu o maxilar travar. *Volte para a sua família?* Ele sofria de dor de cabeça havia quase um ano, desde que acordara num hospital em Cracóvia com aquela bala no ombro. Os médicos não puderam retirá-la porque ela se alojara muito perto de uma artéria importante. Acima do ferimento, um cisto se formara, uma lembrança permanente do terror de Udo Graf.

Volte para a sua família? Sebastian ficara semanas naquela maca de hospital, depois meses num campo de refugiados, onde os sobreviventes passavam jornais de mão em mão, procurando desesperadamente por parentes vivos. Pedia repetidamente notícias do avô, mas, quando um sobrevivente grego chegou e disse que Lazarre tinha morrido na enfermaria, Sebastian não teve permissão de procurar o corpo. Mesmo ali os judeus eram tratados como prisioneiros. Às vezes eram forçados a dividir o alojamento com nazistas capturados.

Volte para a sua família? Com o passar dos meses, alguns grupos de judeus bem-intencionados tentaram criar uma vida cultural para os refugiados, convidando professores e organizando eventos esportivos. Eles perguntaram a Sebastian se ele gostaria de participar de um musical. *Um musical?* Por toda parte havia vítimas esquálidas do Lobo, tão assombradas pelo trauma que mal conseguiam suportar o dia. Algumas, tendo sobrevivido ao pior da privação alimentar imposta pelos alemães, morriam por comer demais em pouco tempo. Essa "síndrome da realimentação" acabou sendo um novo modo de extermínio de judeus.

Volte para a sua família? Assim que sua força aumentou, Sebastian foi de campo em campo, examinando os rostos cansados em busca das únicas duas pessoas que restavam de sua vida: Fannie e Nico. Pedia para ver as listas, mas os nomes eram intermináveis e as informações, incompletas. Depois de meses de buscas frustradas, ele desistiu e procurou ajuda para retornar à Grécia. Acabou sendo mandado de trem, passando pela Polônia, pela Tchecoslováquia, pela Hungria e pela Iugoslávia. Olhava pelas janelas as cidades destruídas, os prédios bombardeados, agricultores andando por campos arrasados, crianças brincando nas ruínas de igrejas.

Volte para a sua família? Quando chegou a Atenas, foi mandado a um ginásio e ganhou biscoitos, cigarros e uzo. Suas digitais foram coletadas. Por fim, um caminhão o levou de volta a Salônica. Quando lá chegou, já era noite e ele não tinha para onde ir. Dormiu, tremendo, num banco perto do porto, e foi acordado pelo som dos barcos trazendo a pesca matinal. Enquanto esfregava os olhos, perguntou-se se as manhãs em sua cidade natal tinham continuado daquele jeito, enquanto ele, seu pai e seu avô estavam amontoados como gado no pátio de Auschwitz. Como os barcos de pesca podiam continuar naquele balanço tão inocente? Como o mundo conseguia comer enquanto todos aqueles prisioneiros morriam de fome? Como as coisas podiam parecer tão terrivelmente normais ali, quando não restava nada de normal para Sebastian?

Volte para a sua família?
– Todo mundo da minha família morreu – disse Sebastian.
O homem o olhou de cima a baixo.
– Você é judeu.
– Sou.
O homem coçou o queixo.
– Eles levaram você? Naqueles trens?
Sebastian assentiu.
– Ouvi coisas – disse o homem. – Coisas horríveis. Era verdade?
– Por favor, senhor. Vou dizer de novo: esta casa é minha.
O homem olhou para o lado, como se pensasse. Depois, se virou de volta e disse:
– Olha. É uma pena o que aconteceu com você. Talvez o governo possa ajudar. Mas agora esta casa é minha. – Ele coçou o peito por baixo da camiseta. – Você realmente precisa ir embora.
Os olhos de Sebastian se encheram de lágrimas.
– Para onde? – perguntou, rouco.
O homem deu de ombros. Sebastian enxugou os olhos. Então ele saltou para a frente, agarrou o pescoço do sujeito e não soltou.

No dia seguinte, Fannie estava na rua Egnatia.

Ela olhava para o que havia sido a farmácia do seu pai. Agora era uma sapataria. A padaria dos judeus era uma lavanderia; a alfaiataria dos judeus, um escritório de advocacia. Apesar de reconhecer alguns pontos, tudo dentro deles havia mudado e todo mundo que passava por eles parecia diferente. Não viu nenhum judeu de barba grisalha nem judias usando xales. Não ouvia a língua ladina sendo falada.

Fannie também tinha suportado uma árdua jornada de volta para casa. Escondida nas montanhas do norte da Hungria, demorou meses antes de se sentir segura o bastante para admitir sua verdadeira identidade. Depois de um tempo, como Sebastian, foi mandada para um campo de refugiados, mas na Áustria, o mesmo país do qual tinha fugido naquele dia nevado. Ela dormia num beliche e se alimentava de pequenas porções de comida. Esperava dias para ser atendida por um médico. Constantemente precisava se defender do assédio de trabalhadores do campo, que tentavam abraçá-la pela cintura ou beijar seu pescoço, como se ela devesse ceder seu corpo a eles só porque a ajudavam.

Depois de meses de papeladas, finalmente Fannie recebeu uma passagem de trem para Atenas, onde completou 16 anos dormindo num catre de um armazém. Em fevereiro de 1946, mais de um ano após escapar da marcha da morte saindo de Budapeste, ela viajou de volta para Salônica com uma jovem chamada Rebecca, que tinha sobrevivido aos campos por ser costureira de uniformes nazistas. Rebecca usava uma blusa de lã feita com um cobertor do campo e tinha uma cicatriz embaixo da orelha esquerda. Seu olhar raramente se desviava, estava sempre voltado para a frente.

Quando chegaram a Salônica, ambas foram abrigadas numa das duas sinagogas que restaram na cidade, junto com várias dezenas de judeus que haviam se escondido nas montanhas. Era uma sexta-feira. Naquela noite, pela primeira vez em anos, Fannie assistiu a um culto de Shabat. O santuário estava mal iluminado e alguns sobreviventes rezavam baixinho. Fannie se manteve em silêncio. Mais tarde, o grupo compartilhou tigelas de sopa e pequenas porções de frango.

Naquela noite, depois que a maioria dos presentes tinha ido dormir no chão, um grupo de homens que fizera parte da resistência grega se aproximou das duas recém-chegadas.

– O que é isso no seu pulso? – perguntou um deles a Rebecca.
– Meu número.
– Para quê?
– Todo prisioneiro tinha um número tatuado.

– Por que vocês são tão poucos?
– A maioria morreu quando chegou lá.
– Morreu?
– Foram assassinados.
– Assassinados como?
– Com gás – respondeu Rebecca.
– O que aconteceu com os corpos?
– Os alemães incineraram.
Uma pausa.
– Isso é verdade?
– Claro que é.
Os homens se entreolharam. Balançaram a cabeça, incrédulos. Mas um deles, um homem de ombros largos e bigode, se inclinou e apontou um dedo.
– Então como *você* está aqui?
Rebecca piscou.
– Como assim?
– Eles não queimaram *você*. Por que não?
– Eu... sobrevivi.
– Como?
– Eu tinha um trabalho.
– Que tipo de trabalho? Com quem você colaborou? Com quem você está colaborando agora?
Fannie não podia acreditar no que estava ouvindo. Mas a verdade sobre os campos de extermínio era incompreensível para a maioria das pessoas. Era mais fácil aceitar alguma mentira que envolvesse colaboração.
– E você? – perguntou o homem, virando-se para Fannie.
Outro homem tentou impedi-lo.
– Ela é só uma adolescente...
– Onde está o número no *seu* pulso?
– Eu não fui para um campo – respondeu Fannie.

– Por que não? Com quem *você* colaborou?
– Com ninguém. Eu...
– Quem você prejudicou para conseguir sobreviver?
– Pare com isso!
– COM QUEM...
– Deixe-a em paz! – gritou Rebecca. – Não basta que a gente tenha sobrevivido? Quer que a gente sinta vergonha disso também?

O homem olhou raivoso para os outros. Em seguida, pigarreou e cuspiu num lenço.

– Fiquem longe de mim – disse.

—

Naquela noite, Fannie não dormiu, com medo dos homens que roncavam alto nos catres. Na manhã seguinte, ao nascer do sol, ela saiu da sinagoga e foi caminhando até o mar.

O porto estava cheio de cascos de navios destruídos na guerra. Muitos cafés estavam fechados. Salônica não tinha perdido apenas sua comunidade judaica, tinha perdido a alegria das manhãs, a agitação dos mercados, a diversidade de suas múltiplas culturas. Depois da guerra, a cidade passava fome e estava dividida – seu povo brigava entre si.

Fannie caminhava pelo antigo passeio à beira-mar, seguindo os trilhos do bonde. Ia para o leste, em direção à Torre Branca, mas, ao vê-la de longe, sentiu um aperto no peito. Para evitar que fosse alvo de bombas, os alemães a haviam pintado com cores de camuflagem. Em vez de branca, o que se via agora era uma mistura confusa de verdes e marrons desbotados. Por algum motivo, isso partiu seu coração.

Enquanto se aproximava da estrutura, lembrou-se de quando subira ao topo com os garotos Krispis, uma gentileza do avô deles. Naquela ocasião, o céu era indescritivelmente vasto e as montanhas do outro lado da água tinham neve fresca nos cumes. O mundo parecia sedutor, cheio de promessas.

Agora Fannie não queria nada com o mundo. Só queria ficar quieta. De repente, um comerciante esvaziou um balde d'água na calçada e começou a esfregar com a vassoura, fazendo um ruído áspero. Para onde ela iria agora? O que faria? Tinha ficado escondida por tanto tempo que a liberdade parecia outra prisão.

Apesar de ter prometido a si mesma que jamais choraria se voltasse para casa, seus olhos ficaram marejados. E naquele momento em que se sentia mais sozinha na vida, ela ouviu passos atrás de si e a voz de um homem dizendo:

– Case comigo, Fannie.

Ela se virou e viu Sebastian, as feições amadurecidas, barbudo, a testa repleta de ferimentos e sangue seco, como se ele tivesse brigado.

– Ah, meu Deus! – exclamou Fannie. – Sebastian? É você mesmo?

Ela se jogou em seu abraço, impressionada por encontrar alguém do seu passado que ainda estivesse vivo. Ela sentiu seus ombros fortes e estreitos e o roçar do cabelo curto nas suas têmporas.

– Eu procurei você por todos os lugares – sussurrou Sebastian.

Essas palavras, bem como a emoção de perceber que alguém ainda considerava sua existência digna de uma busca, a envolveram numa sensação que estivera adormecida desde aquele leve beijo em Nico. Ela e Sebastian sentaram-se à sombra da Torre Branca e se jogaram em conversas, perguntas, acenos de cabeça, mais perguntas, lágrimas. Sebastian pôs para fora o que queria dizer havia três anos:

– Desculpa ter empurrado você pela janela do trem.

Fannie disse que entendia e, depois de ouvir o que se passara nos campos, achou que provavelmente tinha sido melhor assim.

Eles se abstiveram dos detalhes horríveis que nenhum dos dois queria relembrar. Às vezes, apenas se davam as mãos. Quando o sol do meio-dia transformou o golfo num azul de safira, Sebastian disse:

– Vamos caminhar.

Eles andaram por toda a cidade, atônitos com as mudanças. Seguiram para o norte à beira-mar, apontando para as mansões ao longo da *Leoforos ton Exochon*, que haviam pertencido a ricas famílias judias antes de serem roubadas pelos alemães e reaproveitadas pelos gregos. Depois foram para o oeste até chegarem ao antigo gueto Barão Hirsch, onde tinham sido presos antes da deportação, e viram que todo o bairro havia sido demolido.

Quando a noite caiu e as luzes dos postes iluminaram os cruzamentos, os dois já tinham chegado à mesma conclusão: Salônica não era mais deles. A palavra "lar" tinha sido explodida, letra por letra.

Uma cidade de fantasmas não é lugar para um jovem casal. Assim, quando Sebastian segurou as mãos de Fannie sob o luar junto ao golfo e repetiu o pedido "Case comigo", Fannie assentiu e disse: "Sim."

Ao mesmo tempo, num mosteiro italiano...

Um homem entrou no confessionário. Falou, com o rosto escondido pela sombra:

– Está com os documentos?

– Estou.

– A espera foi longa.

– Essas coisas demoram.

– Eles permitem que eu reserve uma passagem?

– Sim.

Um suspiro profundo.

– Finalmente.
– O senhor tem dinheiro suficiente?
– Acho que agora tenho, sim.
– Graças a Deus.
– Não foi Deus que mandou o dinheiro, padre.
– Deus é responsável por todas as coisas.
– Se o senhor diz...
– Só em Deus o senhor pode alcançar a absolvição.
– Como quiser.
– Posso perguntar para onde o senhor vai?

Udo Graf se recostou na parede. Para onde iria? Tinha estado em muitos lugares no ano anterior. Primeiro escapara da Polônia – só porque, depois da sua captura, os russos foram idiotas a ponto de colocá-lo num hospital, e não numa cela de prisão. Um auxiliar de enfermagem então fizera contato com conhecidos de Cracóvia e dois homens foram até lá, no meio da noite, para buscar Udo. Como tinha um ferimento grave na perna por causa do tiro que levara, ele teve que ser carregado até um veículo, o que o deixou tremendamente incomodado.

A viagem durou até o amanhecer. Quando o veículo chegou à Áustria, Udo se escondeu com uma das muitas famílias ricas que ainda simpatizavam com a causa nazista. Dormiu numa casa de hóspedes nos fundos da propriedade e ocasionalmente jantava com os anfitriões, mas permanecia afastado de qualquer discussão sobre seus atos em Auschwitz, dizendo que era um oficial de nível médio que só cumpria ordens. À noite, fumava no seu quarto e ouvia música alemã numa vitrola.

Assim que estava suficientemente recuperado, foi guiado pelas montanhas até a Itália, chegando ao primeiro de vários mosteiros que lhe ofereceram abrigo. Essas rotas de fuga bem estabelecidas eram chamadas pelos alemães de *rattenlinien* – "linhas de ratos" ou "enfrechates", as escadas de corda que os marinheiros costumavam subir como uma última tentativa desesperada durante um naufrágio. Para percorrê-las a salvo, contavam com a ajuda de sacerdotes católicos na Itália e na Espanha. Você pode perguntar por que esses religiosos, supostamente fiéis a Deus, se dispunham a ajudar os responsáveis pela morte de tantos inocentes. Mas os clérigos são tão capazes de me distorcer quanto qualquer outra pessoa.

"A guerra foi injusta."

"Exageraram ao falar dos crimes dele."

"Melhor estar livre para se arrepender do que apodrecer numa cela de prisão."

Udo se escondeu nos fundos de uma catedral em Merano, na Itália, perto dos Alpes do Sarentino, e passou muitas manhãs observando os picos nevados, pensando em como o plano brilhante do Lobo havia desmoronado. Meses depois, mudou-se para Roma, onde lhe arranjaram os papéis para um novo nome e um novo passaporte. Munido com essa nova identidade, ele chegou a uma igreja perto da cidade portuária de Gênova, onde ficou esperando por dinheiro suficiente e documentos de viagem adequados para garantir sua viagem para outro país. No íntimo, achava humilhante ter que contar com a ajuda de católicos para ser salvo, já que não acreditava na fé que eles professavam nem respeitava seus rituais cheios de pompa. Mas eles tinham abundância de vinho, o que Udo aproveitou.

Para onde o senhor vai? A América do Sul era o destino mais óbvio. Vários governos daquele continente tinham deixado clara a disposição de fazer vista grossa caso oficiais nazistas precisassem de um porto seguro.

– Argentina – disse ao padre. – Vou para a Argentina.

– Vá com Deus.

– Hmm.

Porém Udo estava mentindo. Ele conhecia muitos oficiais da SS que já haviam sido levados para a América do Sul. Sempre estrategista, raciocinou que, se um deles fosse descoberto, seria fácil ligar os pontos e encontrar os outros.

Udo estava decidido a lutar novamente, a terminar o que o Lobo havia começado, e para isso precisava estudar o inimigo por dentro. Tinha dito "Argentina" ao padre, mas seria apenas temporário. Em sua mente, já havia se decidido por um esconderijo melhor.

Iria para os Estados Unidos.

PARTE IV

PART IV

O que veio em seguida

Se compararmos nossa história com um globo de neve, estamos no momento em que o balançamos com força e os vários pontinhos brancos se agitam na água, dançando com a gravidade a caminho de um novo ponto de repouso.

Décadas se passaram. Locais mudaram. Trabalhos foram encontrados. Crianças nasceram. Mas, mesmo separados por oceanos, Nico, Sebastian, Fannie e Udo ainda influenciavam uns aos outros, suas vidas entrelaçadas por suas verdades e mentiras.

Agite o globo. Vinte e dois anos depois de vermos os quatro pela última vez, foi assim que cada um deles pousou:

Nico enriqueceu.
Sebastian ficou obcecado.
Fannie se tornou mãe.
Udo virou espião.

Permita-me detalhar:

Primeiro a história de Nico.

Minha criança preciosa, que sempre tinha dito a verdade, se afastou definitivamente de mim depois de Auschwitz. Ver como o Lobo havia assassinado seu povo e transformado os cadáveres em cinzas – e perceber que, sem querer, tinha feito parte disso – enviou o antes honesto menino para um mundo onde eu não existo.

Esse hábito de mentir patologicamente é chamado pelos psicólogos de "mitomania". Nesse caso, as mentiras contadas não servem a nenhum propósito, nem mesmo representam uma vantagem para quem as conta. São simplesmente provenientes de um transtorno, uma doença mental ou, no caso de Nico, de um trauma tão ofuscante que o deixou cego para sempre com relação à verdade.

Nico, que tinha ludibriado muitos para fazer o que era quase impossível – conseguir entrar em Auschwitz –, agora mentia sobre as coisas mais simples: de quais livros gostava, o que havia comido no café da manhã, onde comprava suas roupas. Não conseguia evitar. Toda linha reta ficava torta.

—

Mencionei que Nico enriqueceu. Mentir ajudou nisso.

Em 1946, ele tinha voltado à Hungria, na esperança de reencontrar Katalin Karády. Ainda carregava todos os seus instrumentos de falsário, mas o dinheiro que encontrara na bolsa de Udo havia praticamente acabado. Ele precisava de mais.

Num trem em direção a Budapeste, caiu no sono até ser cutucado por um cobrador que pedia seu bilhete e seus documentos. Grogue, Nico enfiou a mão na bolsa e começou a tirar o passaporte marrom alemão, mas logo viu o erro e pegou o húngaro. O cobrador não percebeu, mas o passageiro ao seu lado, sim. Ele parecia estar na casa dos 30 anos e tinha uma cicatriz na mão esquerda. Ficou olhando para Nico até que o funcionário se afastasse. Depois, se inclinou e falou em alemão:

– Você pode me conseguir um desses?

– Um o quê?

– Um passaporte húngaro.

– Não estou entendendo.

– É claro que está. Eu vi o passaporte alemão. Hoje em dia, um homem que possui dois passaportes pode conseguir três.

– Não sei do que você está falando.

– Qual é! De que outro modo você falaria alemão? Se você me conseguir um passaporte húngaro, eu vou te compensar. – Ele estendeu a mão. – Sou Gunther. De Hamburgo.

Nico pensou por um momento.

– Lars – disse.

– De onde?

– Stuttgart.

– Você tem sotaque.

– Minha família se mudou para a Hungria quando eu era bem pequeno.

– Quantos anos você tem agora? Dezesseis? Dezessete?

– Dezoito.

– Escute, Lars. Eu preciso do passaporte.

– Por que não volta para a Alemanha?

Ele desviou o olhar.

– Não posso. Tenho que fazer uma coisa. E, quando fizer, preciso recomeçar do zero.

– Bom, não posso ajudar. Desculpe.

Gunther fungou e olhou pela janela, como se pensasse no passo seguinte.

– Escute – sussurrou. – Eu posso deixar nós dois ricos.

Nico observou as roupas do homem. Um suéter de gola rulê, calça cinza, casaco sujo, chapéu de pele. Não parecia ser capaz de enriquecer alguém.

– Como?

– Não faz muito tempo, um trem ia para a Alemanha financiar o Reich. Tinha mais de vinte vagões, estava cheio de ouro, joias, dinheiro, tudo o que tomamos dos judeus.

– E?

– Ele fez paradas.

Nico esperou.

– Ele fez *paradas* – repetiu Gunther. – E, numa dessas paradas, alguns caixotes... foram tirados.

O homem se recostou no assento.

– Eu era guarda nesse trem. Nós éramos muitos. E alguns de nós sabemos onde os caixotes estão escondidos.

– Onde estão?

O homem riu.

– É claro que você ia perguntar. Mas não vou dizer. Só digo que aqui, na Hungria, há uma igreja com um porão que tem o suficiente para uma vida inteira.

Ele avaliou Nico.

– Se me conseguir um passaporte novo, eu levo você lá.

—

Três meses depois, numa noite úmida e sem luar, um caminhão grande estava parado na grama lamacenta que circundava uma igreja românica abandonada, na pequena cidade de Zsámbék. A igreja, construída há séculos, fora destruída pelos turcos no século XVII e jamais restaurada. Até a guerra, tinha sido uma atração turística. Depois disso, passou a receber poucos visitantes.

Pelo que Nico ficou sabendo, Gunther e outro guarda, que deveriam estar fazendo um inventário noturno naquele trem nazista, tinham descarregado em segredo vários caixotes com ouro, dinheiro e joias e colocado num veículo militar, indo em seguida até ali. Gunther disse que deram dinheiro a um vigia noturno, para que este os deixasse guardar tudo numa câmara do porão, e que puseram um cadeado na porta.

– O que aconteceu com seu colega? – perguntou Nico.

– Morreu. Foi apanhado pelos russos.

– E o vigia noturno? Ele não sabia o que vocês estavam fazendo?

– Não tinha a mínima ideia.

– Como você sabe que ele ficou em silêncio?

– Nós cuidamos disso.

O piso de pedra embaixo da igreja estava molhado e cheirava a mofo. Nico e Gunther encontraram uma porta pesada com um cadeado e Gunther usou um machado para abri-la. Puxaram a porta e iluminaram o cômodo com lanternas. De fato, dentro havia quatro caixotes.

– Eu não te disse? – comentou Gunther, abrindo um largo sorriso.

Os dois levaram os caixotes para fora, um de cada vez, subindo a escada com dificuldade. Gunther mal conseguia se conter.

– Tem mais aí do que você poderia gastar numa vida inteira, Lars!

Considerando o peso daquilo, Nico concordou.

Eles demoraram mais de uma hora para colocar toda a carga no caminhão. Nico suava de encharcar a roupa. Ficava de olho no entorno, para ver se alguém estaria espiando, mas não havia luzes próximas nem barulho além do cricrilar dos grilos.

Quando o último caixote foi posto no caminhão, Gunther se recostou no veículo e soltou um grito de empolgação.

– Foi por isso que eu esperei! Durante toda aquela porcaria de guerra! Finalmente, alguma coisa para mim!

– Vamos sair daqui – sussurrou Nico.

– Espere, espere, preciso mostrar a você o tipo de coisa que a gente tem.

– Agora, não.

– Não seja *lusche*. Não quer ver como estou te deixando rico?

Ele baixou a lanterna até a cintura, de modo que o facho iluminasse seu rosto.

– Olhe para mim, Lars. Olhe para mim! Este é o rosto de um novo húngaro ric...

A bala o acertou antes que Nico ouvisse o som. A cabeça de Gunther tombou para trás e seu colarinho ficou ensanguentado. Uma segunda bala atravessou o peito dele e o fez cair feito um saco de farinha, derrubando a lanterna na lama.

Nico gelou. Ouviu passos se aproximando. De repente, estava olhando para um fuzil segurado por um garoto ruivo, que mantinha o cano apontado para a frente enquanto examinava o corpo inerte de Gunther, caído junto ao pneu traseiro do caminhão.

Nico levantou as mãos para se render, mas, quando o garoto viu seu rosto, baixou a arma. Ele parecia ter uns 10 anos.

– Por que isso? – ofegou Nico.

– Ele matou meu pai – respondeu o garoto, sem emoção na voz. – Esperei por ele todas as noites. Ele e o outro soldado.

O menino fez uma pausa.

– Não era você.

– Não era – disse Nico rapidamente. – Eu juro.

O garoto apertou os lábios. Parecia estar fazendo muito esforço para conter as lágrimas.

– O seu pai era o vigia noturno?

– Era.

– Sinto muito. Eu não sabia.

– Cadê o outro homem?

– Morreu.

– Ótimo.

Ele chutou o corpo de Gunther caído na lama.

– Vou para casa contar pra minha mãe.

E se virou para ir embora.

– Espere. – Nico apontou para o caminhão. – Não quer os caixotes?

– O que tem neles?

– Ouro, eu acho. Dinheiro. Joias.

– Isso não é meu.

O menino inclinou a cabeça.

– É seu?

– Não, não é.

– Bom, talvez você possa devolver às pessoas de quem isso foi roubado.

O garoto pendurou o fuzil no ombro, passou por cima do facho da lanterna e desapareceu na escuridão.

—

Muitas coisas aconteceram depois daquela noite, numerosas demais para serem detalhadas. Devo dizer que Nico usou parte daquela riqueza em sua formação, uma vez que seu último dia numa escola tinha sido quando estava com 11 anos e os alemães invadiram sua casa. Posando primeiro como um adolescente húngaro em Budapeste, depois como um estudante universitário em Paris e mais tarde, após aperfeiçoar seu inglês, como membro da turma de 1954 da London School of Economics, Nico, usando o nome Tomas Gergel, tornou-se um homem bem-educado, particularmente na área de negócios. Estava decidido a aprender a ganhar dinheiro, considerando como isso lhe permitira passar incólume pelos anos de guerra. Demonstrava maturidade nas aulas e era admirado pelos professores. Graças aos caixotes tirados da igreja, mantinha uma conta bancária que poderia impressionar seus colegas de turma, mas vivia com eles em alojamentos e costumava dizer que mal tinha o suficiente para comer. Sua boa aparência atraía os olhares de muitas jovens, e ele só ficava sozinho se quisesse. Ele contava às namoradas que sua família húngara tinha sido morta durante a guerra, assim evitava questionamentos sobre sua mãe, seu pai ou uma casa para onde voltar nas férias. Seus relacionamentos românticos eram intensos, mas breves. Não gostava de proximidade.

Formou-se com louvor e, quando recebeu o diploma, levou-o a um hotel perto de um campo de aviação em Southampton. Sentia que precisava recomeçar, como costuma acontecer com os mentirosos patológicos. Usando seu material de falsificação, tirou o nome "Tomas Gergel" do certificado.

Pensou em sua infância, no avô, na ida à Torre Branca e na história do prisioneiro judeu que tinha se oferecido para pintar toda a estrutura em troca da liberdade. Pegou sua caneta e, com letra perfeita, escreveu no diploma o nome daquele preso, "Nathan Guidili".

No dia seguinte, embarcou pela primeira vez em um avião. Era a parte inicial de uma viagem que o levaria para o oeste, depois mais para o oeste ainda, até se encontrar sob o sol ofuscante de um estado chamado Califórnia e de uma cidade chamada Hollywood, onde representar papéis falsos era não somente comum como também uma profissão.

Certa vez, Katalin Karády dissera a Nico: "Você deveria estar no cinema." Em pouco tempo, graças a seu dinheiro, ele estava.

Agora Sebastian e Fannie, que compartilhavam um sobrenome.

Eles se casaram numa agência de assistência social para judeus três semanas depois de se reencontrarem em Salônica. Fannie usava um vestido de linho branco que uma funcionária lhe havia emprestado. Era grande demais e ela precisou tomar cuidado para não tropeçar na barra do vestido. Sebastian usava um paletó escuro e uma gravata, dados por um rabino.

Foi uma cerimônia rápida, tendo como testemunhas dois trabalhadores do porto. O casal não tinha familiares nem amigos para convidar, apenas fantasmas, que eles visualizavam na mente enquanto os votos ecoavam na sala praticamente vazia. Assim que as alianças foram trocadas, eles se beijaram desajeitadamente, e Fannie sentiu vergonha porque, por um segundo fugaz, lembrou-se de ter beijado o irmão do agora marido.

Nesse momento, sendo tão jovens, seria seguro dizer que Sebastian estava realizando um sonho adolescente, enquanto Fannie se agarrava ao único pedaço que restava de sua antiga vida. Não era um casamento bem pensado. Mesmo assim eles se tornaram marido e mulher, com 18 e 16 anos. E, se não eram iguais na paixão, estavam unidos por uma ideia: nenhum dos dois queria ficar nem mais um instante em Salônica.

Assim que receberam alguma ajuda, entraram num barco rumo ao sul (Fannie se recusou a viajar de trem) e, depois de várias paradas, desembarcaram na montanhosa ilha de Creta. Riscas de nuvens brancas em um azul brilhante compunham o céu, e a sensação de calor no pescoço era bem agradável.

– Onde vamos morar? – perguntou Sebastian enquanto caminhavam pela cidade portuária de Iráclio.

– Aqui não. Em algum lugar tranquilo. Longe das pessoas.

– Certo.

– Talvez você possa construir uma casa, não é?

Sebastian sorriu.

– Eu?

Fannie confirmou. Quando ele percebeu que ela não estava brincando, conteve-se para não dizer que não fazia ideia de como construir uma casa, então simplesmente respondeu:

– Se é isso que você quer, eu faço.

Ele levou mais de um ano nessa tarefa, cometendo muitos erros decorrentes de conselhos ruins. Até que, finalmente, num terreno junto a um olival perto da extremidade leste da ilha, Sebastian construiu uma casa de três cômodos feita de tijolos e cimento, com teto de madeira coberto por telhas de barro. Na primeira noite nessa nova residência, Fannie acendeu as velas do Shabat e disse uma bênção que não recitava desde que o pai era vivo.

– Por que agora? – perguntou Sebastian.

– Porque agora nós temos uma casa.

Naquela noite, fizeram amor de um modo suave, apaixonado, diferente das tentativas anteriores. E logo tiveram a primeira filha, uma menininha que chamaram de Tia, em homenagem à falecida mãe de Sebastian, Tanna. Fannie dedicou à criança todo o amor que havia guardado dentro de si durante a guerra. Ao segurar o bebê e beijar seus cachos finos, sentiu um novo ar revigorar seus pulmões e conduziu seu coração para um maravilhoso e acolhedor lugar chamado contentamento.

Sebastian tentou deixar a guerra para trás.
Mas a guerra não queria deixá-lo.

O contentamento encontrado por Fannie não chegava até ele. Como muitos sobreviventes dos campos, suas noites eram assombradas pelos mortos. Pelos rostos deles. Pelos corpos ossudos. Pelas vezes que os largara na lama ou na neve. Pequenos horrores o assaltavam durante o sono e o acordavam banhado de suor, com as mãos trêmulas. Ofegava, tentando respirar, e as lágrimas escorriam pelo rosto. Isso acontecia com tanta frequência que ele mantinha uma colher de madeira ao lado da cama, que mordia para que Fannie não o escutasse soluçando.

Assim como seu irmão, Sebastian não tinha terminado os estudos. Mas, sem dinheiro para isso, as opções de trabalho eram limitadas. Conhecia o negócio de tabaco por causa do pai e, após um tempo, arranjou emprego numa empresa que importava cigarros para Creta. O trabalho rendia dinheiro para comida e roupas, e Fannie, feliz com Tia, não pedia mais do que isso.

Na noite do aniversário de 4 anos da filha, eles pegaram um barco a remo de uma aldeia de pescadores próxima e olharam de volta para o porto. As lâmpadas dos postes, alimentadas a óleo, emolduravam a paisagem num círculo de luz.

– Acho que a Tia precisa de uma irmã – disse Fannie.

– Quem sabe um irmão?

Fannie tocou a mão do marido.

– Você pensa no seu irmão?

Sebastian fez uma careta.

– Não.

– E se ele estiver vivo?

– Provavelmente está. Ele sempre deu um jeito de conseguir o que queria.

– Você ainda sente raiva dele?

– Ele estava trabalhando para os nazistas, Fannie. Estava espalhando as mentiras deles.

– Como você sabe?

– Eu vi! Você viu!

– Eu vi por um segundo.

– E ele lhe disse que ia ficar tudo bem. Que haveria empregos, famílias unidas, não é?

Ela baixou os olhos.

– É.

– Foi o que eu disse.

– Mas por que ele mentiria? O que ele ganharia com isso?

– Eles o deixaram viver.

– Talvez tenham mentido para ele também. Já pensou nisso?

Sebastian trincou os dentes. A raiva que sentia do irmão lhe causava sintomas físicos.

– O que você estava fazendo com ele naquele dia?

– Como assim?

– Você sabe. Na casa.

– De novo isso?

O casal tinha falado muitas vezes sobre aquela manhã. Fannie tinha explicado repetidamente que haviam se escondido no armário, que ficaram apavorados demais para sair, que ela tinha segurado a mão de Nico e saído uma hora depois. Ela odiava essa narrativa porque sempre acabava chegando à morte do pai na frente da farmácia.

– Deixa pra lá – disse Sebastian. – Não importa.

Mas importava, sim. O ciúme raramente esquece. Havia uma parte de Sebastian que achava que um dia Fannie tinha preferido Nico, um diabinho que nascera durante sua adolescência. E, apesar de Fannie ter se casado com ele e ter lhe dado uma filha, em ocasiões assim o diabinho ainda sussurrava em seu ouvido.

—

Um dia, Sebastian leu numa revista a história de um homem, em Viena, que tinha criado uma agência dedicada a encontrar ex-nazistas. Aparentemente, muitos deles estavam escondidos sob novas identidades. Aquele homem tinha verbas, um escritório e até uma pequena equipe. Alguns o chamavam de "O Caçador de Nazistas". Ele já havia prendido vários ex-oficiais da SS.

Durante dias, enquanto descarregava caixotes de cigarros no trabalho, Sebastian pensou naquele homem. Uma noite, depois de Fannie e Tia dormirem, começou a escrever uma longa carta detalhando as lembranças do tempo passado em Auschwitz: as tarefas recebidas, os nomes dos oficiais que administravam o crematório e as câmaras de gás, o número de pessoas que ele se lembrava de terem sido mortas por determinados guardas da SS e as muitas atrocidades cometidas pelo *Schutzhaftlagerführer* Udo Graf. Foram nove páginas.

Quando terminou, mandou-a para o homem em Viena. Tudo

o que sabia era o nome dele e da sua organização. Não sabia o nome da rua nem o número, por isso duvidava que a carta chegasse ao destino.

Porém, quatro meses depois de postá-la, Sebastian recebeu uma resposta – do próprio Caçador de Nazistas. Ele agradecia a Sebastian pelas informações e expressava admiração pelo grande nível de detalhes que fornecera. Dizia que, se Sebastian pudesse viajar a Viena, ele gostaria de encontrá-lo pessoalmente para verificar os detalhes e pegar uma declaração de acusação formal. Isso poderia ser útil para processar os criminosos foragidos, particularmente Udo Graf, que, segundo as informações coletadas pela agência, tinha fugido de um hospital na Polônia e desaparecido.

Sebastian leu a carta pelo menos uma dúzia de vezes. A princípio, ficou furioso, quase fisicamente doente, por saber que Graf continuava vivo. Mas a cada leitura também sentia retornar uma força, como o calor voltando para dedos entorpecidos pelo frio. Agora ele poderia fazer alguma coisa. Poderia agir. Há muito sentia que seu tempo passado no campo era como uma corda que o mantinha amarrado. E aquele homem de Viena era a faca que poderia cortá-la e enfim libertá-lo.

Sebastian não contou a Fannie sobre a correspondência.

Ele escondeu de Fannie a carta do Caçador de Nazistas e, assim, a enganou. Isso não é novidade. As mentiras que os cônjuges contam um ao outro são, na maioria das vezes, omissões. Você pula um determinado detalhe. Deixa totalmente de fora certas partes da história.

Você justifica esses atos considerando que eu, a Verdade, sou inquietante demais. *Por que levantar suspeitas? Para que arrumar confusão?* Sebastian, por exemplo, nunca tinha mencionado a Fannie seu casamento anterior com a garota chamada

Rivka. A coitada tinha morrido de tifo em Auschwitz, e Sebastian mal havia falado com ela. Em sua mente, tudo aquilo – o casamento apressado, os votos murmurados, a aliança de sua avó – fora um erro cometido por outra pessoa, do qual ele não queria se lembrar.

E ele também não queria desapontar Fannie. Assim, enganou-a por gentileza, ou pelo menos era o que dizia a si mesmo. Fannie, ao seu modo, fazia a mesma coisa. Sabendo da inveja que Sebastian sentia do irmão, nenhuma vez mencionou que tinha visto Nico de novo, na margem do Danúbio, nem que acreditava que ele tivesse salvado sua vida.

—

Quando Sebastian finalmente mostrou a carta à esposa, ela ficou pasma.
– Por que você contatou esse homem?
– O que ele está fazendo é importante.
– Então deixe que ele faça. Nós temos uma vida aqui na Grécia.
– Mas você leu o que ele disse. Minhas informações podem ajudar.
– Ajudar em quê?
– A encontrar aqueles desgraçados.
– E fazer o quê?
– Enforcá-los. Até apodrecerem!
Fannie virou as costas e murmurou:
– Mais matança.
– Não é matança. É justiça. Justiça pelos meus pais, meus avós, minhas irmãs. Justiça pelo seu pai, Fannie! Você não quer isso?
Fannie enxugou uma lágrima.
– Isso vai trazê-lo de volta?
– O quê?

– Se vocês pegarem esses nazistas, eu terei meu pai de volta?

Sebastian fechou a cara.

– Não é essa a questão.

– Para mim, é – sussurrou ela.

– Eu quero ir a Viena.

Fannie piscou os olhos com força.

– E deixar Tia, me deixar?

– Claro que não. Eu jamais deixaria vocês. – Sebastian segurou a mão dela. – Quero que vocês vão comigo. Nós podemos nos mudar para lá. Eu posso trabalhar para ele.

Fannie balançou a cabeça. Primeiro lentamente, depois mais depressa, com violência, como se alguma coisa terrível viesse em sua direção.

– Para a Áustria? Não, Sebastian, não! Eu já fugi da Áustria uma vez! Por favor, não!

– Hoje em dia é diferente.

– Não é! É onde eles vivem! É de onde eles vieram!

– Fannie. Eu preciso fazer isso.

– Por quê? – Agora ela soluçava. – Por que você não pode deixar tudo para trás?

– Porque eu não consigo! – gritou ele. – Porque eu revivo tudo aquilo, toda noite! Porque as pessoas precisam pagar pelo que fizeram!

Fannie fechou os olhos com força. Ouviu a filha chorando no outro quarto. Seus ombros relaxaram. Quando retomou a palavra, sua voz tremia:

– Isso tem a ver com o seu irmão?

– O quê?

– Tem a ver com Nico? Você quer se vingar dele?

– Pare de falar bobagem. Eu quero ajudar esse homem a encontrar nazistas e dar a eles o que eles merecem, só isso! E é isso que vou fazer!

Ele a encarou com raiva, trincando o maxilar. Mas precisou desviar os olhos, porque – eu sei das coisas – ela estava certa.

Sim, uma grande parte dele queria que Udo Graf fosse capturado, condenado e executado mil vezes. Mas outra parte também queria que aquele homem em Viena encontrasse outra pessoa, um certo ajudante de nazistas chamado Nico Krispis.

Para levá-lo à Justiça.

Udo visita um parque de diversões

O inimigo do meu inimigo é meu amigo. Essa expressão é antiga. Mas, depois da Segunda Guerra Mundial, ela se espalhou a uma velocidade surpreendente, e poucas pessoas percebiam o que estava acontecendo.

Por muito tempo os nazistas de alta patente tinham sido alvo dos militares americanos. No entanto, quando o Reich começou a desmoronar, os Estados Unidos apontaram a mira para um novo inimigo. Mesmo antes de o Lobo engolir uma cápsula de cianeto e disparar uma bala contra a própria cabeça – e seu país se render oito dias depois –, os agentes da CIA, a Central de Inteligência dos Estados Unidos, já haviam feito uma silenciosa mudança de estratégia. A Alemanha estava acabada. A próxima grande ameaça era a União Soviética. E ninguém conhecia, odiava ou tinha lutado mais intensamente contra os russos do que os nazistas.

Assim, quando a guerra terminou e as "linhas de ratos" permitiram a fuga de milhares de membros da SS, muitos foram convidados secretamente a trabalhar para os Estados Unidos. Eles ganhariam do governo americano novos nomes, novos empregos e uma nova proteção, desde que ajudassem a derrubar seus antigos rivais russos.

Esse tipo de recrutamento jamais foi revelado ao público, e assim continuaria por muitas décadas. Isso não deveria surpreender você. Quando se trata de mentiras, os governos são capazes de superar qualquer pessoa.

Udo Graf, que embarcara num navio lento para atravessar o

oceano Atlântico, estava morando num apartamento em Buenos Aires havia um ano. Usava um nome falso e trabalhava num açougue. Tinha aprendido espanhol para se virar. *Tudo isso é temporário*, dizia a si mesmo, parte de um longo e deliberado plano para voltar ao poder. Ele mantinha a voz baixa e os ouvidos atentos.

No início de 1947, Udo conhecia pelo menos outros três alemães realocados, que moravam a menos de oito quilômetros dele; todos tinham sido oficiais da SS. Eles se reuniam em segredo nos fins de semana e compartilhavam boatos sobre outros nazistas recrutados pelos Estados Unidos. Udo deixou claro que gostaria de uma oportunidade daquelas.

Num sábado, enquanto cozinhava uma costeleta de vitela, ouviu uma batida à porta do apartamento. Uma voz firme, grave e em alemão perfeito recitou as seguintes palavras no corredor:

– Herr Graf. Por favor, me deixe entrar. É seguro. Eu trago uma oferta. Acho que o senhor vai querer ouvir.

Udo tirou a frigideira do fogo. Foi em direção à porta. Ele mantinha uma pistola no bolso de um paletó que ficava pendurado num gancho na entrada de casa. Ele pôs a mão na arma e perguntou:

– De onde é essa oferta?

– Não quer saber primeiro o que é?

– De onde é?

– Washington – disse o homem. – Fica nos...

Udo abriu a porta. Pegou o paletó.

– Sei onde fica – disse ao estranho. – Vamos.

—

Seis meses depois, Udo Graf estava trabalhando num laboratório num subúrbio de Maryland, sob o nome de George Mecklen, cujos documentos indicavam que era um imigrante belga. Os americanos que o haviam recrutado souberam da formação científica de Udo e presumiram que ele a houvesse utilizado na SS. Estavam ansiosos para descobrir o que ele sabia sobre os militares russos. Udo, tão hábil em me destruir sempre que tinha chance, mentiu descaradamente sobre o uso de tais conhecimentos, até mesmo alardeando que havia passado a maior parte da guerra trabalhando com espionagem e armamentos. Quanto mais dizia a palavra *comunistas*, mais os americanos ficavam inclinados a acreditar em tudo que ele contava.

– E quanto aos relatos de que você esteve em Auschwitz? – questionou um agente americano durante uma entrevista num escritório forrado com lambris de madeira.

O homem, robusto e com o cabelo cortado em estilo militar, falava alemão fluentemente. Udo respondeu com cautela:

– Auschwitz? Eu viajei até lá, sim.

– Não trabalhou lá?

– É claro que não.

– Qual era o propósito de suas visitas?

Udo fez uma pausa e perguntou:

– Qual é mesmo o seu nome, oficial?

– Não sou oficial. Sou um agente, apenas.

– Desculpe. Seu alemão é excelente. Presumi que, com tanta capacidade, o senhor fosse um superior.

O agente empurrou a cadeira para trás e sorriu com falsa modéstia. Udo notou. *Um homem que gosta de elogios pode ser dobrado*, disse a si mesmo.

– Ben Carter – disse o agente. – É o meu nome. Aprendi alemão com minha mãe. Ela foi criada em Düsseldorf.

– Bom, agente Carter, o senhor deve saber que Auschwitz era mais do que um campo. Tinha muitas fábricas fundamentais para nossos esforços de guerra. Eu visitava essas fábricas para compartilhar os planos para o caso de um ataque aéreo.

E acrescentou:
- Por parte dos russos.
Os olhos do homem se arregalaram.
- E o que o senhor sabe sobre as atrocidades cometidas em Auschwitz?
- Atrocidades?
- As câmaras de gás? As execuções? Os muitos judeus que, pelo que dizem, foram assassinados lá?
Udo tentou parecer horrorizado.
- Só fiquei sabendo dessas acusações depois da guerra. Estava concentrado na nossa defesa. Claro, fiquei chocado ao ler sobre o que pode ter acontecido lá.
Ele reparou que Carter segurava a caneta enquanto examinava seus olhos.
- Como alemão, naturalmente, eu queria que meu país vencesse - continuou Udo. - Mas, como ser humano, não posso concordar com tamanha brutalidade contra prisioneiros judeus. Nem contra ninguém.
Quando o agente começou a escrever, Udo continuou, com as palavras e os pensamentos se contradizendo:
- Algumas coisas terríveis podem ter ocorrido lá.
Nós éramos reis. E seremos de novo.
- Se de fato ocorreram, é errado tamanha desumanidade.
A não ser que suas vítimas sejam sub-humanas.
- Lamento o que outras pessoas podem ter feito em nome da nossa nação.
Não me arrependo de nada.
Assim que terminou de fazer as anotações, o agente Carter fechou a pasta de papel. E quando se inclinou, dizendo "Vamos falar sobre os mísseis russos", Udo soube que tinha sido absolvido dos seus pecados. O padre estava errado. Ele não precisava de Deus.

—

Em pouco tempo Udo Graf, vulgo George Mecklen, se tornou espião não oficial do governo dos Estados Unidos. Tinha sua própria casa na cidade, seu próprio telefone, um carro na garagem e uma churrasqueira nos fundos. À medida que os anos se passavam e a Guerra Fria se intensificava, trabalhou com o desenvolvimento de mísseis no laboratório. Mas era considerado mais valioso fora dele, coletando informações sobre comunistas. A Alemanha tinha sido dividida em duas, com um lado leal ao Ocidente e o outro aos soviéticos. A agência queria que Udo conseguisse informações com seus antigos contatos. Eles o puseram para ouvir gravações de grampos e ler mensagens interceptadas dos alemães. As suspeitas eram tão grandes que Udo podia inventar boa parte das informações que dava, e ninguém podia provar que estivessem erradas. Às vezes ele criava inimigos sinistros totalmente a partir da imaginação.

Durante a década de 1950, isso bastava para justificar seu salário. O inglês de Udo melhorou demais. Ele se habituou à vida americana. Cortava a grama do quintal. Ia a festas de Natal. Num passeio da empresa, visitou um parque de diversões e andou de montanha-russa com colegas de trabalho.

Udo conheceu uma mulher chamada Pamela, telefonista do laboratório. Era baixinha, bonita, com cabelo loiro ondulado e gostava de decoração e de fumar cigarros com filtro. Na primeira noite em que Pamela fez hambúrgueres para ele, o alemão decidiu que ela seria um excelente disfarce americano. Udo havia desistido do sonho de formar família com uma esposa alemã perfeita. Precisava de uma parceira em seu estratagema. Pamela era uma americana típica: assistia a novelas, mascava chiclete e parecia apaixonada pelo status de Udo no trabalho, especialmente por sua remuneração. Quando ele pediu sua mão, primeiro ela lhe perguntou se poderia ter seu próprio carro. Quando ele disse sim, e ela também disse sim.

Casaram-se numa igreja. Jogavam tênis com os amigos. Faziam amor regularmente. Mas, para Udo, a mulher era apenas uma companhia, nada mais. Achava os americanos um povo indisciplinado. Eles comiam doces demais. passavam tempo demais vendo televisão. Quando o país entrou em guerra com o Vietnã, eles protestaram. Chegaram a queimar a própria bandeira!

Para Udo, essa deslealdade era repulsiva. Porém o fazia pensar que aquela suposta nação todo-poderosa poderia ser derrotada pelo inimigo certo.

Isso lhe dava esperança.

O que lhe causou preocupação foi uma matéria de jornal.

Um homem em Viena, sobrevivente dos campos de extermínio, tinha criado uma organização cuja finalidade era encontrar ex-nazistas. Aquele judeu maluco estava fornecendo listas de nomes para os governos estrangeiros. Em algumas ocasiões, os homens chegavam a ser levados a julgamento!

Udo imaginou quantas pessoas sabiam que ele estava nos Estados Unidos. Duvidava que alguém atravessasse um oceano para encontrá-lo. Mas, em 1960, um dos principais arquitetos do Lobo, um homem chamado Adolf Eichmann, fora capturado na Argentina, dopado, levado a Israel, condenado e enforcado. Udo percebeu que não estava em segurança. Nenhum deles estava. Ele precisava impedir aquele judeu em Viena.

Para isso, precisaria de mais do que uma identidade falsa.

Precisaria de poder.

—

A oportunidade veio em pouco tempo.

O agente Ben Carter, que trabalhara com Udo durante anos, tinha deixado a agência em 1956, entrado para a política e ganhado uma eleição estadual em Maryland, depois outra, e outra, até se candidatar para o Senado, em 1964.

Udo e Carter tinham mantido contato. O alemão achou que seria bom ter do seu lado uma autoridade eleita, e os dois costumavam beber conhaque num bar específico, longe das esposas. No correr dos anos, Carter tinha confessado certa admiração pelo Partido Nazista, pela organização, pela dedicação a ideais de pureza e linhagens de sangue puras.

– Não me entenda mal – disse a Udo num fim de noite –, a gente não pode sair por aí mandando pessoas para a câmara de gás. Mas um país tem o direito de lidar com os indesejáveis, não é?

Udo concordava com Carter. Elogiava-o frequentemente. Sabia que algum dia poderia usar aquele homem.

Sua chance veio durante a campanha de Carter para o Senado. Certa noite, os dois se encontraram no bar. Carter estava perturbado e bebia muito. Depois de se sentir mais à vontade, admitiu a Udo que sua campanha passava por dificuldades, que "tudo estava para desmoronar", só por causa de uma mulher com quem, como ele disse, "eu nunca deveria ter me envolvido". Durante anos, ela vinha contrabandeando diamantes para o país e vendendo-os, com grande lucro. Carter tinha usado seu cargo no governo para ajudá-la, adquirindo documentos falsos, em troca de metade do dinheiro. Mas, agora que estava concorrendo a um mandato nacional, ele lhe dissera que precisavam parar, pois era arriscado demais. Isso a deixara com raiva. Ela ameaçava denunciá-lo.

– Assim que meus opositores souberem disso, estarei acabado – gemeu Carter.

Ele apoiou a cabeça nas mãos. Udo terminou de tomar sua bebida e bateu o copo na mesa com força. A fraqueza de Carter o deixara constrangido. Uma mulher?
– Me dê o nome dela – pediu.
– O quê?
– O nome dela e onde mora.
– Isso não é uma missão de espionagem.
– Não. É mais fácil.

Uma semana depois, tendo seguido a mulher várias vezes e sabendo que ela costumava caminhar à noite numa ponte perto de casa, Udo parou o carro no caminho, pegou o macaco e fingiu que estava trocando um pneu.

Quando a mulher apareceu sozinha, Udo, de joelhos, assentiu para ela.

– Desculpe estar no seu caminho – disse.
– Algum problema? – perguntou ela.
– Pneu furado.

Ele olhou nas duas direções, certificando-se de que não havia ninguém à vista.

– Poderia me fazer um favor? Pode segurar isso por um segundo?
– É claro.

Udo se levantou para lhe entregar a chave inglesa. Quando ela a pegou, ele sacou um revólver do paletó e lhe deu um tiro na testa, que provocou apenas um estalo baixo por causa do silenciador. Instantes depois, jogou o corpo por cima da ponte e o ouviu bater no rio agitado. Então pôs a chave inglesa e o macaco no porta-malas, partiu e deixou o carro num ferro-velho, conforme combinado antecipadamente, onde o veículo foi destruído antes da tarde do dia seguinte.

Carter ganhou a eleição com larga margem de votos. E o homem chamado George Mecklen obteve um cargo permanente na sua equipe. Satisfeito ao ver a facilidade com que voltara a matar, Udo Graf se serviu de uma bebida. Agora, estava um passo mais perto do poder verdadeiro, o tipo de poder que lhe permitiria se livrar daquele judeu em Viena e ver o sonho nazista ser restaurado.

O excêntrico invejado

Preciso admitir que há um mal-entendido neste mundo. Se valorizam tanto a Verdade, por que as pessoas são tão fascinadas pelos mentirosos?

A literatura de vocês fala sobre isso há séculos. O *Tartufo*, de Molière, é um vigarista desde o início. Assim como o personagem-título de *O grande Gatsby*.

Seus filmes celebram mentirosos e trapaceiros. *A malvada. O poderoso chefão.* Talvez por isso Nico se sentisse atraído pelo cinema. Nada é real. Tudo é fingido.

Numa tarde, no tempo que havia passado com Katalin Karády, Nico perguntou-lhe por que ela havia escolhido ser atriz.

– Porque eu posso desaparecer – respondeu ela. – Posso me esconder dentro de outra pessoa. Posso chorar suas lágrimas, xingar seus palavrões, amar seus amores, sem que nada disso me afete no fim do dia. Eu tenho a experiência sem ter a dor.

Experiência sem a dor. A ideia era sedutora. Quando chegou à Califórnia, Nico perguntou como poderia entrar no ramo do cinema. Disseram-lhe que o caminho mais rápido era arranjar trabalho como figurante. Assim ele poderia entrar facilmente num set de filmagem e observar o processo.

Naquela época eram feitos muitos filmes sobre a guerra. Num projeto com essa temática, Nico foi contratado para um dia de trabalho como soldado ao fundo de uma cena de batalha. Ele já estava vestido com o figurino completo quando um ator tropeçou num pedaço de metal e cortou a perna.

– Você! – alguém gritou para Nico. – O cara loiro! Você consegue dizer uma fala?

Nico nunca tinha dito uma palavra durante uma produção, mas respondeu imediatamente:

– Sim, claro.

Então lhe orientaram a correr até um corpo caído no chão, sacudi-lo, olhar para cima e gritar: "Ele morreu!" Depois, deveria esperar o diretor berrar "Corta!"

Eles ensaiaram uma vez. Nico levantou o corpo do outro figurante, cujos olhos estavam fechados. Quando o diretor gritou para que se preparassem para a gravação, o homem abriu os olhos e disse:

– Ei, cadê o outro cara?

– Se machucou – disse Nico.

– Ah. Que pena. Era um cara legal.

– É.

– Sou Charlie Nicholl.

– Eu sou... Richie.

– Richie de quê?

– Richie James.

Era um nome que ele tinha inventado naquele instante.

– E aí, já fez um monte de filmes, Richie?

– Ah, já.

– Quais?

– Um monte. Ei. A gente deveria se preparar para a cena, não é?

– O que tem para preparar? Eu fico aqui deitado. Você me encontra. E é só isso. Pelo menos você tem uma fala.

– É. – Ele apertou a perna da calça. – Esses uniformes são duros.

– Não são piores do que os de verdade.

– Imagino.

– Richie?

– O quê?

O homem franziu os olhos.

– Você serviu?

– Servi?

– Na guerra.

– Ah. Sim. Estive na guerra.

– Eu também. No Pacífico sul. Guadalcanal. Aqui é infinitamente melhor do que lá, não é?

– É mesmo.

– Onde você esteve?

– Na Europa.

– Onde?

– Um monte de lugares.

– Ah, é?

– É.

– Richie?

– O quê?

O homem fungou.

– Você matou alguém?

Nico piscou. Por um momento, pensou na plataforma de trem. Nas pessoas em volta, dia após dia, enquanto ele andava pela multidão contando mentiras.

– Só nazistas – disse.

– Nazistas?

Nico virou a cabeça.

– É. Nazistas. Matei um monte.

– Uau, Richie!

Então Charlie gritou para outros figurantes que estavam sentados no chão de terra:

– Ei, pessoal! Temos aqui um legítimo herói de guerra! Ele matou um monte de nazistas!

As pessoas nem ligaram. Uns dois aplaudiram.

– Tudo pronto? – gritou o diretor.
Eles encenaram. Nico gritou:
– Ele morreu!
E o diretor, satisfeito, passou para a cena seguinte. Um homem se aproximou de Nico e disse aonde ele deveria ir no fim do dia para receber o dinheiro por ter dito uma fala.
– Obrigado – murmurou Nico.
Mas, assim que os outros partiram, ele foi direto ao estacionamento, entrou num ônibus e nunca mais voltou a um set de filmagem.

Em vez disso, encontrou sucesso no cinema financiando filmes.

Num clube de natação, Nico conheceu um jovem diretor chamado Robert Moris. Robert tinha uma ideia para um filme sobre o rei Salomão. Quando lamentou a falta de verba para fazê-lo, Nico disse:
– Posso ajudar com isso.
Os dois foram juntos a um estúdio que, encorajado por um sócio que também decidiu correr o risco, investiu no projeto. O filme foi um grande sucesso, dando a Nico um enorme retorno financeiro. Logo ele tinha seu próprio escritório no estúdio, onde ouvias as ideias das pessoas para os filmes e decidia quais deveria fazer. Quanto mais sucessos emplacava, mais rico o estúdio ficava. Sua habilidade em avaliar boas ideias deixava os colegas muito impressionados, mas para mim isso não era surpresa. Um bom mentiroso sabe o que as pessoas querem ouvir, então por que ele não saberia a que as pessoas queriam assistir?
A influência de Nico cresceu exponencialmente. As pessoas comentavam sobre seu alto índice de sucessos e imploravam para se reunirem com ele. O nome que usava era Nathan Guidili, im-

presso no diploma pendurado na parede do escritório. Ele pedia que o chamassem de Nate.

A década de 1950 passou, com os filmes se tornando mais populares, mais complicados e mais caros. Como ele ganhava bem e podia fazer seu próprio horário, costumava desaparecer por dias seguidos.

Para quem via de fora, parecia uma existência invejável. Um trabalho muito bem remunerado. Um negócio glamouroso. Um escritório particular numa fábrica de sonhos onde as ideias mais ousadas se tornavam realidade.

Mas as mentiras que você conta à luz do dia o deixam solitário à noite. Nico tinha o sono perturbado. Raras eram as noites em que ele não era acordado, ofegante, por uma lembrança de guerra. Via nazistas disparando em corpos no rio Danúbio. Via os portões de Auschwitz. Mas, acima de tudo, via os milhares de outros judeus para quem tinha mentido na plataforma do trem, os rostos abatidos, os olhos cheios de confiança, o modo obediente como entravam nos vagões de carga rumo à condenação, depois de ouvirem Nico dizer que tudo ficaria bem.

Às vezes, os fantasmas de seus pais vinham em sonhos, sempre lhe fazendo uma única pergunta: "Por quê?" Nessas ocasiões, Nico ficava agitado a ponto de ter que sair de casa para caminhar durante horas pelo bairro, até retomar o ritmo da respiração e acalmar os nervos.

Por causa disso, raramente ia trabalhar pela manhã. Cada vez mais dependia de remédios para dormir. Às vezes, só chegava ao escritório no meio da tarde. Sempre tinha uma explicação. Problemas com o carro. Consulta médica. Considerando quão valioso era seu talento, o estúdio aceitava as desculpas.

Com o tempo, Nico passou a só fazer reuniões à noite. Deixava poucas luzes acesas na sala, temendo que os visitantes notassem a ansiedade em seu rosto ou os efeitos dos comprimidos que tomava. Passou a ser conhecido no estúdio como "excêntrico". Mas, no ramo do cinema, quanto mais excêntrico for alguém, mais os colegas aplaudirão essa excentricidade. E foi por isso que, pouco depois, outros do estúdio começaram a fazer reuniões à noite também.

No verão de 1960, o estúdio estava produzindo um filme muito caro, um faroeste que Nico aprovara. Para ajudar na publicidade, o dono do estúdio, Robert Young, deu uma entrevista para um grande jornal. Contou o que sabia sobre o excêntrico Nate Guidili, que, por acaso, era o verdadeiro interesse do repórter. O repórter começou a pesquisar de onde vinha Guidili. Ele telefonou para a London School of Economics e descobriu que jamais houvera um aluno com aquele nome. Então compartilhou essa informação com o dono do estúdio, que, na noite seguinte, confrontou Nico na saída do trabalho:

– Nate, preciso te perguntar uma coisa. Você tem um diploma na parede, mas realmente estudou naquela escola?

Nico sentiu um arrepio. Era a primeira vez nos Estados Unidos que o confrontavam por suas mentiras. Sua mente fervilhou. *Como descobriram? O que mais eles sabem?* Pensou nas suas aulas na Inglaterra e em como havia se saído bem usando o nome Tomas Gergel. *Será que tinha realmente estudado lá? Claro que sim.*

– Não, não estudei – respondeu. – Desculpe. Achei que isso iria impressionar as pessoas.

O dono deu de ombros e bufou com força.

– Bom, para mim não faz diferença. Acho que eu não deveria ter conversado com aquele repórter. Vamos cuidar disso.

– Como assim?

Ele deu um tapinha no braço de Nico.

– Não se preocupe. Continue descobrindo sucessos. Mas chega de mentiras, está bem?

Nico o observou ir embora. Esperou por dias a publicação da matéria. O filme foi lançado e fez um enorme sucesso. Nico recebeu um bônus. Três meses depois, saiu do estúdio e abriu sua própria produtora, onde sua sala tinha uma porta dos fundos que dava direto na sua vaga do estacionamento e ninguém o via chegar ou sair.

O coração, e o que ele deseja

Deixe-me falar de amor. Você pode perguntar: o que a Verdade sabe sobre isso? Bem, qual palavra os seres humanos escolhem para descrever a forma mais pura do amor?

"Verdadeiro".

Então me escute.

Há séculos vocês discutem sobre o que é o amor verdadeiro. Para alguns, é quando a felicidade do outro é mais importante do que a própria felicidade. Para outros, é quando não se consegue imaginar o mundo sem a pessoa amada.

Para mim, definir amor verdadeiro é fácil. É aquele em que você não mente para si mesmo.

Se Fannie estivesse sendo honesta, admitiria que jamais havia amado Sebastian de verdade. Quando se encontraram perto da Torre Branca em Salônica, ambos estavam vivos, mas não tinham certeza do motivo. Ela correu para ele como quem corre para um abrigo, e o abraçou com alívio. Um casamento deu significado à sobrevivência dos dois.

Mas aquele casamento fora arranjado pela tragédia, tendo a morte comparecido à cerimônia. O amor deles não era tanto um pelo outro, mas por todos os fantasmas que os rodeavam. À medida que os anos passavam, aqueles fantasmas sussurravam coisas diferentes para Fannie e para Sebastian. O dela era apenas seu pai, que dizia: "Viva a sua vida." Os dele eram três gerações assassinadas no campo, gritando na sua cabeça: "Vingue-nos!"

Assim, apesar das objeções da esposa, Sebastian acabou levando a família para Viena, onde poderia trabalhar com o Caçador de Nazistas.

E Fannie jamais o perdoou.

Odiava estar na Áustria. Odiava as lembranças, o frio. Recusava-se a aprender alemão, visitar as montanhas ou aprender a esquiar. Concentrava-se apenas em criar Tia, ficando com ela depois da escola e lembrando a filha de suas raízes judaicas. Tia se tornou uma adolescente inteligente e tímida que lia muito e, como a mãe, praticamente não percebia a própria beleza. Frequentemente perguntava quando poderiam voltar à Grécia, onde era mais quente e ela podia nadar no mar.

Sebastian arranjou emprego como segurança noturno, o que lhe permitia dispor de horas do dia para ajudar o Caçador de Nazistas a revisar listas, dar telefonemas, escrever cartas e procurar informações. Na organização havia um pequeno grupo de trabalhadores igualmente dedicados, na maioria sobreviventes dos campos. Eles fumavam e tomavam café. Mantinham numa parede fotos de nazistas fugitivos e comemoravam cada prisão e cada deportação. Sebastian deixava de fazer muitas refeições com a esposa e a filha para trabalhar com aquelas pessoas e, quando chegava em casa, queria falar dos avanços nas investigações, mas Fannie não deixava.

– Na frente da Tia, não.

– Nossa filha deveria saber o que aconteceu com os parentes dela, Fannie. Deveria saber por que ela não tem avós nem primos!

– Por quê? Para ser assombrada por isso também? Por que você não pode deixar isso para lá? Por que só fala de nazistas, nazistas? Por que precisa voltar sempre ao passado?

– Estou fazendo isso por todo mundo que eu perdi.

– E as pessoas que você ainda *tem*?

Essa discussão se repetia, sob várias formas, pelo menos uma vez por mês. Ele sentia que era um motivo para viver. Ela achava que aquilo estava arruinando a relação. Os dois diziam que não queriam brigar por causa disso. Mas, com o tempo, a briga era a única coisa que tinham em comum.

À medida que melhorava seu status na agência, Sebastian começou a viajar para outros países, com a esperança de pressionar governos a perseguir ex-oficiais da SS que vivessem por lá. Ele não parava de pensar em Udo Graf, conforme contou a Fannie, e em Nico, sobre quem não dizia nada. Ainda que os pecados dos dois não fossem nem um pouco equivalentes, ele considerava ambos criminosos de guerra. Esperava castigá-los.

Quanto mais Sebastian viajava para longe, mais se afastava do coração de Fannie. Foi assim até sair dele de vez, num dia em que o trem atrasou e ele deixou de comparecer à cerimônia de formatura da filha no ensino médio.

Enquanto Tia chorava no auditório da escola, Fannie apertava sua mão, dizendo que aquilo era inevitável e que não deveria se incomodar nem ficar com raiva. Levou a filha para tomar sorvete e mais tarde lhe deu um beijo de boa-noite. Quando Sebastian finalmente chegou, depois da meia-noite, Fannie não gritou. Não criou confusão. Praticamente não falou. A verdade do amor é que, quando ele se desfaz, você não passa a se importar menos. O que acontece é que você passa a não ligar a mínima.

Alguns anos depois, assim que Tia viajou para estudar numa universidade em Israel, Fannie arrumou suas roupas numa mala e disse a Sebastian que iria viajar sozinha. Era um sábado, o Shabat, dia em que os judeus praticantes não devem viajar. Fannie não se importou. Ficou olhando o marido parado junto à porta, de braços cruzados, a testa franzida, enquanto ela abotoava o casaco e levantava a mala.

– Quando você volta? – perguntou ele.

– Eu telefono para avisar.

Mas ela já sabia, não iria voltar. E, lá no fundo, porque o amor verdadeiro não mente, Sebastian também sabia.

A primeira parada de Fannie foi na Hungria.

Durante quase 25 anos ela se perguntara o que teria acontecido com Gizella, que havia lhe demonstrado tanta gentileza durante a guerra. O último dia em que vira a pobre senhora foi quando os homens do Cruz Flechada capturaram Fannie. Na ocasião, os soldados disseram-lhe que a mulher morreria devido à traição. Mas Fannie precisava ter certeza. Pensou nas contas venenosas do rosário. Rezou para que Gizella não tivesse precisado usá-las.

Ela viajou de Viena a Budapeste. Dali, pegou três trens até chegar à aldeia na montanha, onde Gizella havia morado. Passou quase um dia inteiro caminhando antes de reconhecer a velha estrada. Muita coisa tinha mudado. A arquitetura. As luzes nos postes. A casa de Gizella dera lugar a outra maior e mais moderna, e Fannie poderia ter passado pela propriedade sem perceber se não fosse o galinheiro na encosta atrás, que continuava ali.

Fannie subiu pelo caminho carregando sua mala. Sentiu o coração acelerar. Lembrou-se do dia em que a mulher de cabelo grisalho a havia descoberto e da manhã em que os guardas a arrastaram para longe.

Bateu à porta. Uma enfermeira atarracada, de meia-idade, atendeu.

– Olá – disse Fannie, esforçando-se para se lembrar das palavras em húngaro. – Estou procurando... eu conhecia... Havia uma mulher que morava aqui. O nome dela era Gizella.

A enfermeira assentiu.

– A senhora sabe se... bem... ela ainda está viva?

– É claro – respondeu a enfermeira.

Fannie soltou o ar com tanta força que se curvou para a frente.

– Ah, graças a Deus! Graças a Deus! A senhora sabe onde posso encontrá-la?

A enfermeira pareceu confusa. Abriu mais a porta e Fannie viu uma senhora numa cadeira de rodas, sentada perto da lareira. Seu olho direito estava coberto por um tapa-olho, e esse lado do rosto estava caído. Ao ver Fannie, ela soltou um som agudo. Fannie correu até ela, jogou-se aos seus pés e começou a soluçar tanto em seu colo que só conseguia dizer:

– Desculpa, desculpa, desculpa.

—

Os homens do Cruz Flechada tinham arrastado Gizella para uma sala de interrogatório e a espancado quando ela negou que a menina que estava escondendo era judia. Durante três semanas eles a deixaram sem comida, água ou cuidados médicos, tentando fazê-la falar. Só quando um velho sacerdote da igreja de Gizella chegou à porta e pagou uma quantia não revelada é que ela foi solta.

Os espancamentos a deixaram cega de um olho e incapaz de andar sem uma bengala. Com o passar dos anos, seu quadril se degenerou, e agora ela precisava usar uma cadeira de rodas. Fannie pediu perdão tantas vezes que Gizella a proibiu de usar a palavra "desculpa", insistindo que a guerra tinha vítimas demais e que o simples fato de estar viva era motivo de comemoração.

Naquela primeira noite, Fannie ajudou a enfermeira a preparar uma refeição. Quando levou a tigela de sopa até a senhora, Gizella sorriu e disse:

– Lembra quando eu fazia isso para você?

– Jamais poderia esquecer.

– Olhe para você, agora. Que rosto! Que cabelo! E o seu corpo! Fannie, você é linda.

Fannie ficou vermelha. Fazia muito tempo que não se sentia bonita.

– Nunca deixei de pensar em você, Gizella.

– E você estava nas minhas orações todos os dias.

– Aconteceram coisas demais – disse Fannie. – Coisas terríveis...

– Quer contar?

– Não sei por onde começo. Eu quase morri no Danúbio. E depois, numa marcha, precisamos andar na neve durante dias. Havia um menininho...

Sua voz ficou embargada. Ela sentia vergonha só de mencionar suas dificuldades, já que Gizella, numa cadeira de rodas, tinha suportado tanta coisa.

– Independentemente do que você sofreu – disse Gizella –, há um motivo para ainda estar aqui.

– Qual é o motivo?

– Deus vai mostrar quando chegar a hora.

Fannie mordeu o lábio.

– Por que você foi tão boa comigo?

– Eu já disse há muito tempo, querida. Você foi mandada para preencher o vazio que havia no meu coração. E agora fez isso de novo.

Fannie sorriu, enquanto lágrimas escorriam pelo seu rosto.

– Coma – sussurrou.

Gizella tomou uma colher de sopa.

– Que bom.

– A sopa?

Gizella segurou a mão de Fannie e indicou:

– Isto.

—

Bom, para levar nossa história adiante, não vou detalhar toda a alegria que Fannie e Gizella compartilharam nas duas semanas que passaram juntas, mas esse encontro foi o momento mais agradável da vida de cada uma delas, em muitos anos. Porém vou mencionar uma conversa das duas, que surgiu de modo bastante despretensioso, mas que muda irreversivelmente o rumo da nossa narrativa.

Fannie estava preparando bolinhos na cozinha, lembrando-se de como ela e Gizella faziam isso anos antes. Usou farinha com fermento e queijo cremoso e os enrolou.

– Quando você construiu essa casa nova? – perguntou Fannie.

– Ah, faz muito tempo.

– É muito confortável.

– Obrigada.

– Por que você manteve o galinheiro?

Gizella sorriu.

– Para o caso de você vir me procurar.

– Bom, deu certo. – Fannie riu. – Para dizer a verdade, se não fosse o galinheiro, eu teria passado direto.

Ela levou um bolinho até a mesa e se sentou. Então baixou a voz para falar:

– Gizella, me desculpe a pergunta... mas como você conseguiu pagar por uma casa tão boa? Quero dizer, depois do que...

– Do que eles fizeram comigo?

Fannie franziu a testa.

– É.

– Querida. Eu achei que você soubesse.

– O quê?

– O garoto.

– Que garoto?

– O garoto ruivo.

– Que garoto?

– Ele não disse o nome. Mas a primeira vez que veio foi alguns anos depois da guerra. Trouxe um saco de dinheiro. Disse que era para mim e para eu não perguntar o motivo. No ano seguinte ele veio de novo. E no outro, de novo. Hoje em dia ele é um homem adulto, mas todo ano, no mesmo dia, 10 de agosto, ele vem. Me dá a sacola e vai embora.

– Espere aí – disse Fannie. – Não estou entendendo. Quem está mandando esse dinheiro para você?

Os olhos de Gizella se arregalaram.

– Eu achava que fosse você.

A data que Gizella mencionou era significativa.

Talvez você se lembre. Fannie se lembrava. Ainda estava pensando nisso algumas semanas depois, enquanto saía de uma estação ferroviária em Budapeste.

10 de agosto.

O dia em que seu trem partiu de Salônica.

Fannie jamais se esqueceria daquela manhã. Da plataforma. Da confusão. De Nico. Ela sendo empurrada para o vagão de gado, a luz desaparecendo, o ar evaporando, o barulho estrondoso do vagão ao partir. Foi o ponto de virada de sua vida.

Mas como aquilo se relacionava a Gizella?

Por que estavam entregando dinheiro a ela na Hungria – e, ainda por cima, naquele dia específico? Seria apenas coincidência? Seria um reembolso do governo? Não. Não fazia sentido. Por que um garoto ruivo entregaria os sacos?

Fannie tentou se lembrar se havia contado a alguém sobre Gizella. Só Sebastian sabia. Será que ele teria algo a ver com aquilo?

De uma central telefônica na estação de trem, pediu que uma telefonista ligasse para o apartamento em Viena. Esperou muito tempo. Ninguém atendeu. Ela hesitou, mas depois passou o número de telefone da agência. Alguém atendeu e disse que Sebastian estava lá.

– Alô?

A voz dele parecia fraca e distante.

– Sebastian, sou eu.

– Onde você está?

– Em Budapeste.

– Por quê?

– Você sabe alguma coisa sobre Gizella?

– Quem?

– Gizella.

– Quem é Gizella?

– A mulher que me encontrou depois do trem.

Uma pausa.

– É ela que você está visitando?

– Eu a encontrei, sim. Ela está viva. Fiquei aliviada demais. Mas, Sebastian, alguém está mandando dinheiro para ela. Todo ano. Muito dinheiro.

– De onde?

– Não sei. Eu ia perguntar se você tinha alguma coisa a ver com isso.

– Eu?

Pelo tom sarcástico do riso dele, Fannie soube imediatamente que Sebastian não tinha nada a ver com aquilo.

– Esquece. Foi só uma ideia idiota.

– Desculpa.

– Tchau, então.

– Espere.

– O quê?

– Fannie?

– Sim?

– Você vai voltar logo para casa?

Ela tocou no peito.
– Vou continuar viajando por um tempo.
Um longo silêncio.
– Achei que você tivesse ligado para dizer que encontrou meu irmão.
– Por que você pensou isso?
– Não sei. Deixa pra lá.
– Tchau, Sebastian.
– Você vai ligar de novo?
– Vou.
– Quando?
Ela coçou a testa.
– Vou ligar.
E desligou.

—

Naquela tarde, Fannie se pegou andando pela margem do Danúbio. A forte brisa de verão soprava os cachos escuros que caíam sobre seus ombros. Antes de chegar lá, ela se preocupara pensando que tal passeio poderia ser uma lembrança dolorosa demais. Mas à luz do dia, mais de duas décadas depois, não havia nada familiar. Era apenas um rio poderoso que cortava a cidade, correndo pelo continente até o mar Negro.

Ela olhou para o gigantesco prédio do Parlamento de Budapeste, a fachada gótica e a enorme cúpula central. Viu as igrejas que ficavam às margens. Imaginou o que todas as pessoas naqueles prédios estariam fazendo duas décadas antes, quando os judeus eram mortos a tiros à noite e jogados no rio.

Fannie tinha bloqueado de sua mente boa parte das lembranças daquele dia. Era o seu jeito de ser. Enquanto Sebastian se preocupava com cada detalhe de suas reminiscências, Fannie construía um muro mental para protegê-la das lembranças sombrias. Naquela tarde, ela poderia ter se mantido segura por trás desse muro se não tivesse se sentado num banco junto do rio, enquanto o sol atingia o meio do céu.

Instantes depois, um homem idoso chegou, carregando um livro de orações. Ele foi até a margem do rio e começou a se curvar para a frente e para trás. Fannie reconheceu as orações. Eram em hebraico.

Quando terminou, ele enxugou o rosto com um lenço e passou por ela.

– Por quem o senhor está de luto? – perguntou Fannie.

Ele parou, surpreso.

– Você conhece o *kadish*?

Ela assentiu.

– Por minha filha – disse ele.

– Quando ela morreu?

– Há 23 anos. Eles a mataram aqui. – Ele olhou para o rio, cuja correnteza era rápida. – Não teve nem mesmo uma sepultura. Só a água.

– Sinto muito.

Ele examinou o rosto dela.

– Você não é da Hungria. Seu sotaque…

– Da Grécia. Mas já estive aqui. Neste rio. À noite. Com as mãos amarradas.

Ela olhou para longe.

– Tive mais sorte do que sua filha.

O velho a encarou, o rosto banhado de lágrimas. Ele se sentou e tocou gentilmente o ombro de Fannie. Viu que ela também chorava.

– *Baruch hashem* – sussurrou ele. – Nunca tinha conhecido alguém que tivesse sobrevivido a isso. Me conte. Quem salvou você?

– Não sei. Todos esses anos e eu ainda não sei. Ouvi dizer que foi uma atriz, mas não cheguei a vê-la. Estava escuro. Eles levaram a gente para um porão. Ficamos várias semanas lá.

O velho se recostou no banco. Parecia atônito.

– Katalin Karády – murmurou.

– Quem?

– A atriz. Eu só tinha ouvido boatos.

– O senhor a conhecia?

– Todo húngaro a conhecia. Era muito popular. Daí ela ficou contra o governo e eles acabaram com ela. Espancaram-na. Deram socos no seu lindo rosto. Ouvi dizer que até quebraram seu maxilar. Houve uns casos, boatos, de que ela tinha dado joias para o pessoal do Cruz Flechada em troca de salvar crianças judias. E você está me dizendo que isso é verdade? Você era mesmo uma delas?

– Era! Onde ela está agora? Por favor! Preciso encontrá-la!

O velho balançou a cabeça.

– Eles a expulsaram da Hungria há muito tempo. Arruinaram a reputação dela. Ela não conseguiu mais trabalhar. Li em algum lugar que está morando em Nova York. Acho que tem uma loja por lá. Uma loja de chapéus, ou algo assim.

Fannie baixou a cabeça. *Nova York?* E começou a chorar.

– O que foi? – perguntou o homem.

– Nada. Eu só... queria encontrá-la. Queria agradecer. E precisava perguntar a ela sobre uma pessoa, um garoto que eu conhecia, um garoto que eu vi naquela noite. Acho que ele estava trabalhando com ela.

Fannie olhou para o rosto do velho.

– Acho que foi ele que me salvou.

O vento soprava forte. O velho enxugou os olhos com o lenço.

– Sabe o que o Talmude diz sobre salvar uma vida?

Fannie assentiu.

– Se você salva uma vida, é como se tivesse salvado o mundo inteiro.

– Isso mesmo. – Ele cruzou as mãos. – Quantos anos você tem?

– Trinta e oito.

– A idade da minha filha. – Ele deu um sorriso triste. – Se ela estivesse viva.

– Sinto muito. Isso deve ser muito difícil de ouvir.

– Ah, não, minha cara. Você me deu mais alegria do que pode imaginar. Você sobreviveu. Você os venceu. Uma vida foi salva. É como se o mundo inteiro tivesse sido salvo com você.

Ele pôs as mãos sobre as dela.

– Você tem filhos?

– Uma filha.

– É a melhor vingança – disse o velho, rindo.

Ele olhou para o rio, depois para o sol. Guardou o lenço e se levantou.

– Quer ir comigo ao meu escritório? – perguntou. – Não é longe daqui.

– Por quê?

– Quero ajudá-la a encontrar o que você está procurando.

—

Fannie foi até o escritório do velho, no segundo andar de uma fábrica de tapetes. Ele a apresentou a vários dos seus funcionários e mostrou uma foto da filha, de quando era criança. Antes de Fannie sair, o homem foi até um armário, abriu um cofre e encheu um envelope com dinheiro suficiente para uma passagem de avião até Nova York. Eu já mencionei que esta história tem muitas reviravoltas inesperadas. Sem dúvida, essa é uma delas.

Quando inicialmente Fannie recusou a gentileza, o velho sorriu e insistiu, dizendo que tinha poupado o dinheiro por um motivo, e que isso o fazia sentir que estava ajudando a própria filha, que morrera sem realizar os sonhos.

Fannie abraçou o homem antes de sair. Ele recitou uma bênção sobre a cabeça dela. Depois acrescentou, com um último sussurro que a fez estremecer:

– Conte ao mundo o que aconteceu aqui.

Ela saiu do prédio atordoada. Três semanas depois, estava andando por uma rua de Nova York, segurando um pedaço de papel e procurando um endereço.

PARTE V

Ela ri, ela mente

Na Bíblia há uma história sobre Abraão e Sara. Quando os dois estavam com mais de 90 anos, foram visitados por três estranhos que na verdade eram anjos do Senhor. Sara estava dentro da tenda, preparando comida. Enquanto isso, do lado de fora, um anjo deu a Abraão uma notícia surpreendente.

– Retornarei a você no ano que vem, mais ou menos nesta época. E sua mulher terá tido um filho.

Dentro da tenda, Sara escutou aquilo e riu. Disse a si mesma:

– Agora que eu estou tão cansada e meu marido tão idoso é que terei um filho?

É claro que falar consigo mesmo na presença do Todo-Poderoso nunca é de fato falar somente consigo. O anjo perguntou imediatamente a Abraão:

– Por que Sara riu? Por que ela disse "Agora é que terei um filho?". Deus não pode fazer tudo o que Ele escolhe fazer?

Abraão chamou a esposa, que, ao ser confrontada, ficou com medo e mentiu:

– Eu não ri.

– Riu, sim – respondeu o anjo.

Bom, por essa história você pode deduzir que Deus não aceita mentiras, nem mesmo as pequenas.

Por outro lado, quando o anjo repetiu a Abraão o que Sara dissera, percebe-se que ele omitiu a parte sobre Abraão ser velho demais para ter um filho. Ele omitiu essa informação, para não ofender o marido e não criar uma rusga entre o casal.

Assim, você pode concluir que os anjos também mentem.
Mas eu interpreto essa história de outra maneira. Para manter a harmonia, existem coisas que você pode não dizer, mesmo que reconheça que elas são verdadeiras. Tecnicamente, é um ato de dissimulação. E é também um ato de amor. Essas duas coisas estão mais conectadas do que você imagina.
Como veremos logo.

Cartões-postais do passado

Fannie entrou na loja na rua Vinte e Três, ao leste. Havia chapéus por toda parte: em ganchos, em prateleiras, em cabeças de manequins. Uma música clássica tocava baixinho num pequeno alto-falante.
– Boa tarde – disse uma voz em inglês, com sotaque.
Fannie viu uma mulher de meia-idade sair de uma sala nos fundos. Era ela. A atriz. Só podia. Ela parecia ter bem mais de 50 anos e conservava uma beleza nítida. O rosto estava muito maquiado, com uma sombra de um azul profundo sobre os olhos e o batom cor de uva. Seu cabelo escuro estava ajeitado com um penteado alto, na última moda.
– *Jó napot* – disse Fannie, em húngaro.
Os olhos da mulher se viraram rapidamente para Fannie, tão penetrantes que a fizeram estremecer.
– Quem é você?
– Por favor. Preciso lhe perguntar uma coisa.
– Você quer um chapéu?
– Não.
– Então não posso ajudá-la.
A mulher se virou para a sala dos fundos.
– Espere! – pediu Fannie rapidamente. – Às margens do Danúbio, em 1944, havia um grupo de judeus prestes a ser morto. Disseram que a senhora estava lá. E havia um garoto vestido como oficial alemão. Por favor. A senhora sabe quem ele é?
A mulher se virou rapidamente.

– Com quem você está?
– Com ninguém.
– Com *quem* você está?
Fannie balançou a cabeça. Sentiu-se tonta. Então se segurou numa prateleira para se firmar.
– Com ninguém. Não estou com ninguém. Não tenho mais... ninguém.
Em silêncio, a mulher ficou olhando para ela de braços cruzados. Fannie começou a chorar.
– Como era o nome do garoto?
– Nico. O nome dele era Nico.
– Nunca ouvi esse nome.
– Ele era da Grécia.
A mulher balançou a cabeça.
– Desculpa. Não sei quem é.
– Posso me sentar? Não estou me sentindo bem.
A atriz indicou uma cadeira perto de um espelho. Fannie sentou-se e a mulher foi para trás dela. O reflexo das duas encheu o vidro.
– Quantos anos você tinha em 1944? – perguntou a atriz.
– Catorze.
– O que estava fazendo no Danúbio?
– Estava amarrada com outras pessoas, ia ser assassinada pelos soldados do Cruz Flechada. Alguém me salvou. Alguém arriscou a própria segurança. E é graças a essa pessoa que estou viva.
Fannie enxugou os olhos e continuou:
– Mais do que viva. Por causa disso eu pude crescer. Pude me casar. Pude ter uma filha e dar a ela as coisas que eu nunca tive.
A mulher não disse nada. Mas Fannie notou o lábio inferior dela começar a tremer.
– Foi a senhora, não foi? Foi a senhora que me salvou.
Fannie segurou a mão dela.

– Foi *a senhora*.

– Não fui eu – respondeu a mulher, puxando a mão de volta.

– Foi o meu dinheiro. Para tudo há um preço. Um preço que a gente paga para que a vida de alguém seja poupada. E um preço que a gente paga por fazer isso.

Ela tocou o próprio queixo.

– Ouvi dizer que eles foram terríveis com a senhora – disse Fannie.

– Menos do que foram com outros.

– Naquela noite, não fui só eu. Éramos pelo menos vinte.

– Vinte e três – disse a mulher, baixinho.

Ela foi para trás do balcão, debaixo do qual havia um pequeno cofre. A mulher o abriu, mexeu no que tinha lá dentro e pegou um envelope. Dentro, havia um pedaço de papel. Ela o desdobrou, colocando-o na frente de Fannie.

Era um papel velho e amarelado nos cantos. Mas a letra era nítida. Uma lista de nomes com datas de nascimento. Vinte e três nomes.

– Você está aí? – perguntou a mulher.

Fannie examinou as linhas. Quando chegou ao número 19, deu um suspiro ofegante e indicou com os dedos no papel.

Fannie Nahmias, 12/2/1930

– É você?

Fannie assentiu.

– Então me desculpe por ter lhe tratado com tanta frieza. – Ela pôs a mão no ombro de Fannie. – Que bom que está viva!

– E os outros? O que aconteceu com eles?

– Os mais novos sobreviveram. Os mais velhos foram para um gueto. Depois disso, não sei.

– Eu sei.

A mulher se sentou.

– Eles fizeram a gente caminhar até a Áustria. Por dias e dias.

Fazia frio demais. Não havia comida nem água. A gente dormia no chão. Ninguém podia parar de andar, caso contrário eles atiravam. Muitos morreram. Mulheres, crianças. Eles não estavam nem aí, largavam os corpos na lama mesmo.

A mulher suspirou. Apontou para o papel.

– Catorze desses nomes ainda estão vivos. Agora 15, com você. Uma mulher em Budapeste está em contato com todos eles. Alguns ainda estão na Hungria. Outros estão em Israel, outros aqui, nos Estados Unidos. Eles têm marido, esposa, filhos. Sofreram terrivelmente. Mas fico aliviada em saber que alguém cuida bem deles.

Fannie levantou os olhos.

– Como assim?

– Todo ano eles recebem dinheiro. Ninguém sabe de onde. Isso acontece desde o fim da guerra.

A atriz percebeu a expressão no rosto de Fannie.

– Você também recebe esse dinheiro?

– Não. Mas conheço uma pessoa que recebe. Todo ano, no mesmo dia...

– Dez de agosto – disse a mulher.

– Dez de agosto – repetiu Fannie.

A atriz franziu os lábios, depois pegou o papel e o enfiou de novo no envelope. Olhou para Fannie durante um longo momento e pediu:

– Espere aqui.

Em seguida, foi para os fundos, onde ficou por um tempinho. Quando voltou, ela segurava um maço de cartões-postais presos por um elástico.

Ela se sentou, tirou o elástico e pôs os postais na mesa à frente de Fannie. Havia pelo menos 12 deles, cada um anunciando a estreia de um novo filme.

– Eu venho recebendo isso há anos – disse a atriz. – Sem

mensagem. Sem assinatura. Só os postais. O garoto que você está procurando tinha o cabelo loiro? Um sorriso bonito? Fannie assentiu rapidamente.

– Sim. Sim, tinha!

– Se for o mesmo, é o garoto mais esperto que já conheci. Falava muitas línguas. Era capaz de fascinar qualquer pessoa. Ele escondeu algumas das minhas joias e peles dos nazistas. Se não fosse por isso, eu não teria nada para negociar com a Cruz Flechada. Mas ele não se chamava... Qual foi mesmo o nome que você disse?

– Nico?

– Não. O nome dele era Erich Alman. Pelo menos era, quando eu o conheci. Uma vez eu disse que ele deveria trabalhar no cinema.

E apontou para os cartões-postais.

– Acho que ele seguiu meu conselho.

A mulher empilhou os cartões e recolocou o elástico. Em seguida, entregou-os a Fannie.

– Encontre o homem que fez esses filmes e você encontrará o garoto que está procurando.

Viena, 1978

Neste ponto da nossa história, você já percebeu que três dos quatro personagens desembarcaram nos Estados Unidos. O quarto também chegaria por lá, para testemunhar algo que ele achava que nunca mais veria. Para explicar, devo avançar nossa linha do tempo até 1978, dez anos depois de Fannie encontrar Katalin Karády.

Sebastian Krispis se tornou um dos principais auxiliares do Caçador de Nazistas. Trabalhava em tempo integral na agência, que tinha perdido alguns funcionários no correr dos anos. Ela ainda era financiada por alguns grandes colaboradores, mas o interesse nos criminosos de guerra vinha diminuindo. Era difícil arranjar verba.

Vivendo sozinho num apartamento de três cômodos, Sebastian dedicava-se totalmente à causa. Chegava cedo ao trabalho e ficava até escurecer. Havia momentos, tarde da noite, comendo um sanduíche de queijo com mostarda na sala, em que percebia que isso era tudo o que lhe restava.

Ele mantinha uma foto de Fannie e Tia perto da cama. Não ter sua família ao seu lado partia seu coração. Mesmo assim, às vezes passava semanas sem falar com elas. Não sabia o que dizer. Cada vez ficava mais frustrado tentando se explicar, ou tentando argumentar que a justiça contra aqueles monstros nazistas era, para ele, a vocação mais elevada que ele podia conceber e a única que valia a pena. Não entendia por que elas não sentiam a mesma coisa. No fundo, a obsessão pelos horrores que suportara o deixava deprimido. Ao mesmo tempo, sentia-se furioso com os que tinham conseguido escapar impunes.

No fim das contas, se sentia culpado por ter desajustado a própria vida. Não deveria ter feito isso. Mas sua mente não lhe pertencia. A guerra continua fazendo reféns mesmo muito tempo depois de terminar.

—

O que levou Sebastian para os Estados Unidos foi a espantosa notícia de que um novo partido de nazistas planejava fazer um desfile em Skokie, uma cidadezinha no estado de Illinois. O lugar tinha um número excepcionalmente grande de sobreviventes do Holocausto, que tinham ido ganhar a vida na América. Eram quase 7 mil somente naquela cidade.

Por esse motivo, os nazistas escolheram Skokie. Durante o desfile, eles planejavam usar os uniformes de camisas marrons, balançar as bandeiras, mostrar as suásticas nas braçadeiras e levantar a palma da mão na saudação nazista.

Quando soube disso, Sebastian sentiu repulsa. Nos Estados Unidos? Não podia ser verdade! Mas o mal viaja como sementes de dente-de-leão, atravessando fronteiras e se enraizando em mentes raivosas.

Quando, na década de 1930, o Lobo causou agitação entre seus seguidores, isso deu certo não porque os alemães fossem propensos a odiar os judeus, e sim porque todos os seres humanos são propensos a odiar os outros se acreditarem que eles são a causa de sua infelicidade. O truque é convencê-los.

Não é difícil. Basta encontrar um grupo que se sinta prejudicado e indicar outro grupo como a fonte do sofrimento. Os nazistas originais fizeram isso com os judeus. E, ainda que os novos nazistas que brotavam não tivessem aquela lealdade ardente do

Lobo para com a Alemanha, eles cantavam a mesma canção de pureza racial e de necessidade de expurgar os impuros antes que estes arruinassem a vida dos merecedores. O ódio é uma melodia antiga. A necessidade de culpar os outros é mais antiga ainda.

Sebastian convenceu o Caçador de Nazistas de que aquele acontecimento em Illinois poderia ser uma oportunidade para encontrar ex-oficiais da SS. Será que alguns compareceriam? Ficariam assistindo de longe? Sebastian argumentou que podia tirar fotos e obter informações.

O Caçador concordou, e logo Sebastian partiu para os Estados Unidos. Publicamente, sua ida tinha a intenção de observar a ascensão de um grupo de ódio. Particularmente, ele pretendia procurar pistas de Udo Graf e Nico Krispis.

Só quando entrou no avião admitiu para si mesmo que também esperava ver Fannie.

Udo ficou sabendo da manifestação.

Morando nos arredores de Washington, D.C., ele estava bem ciente dos primeiros sinais de que o nazismo se reerguia. Isso lhe dava orgulho. E esperança.

Fazia mais de três décadas desde que tinha seguido por aquela "linha de rato" da Itália até a Argentina e os Estados Unidos. Seu disfarce permanecia seguro. Graças a várias tarefas escusas que realizava para o senador, ascendera ao cargo de "assessor especial". Tinha sua própria sala e ganhava um ótimo salário. Enquanto isso, extraoficialmente, continuava trabalhando para a agência de espionagem americana, que, em sua guerra fervorosa contra o comunismo, lhe dera mais status. Ele ouvia gravações telefônicas. Traduzia documentos roubados. Chegou a ser enviado à Europa certa vez, para encontrar seus supostos contatos na área de inteligência.

Nessa viagem, Udo esperava visitar sua pátria, mas lhe disseram que era perigoso demais. Alguém poderia se lembrar dele. Chateava-o estar tão perto e não poder colocar os pés na sua amada Alemanha, ainda que ela tivesse sido partida em duas, a Oriental e a Ocidental, e que sua cidade natal, Berlim, estivesse dividida por um enorme muro. Mesmo assim, ficou satisfeito de saber que havia uma resistência crescente, por parte de determinados alemães, em continuar se desculpando pela guerra. Alguns até se opunham à construção de memoriais do Holocausto em suas cidades.

– Chega! – bradavam eles. – É hora de seguir em frente.

É assim que começa, disse Udo a si mesmo. *O tempo passa. As pessoas esquecem. Então ascendemos de novo.*

—

Udo agora estava com 60 e poucos anos, mas se mantinha em forma com uma série de exercícios matinais que nunca deixava de fazer: todo dia, levantava antes de o sol nascer e, durante duas horas, corria, fazia abdominais, flexões e levantamento de pesos. Recusava-se a comer besteira – ainda que sua esposa americana, Pamela, enchesse os armários disso. Cuidava dos dentes. Evitava o sol. Tingia o cabelo de castanho para não ficar grisalho. Assim, quando se olhava no espelho, ele não via um homem que estava envelhecendo, e sim a forma nostálgica de um soldado, pronto para reassumir suas tarefas quando fosse convocado. Em sua mente, ele ainda era um guerreiro escondido entre os arbustos.

Era arriscado demais comparecer ao desfile em Illinois. A cidade era pequena. Cheia de judeus. Sem dúvida, alguns deles haviam estado em Auschwitz. Ele tinha ouvido falar de um colega nazista escondido em Baltimore, que estava fazendo compras

num supermercado quando uma sobrevivente o viu e começou a gritar em iídiche:
— *Der Katsef! Der Katsef!* (O carniceiro! O carniceiro!)
Ela fez tanto escândalo que a polícia prendeu o homem. No fim das contas, graças aos documentos daquele velho judeu em Viena, o passado dele foi descoberto, e ele acabou sendo extraditado para a Alemanha e condenado num tribunal.

Udo não queria nada daquilo. Ele anotava em seu caderno os erros que outros oficiais da SS tinham cometido e como evitá-los. Mas, quando o desfile na pequena cidade de Skokie foi substituído por um comício em Chicago, ele reconsiderou. Uma cidade grande como aquela? Poderia se esconder no meio da multidão. Misturar-se aos espectadores. Ver até que ponto o país estava propenso a um ressurgimento do nazismo. Ele sentia muita falta de pertencer a alguma coisa em que acreditasse. Era difícil resistir à tentação.

Udo organizou a viagem para Chicago sob o pretexto de visitar a família da esposa. Uma pequena mentira, no grande esquema das coisas, e, na cabeça dele, perfeitamente justificável. Na viagem de avião, imaginou-se testemunhando uma impressionante cena militar, jovens nazistas fortes, centenas ou até mesmo milhares, marchando em passo sincronizado, bem-vestidos e disciplinados, demonstrando o poder de uma raça superior e mandando uma mensagem para o mundo.

—

O que ele presenciou naquele dia foi bem diferente. Quando chegou ao parque naquela manhã de domingo, o lugar já estava cercado por grupos antinazistas, que gritavam palavras de ordem, e jovens militantes negros, que empunhavam cartazes. Centenas de policiais de capacete se espalhavam, brandindo cassetetes.

Adolescentes cabeludos se reuniam em círculos, fumando, em busca de diversão. Pela estimativa de Udo, havia vários milhares de pessoas, mas nenhuma era nazista.

Finalmente, dois furgões entraram no parque, um preto e um branco, e um grupo de homens, talvez duas dúzias, desceu. Vestiam uniformes nazistas, mas nem de longe poderiam ser classificados como o que Udo chamava de boa forma física e não eram disciplinados nem mesmo organizados. Com dificuldade, eles subiram no teto dos furgões enquanto as pessoas gritavam: "Fora, nazistas!" Boa parte das palavras que os homens tentavam dizer era abafada pela multidão. Espectadores atiravam coisas. Policiais começaram a empurrar os manifestantes para trás. Alguns foram presos e algemados. Udo viu pessoas rindo, outras fumando, entrando e saindo do caos.

Toda a cena o enojou. Aquilo não era um chamado à ação. Era um circo. Um bando de homens desonrando o uniforme de seu país, gritando mais sobre os negros que se mudavam para bairros de brancos do que sobre os princípios do Lobo a respeito de uma raça superior. *Que gente mais tosca*, pensou Udo. O líder gritava:

– Para mim o Holocausto não existiu!

Nesse momento, um manifestante gritou:

– Vai para o inferno, Martin!

Um homem ao lado de Udo se inclinou para perto dele e apontou.

– Sabia que o pai dele é judeu?

– O quê? – perguntou Udo.

– O baixinho, no furgão, o líder. O pai dele é judeu. O que ele está fazendo aqui?

Udo ficou furioso. Aquilo era a maior afronta possível. O filho de um judeu? Usando o uniforme? Ele foi na direção dos veículos, abrindo caminho pela polícia, que se misturava aos jovens negros gritando. Chegou mais perto e fez contato visual com o impostor baixinho. Quando se preparava para gritar "Desça daí, seu desgraçado!", não teve chance. Sua fúria foi interrompida por duas palavras que ele não escutava havia décadas. Palavras tão inesperadas que ele não pôde deixar de olhar para quem as proferia.

– UDO GRAF!

Ali, do outro lado do parque, estava um homem alto e magro com uma expressão quase maníaca. Udo reconheceu aquele rosto, agora mais velho, não mais adolescente. O irmão. Sebastian. *Mas eu atirei nele! Como ele está vivo?*

– UDO GRAF!

Udo enfiou as mãos nos bolsos e foi rapidamente na direção oposta. *Por que eu vim para cá? Que imprudência!* Ele ouviu seu nome ser chamado de novo e de novo, mas tentou ignorá-lo na barulheira dos manifestantes e do homem baixinho que berrava em cima do furgão:

– Se vocês querem um holocausto, nós vamos lhes dar um!

A cabeça de Udo latejava. *Pense. Pense.* Passou por um policial e se inclinou para perto dele.

– Policial, tem um homem maluco lá atrás gritando "Udo Graf". Ele está armado. Eu vi.

O policial chamou um parceiro e saiu em disparada, enquanto Udo mantinha-se em movimento, apressado mas não correndo, de cabeça baixa, falando consigo mesmo: *Não levante a cabeça, não levante a cabeça,* como dissera 33 anos antes, ao passar por aqueles soldados russos. Naquela ocasião, seu temperamento falara mais alto e o judeu combativo levara a melhor. Não sucumbiria duas vezes.

Ele continuou em movimento e saiu do parque, atravessando uma rua movimentada. Viu um ônibus se aproximar, fez sinal e embarcou, entregando ao motorista uma nota de um dólar e indo rapidamente para os fundos, longe das janelas. Só quando se sentou é que percebeu que estava com a camisa, as meias e a cueca encharcadas de suor.

—

Sebastian curvou o corpo para recuperar o fôlego. Sua voz estava rouca de tanto gritar. Olhou para todo lado, mas não conseguia enxergar o velho. Mas era ele. Tinha certeza! Suas suspeitas estavam corretas. A ideia de nazistas se organizando tinha sido irresistível para o ex-*Schutzhaftlagerführer*, a ponto de o tirar do esconderijo.

A mente de Sebastian estava em polvorosa. Foram mais de trinta anos de sonhos assombrados, gritos no meio da noite, desejo de vingança... o tempo todo sem saber se o homem ao menos estava vivo para receber o castigo. *Mas ele estava! E eu o vi!* O mesmo queixo saliente. Os mesmos olhos frios que espiavam Sebastian do outro lado do pátio em Auschwitz. Até o cabelo era da mesma cor.

Sebastian havia perseguido Udo pelo parque, mas os policiais o agarraram e os manifestantes bloquearam sua visão. Nesse momento, parte dele desmoronou ao pensar que uma oportunidade única como aquela havia escapado de suas mãos.

Mas outra parte se atentou para suas mãos, literalmente. Elas seguravam firme um objeto que lhe dava um fio de esperança de que a justiça, finalmente, poderia ser feita.

Uma máquina fotográfica.

E Sebastian tinha tirado pelo menos vinte fotos.

Seu primeiro telefonema foi para o Caçador.

Ele mal conseguia conter o entusiasmo.

– Eu o encontrei! – foi como começou a conversa, que continuou com uma descrição detalhada de tudo o que havia acontecido. O Caçador ficou satisfeito, mas não reagiu com euforia, lembrando a Sebastian que ver o diabo era uma coisa, mas capturá-lo era outra bem diferente.

Mesmo assim, as fotografias, combinadas com seu testemunho ocular – considerando que Sebastian tinha passado quase dois anos sob as torturas de Udo Graf – deveriam bastar para engajar as autoridades americanas, disse o Caçador. Porém ele também alertou que, para os americanos ajudarem a localizar um ex-nazista, eles poderiam ser obrigados a admitir que o haviam abrigado.

– Aja com cautela – avisou. – Descubra em quem você pode confiar.

Sebastian desligou e passou as mãos pelo cabelo, coçando a cabeça, esfregando as têmporas. A prova que estivera esperando finalmente havia surgido, e agora suas instruções eram "aja com cautela"?

Ele abriu o frigobar do quarto do hotel e pegou uma garrafinha de vodca. Depois de bebê-la, ligou para a portaria e pediu que fizessem um interurbano para a Califórnia. Leu os números que havia rabiscado numa agenda. Era o último telefone que tinha da agora ex-esposa.

Hollywood, 1980

– Comece, por favor.

O filme foi colocado no projetor de cabeça para baixo, enquanto uma luz intensa passava através das lentes e projetava imagens numa tela. De algum modo, durante o processo, a imagem ficava de cabeça para cima. Vinte e quatro quadros eram projetados por segundo, e cada um deles piscava três vezes, mas as cenas se desenrolavam suavemente na tela, como se os atores estivessem bem à frente do espectador. Cada parte do ato de assistir a um filme é um tipo de mentira. Mas quem pensou nisso fui eu, e não o homem cansado na sala de exibição.

– As luzes – disse Nico.

– Sim, senhor, desculpa – respondeu a projecionista.

A sala ficou escura. O filme foi passando. Era a terceira vez, em três semanas, que Nico assistia sozinho àquela história. Ainda inédito, o filme era sobre um palhaço alemão durante a Segunda Guerra Mundial que, por estar sempre bêbado, ia parar num campo de prisioneiros. Lá ele animava crianças judias. Vendo como ele as fazia rir, os nazistas o usavam para convencer aquelas crianças a embarcarem nos trens para os campos de extermínio. Contra sua vontade, ele fazia isso de novo e de novo. Até que, no final, sentindo-se culpado por suas mentiras, o próprio palhaço ia para Auschwitz, segurava a mão de uma criança e os dois entravam juntos na câmara de gás.

O filme, que Nico havia financiado, era uma obra de ficção, mas sempre que chegava ao fim ele sentia o corpo tremer.

– De novo, senhor? – perguntou a projecionista, no final.
– Não. Já chega.
– É de partir o coração, não é?
Nico se levantou e olhou para a luz forte da cabine.
– O que você disse?
– Sinto muito, senhor. Me desculpe.
A luz se apagou, seguida rapidamente pelo som desajeitado de uma lata de filme caindo.
Nico balançou a cabeça e se sentou de novo. Aquela projecionista era nova e obviamente não sabia das regras: nada de falar durante o processo, a não ser que isso fosse pedido.

Ele havia ganhado um apelido em Hollywood: "O *Financier*", ou o Financiador, que pronunciavam como em francês, "*financiê*". Agora era uma das pessoas mais poderosas do ramo. Apesar do glamour dos atores e diretores, o que movia Hollywood era o dinheiro, e o Financiador tinha mais dinheiro que a maioria dos outros. Mas, diferentemente de tantos desse ramo, fugia das atenções. Quando os filmes ficavam prontos, ele só queria assistir sozinho, não comparecia às estreias nem visitava os sets de filmagem. A maioria de suas produções rendia bons lucros, os quais ele reinvestia em novos projetos, e assim ganhava mais dinheiro ainda.

Mesmo tendo 40 e poucos anos, seus olhos de um azul profundo, o cabelo loiro ondulado e o corpo alto e magro chamavam a atenção num negócio em que a aparência importa. Mas as pessoas não o viam com frequência. Ele chegava em horários estranhos. Ficava até tarde. Não tinha secretária e realizava a maioria dos negócios por telefone. Nunca dava entrevistas. Achava seu trabalho relativamente simples. Escolhia histórias que as pessoas queriam ouvir. Certificava-se de que os orçamentos fossem responsáveis. E seguia adiante.

Entre um filme e outro, desaparecia por muitos dias seguidos, deixando os telefonemas sem resposta. Quando chegava a responder, inventava histórias: uma lesão no tornozelo, uma viagem repentina a Nova York, um problema com o carro. As pessoas esperavam durante meses para conseguir uma reunião. Se ele cancelasse, elas esperavam mais meses.

Agora olhava para a tela branca, pensando na cena final do filme ao qual tinha acabado de assistir: o palhaço entrando na câmara de gás. Coçou as têmporas, depois deu três batidinhas no braço da poltrona.

– Mudei de ideia – anunciou à projecionista. – Passe de novo.

Bom, estou ouvindo sua pergunta: Fannie chegou a encontrar Nico?

A resposta está bem na sua frente. Mas demorou 12 anos para se revelar. Aqui estão os passos importantes ao longo do caminho.

1968

Depois de conhecer Katalin Karády, Fannie voltou à Europa. As limitações das passagens aéreas, a papelada do passaporte e a falta de dinheiro tinham tornado impossível viajar para além de Nova York.

Ela ficou com os cartões-postais dos filmes.

1969

Fannie visitou Gizella outra vez na aldeia húngara e ficou com ela durante o verão, circulando a data de 10 de agosto no calendário.

Naquele dia, um homem ruivo, de pele avermelhada e tronco

atarracado, chegou com uma sacola de dinheiro. Fannie o confrontou:
— Quem é você? Quem o mandou aqui? De onde vem esse dinheiro?
A cada pergunta ele balançava a cabeça. Quando Fannie insistiu, ele entrou em seu carro pequeno e foi embora.

1970

Fannie viajou para Israel, onde sua filha morava, e as duas passaram meses juntas perto do mar, que Tia amava. Conversavam sobre os planos de Tia para depois da formatura e sobre um rapaz que ela havia conhecido e que ia entrar para o Exército. Às vezes falavam de Sebastian. Numa noite, caminhando por uma praia, Tia perguntou:
— Algum dia a senhora vai voltar para ele?
Fannie disse que não sabia.
— O que aconteceu entre vocês dois? — insistiu Tia.
Fannie suspirou.
— Primeiro éramos amigos, depois viramos refugiados, depois nos tornamos pais e agora parecemos dois estranhos.

1971

Fannie voltou à Hungria e se hospedou com Gizella, ajudando-a com o trabalho de casa e empurrando a cadeira de rodas em passeios pela aldeia.
Quando o ruivo chegou, na manhã de 10 de agosto, Fannie estava preparada. De novo, perguntou de onde o dinheiro vinha. Quando ele se recusou a responder, ela correu até o carro dele e se sentou no banco da frente.
— Não vou sair enquanto não me contar! — gritou.

O homem a encarou por um momento e depois saiu caminhando, deixando o carro para trás.

1972

Fannie voltou a Israel, onde Tia dera à luz seu primeiro filho. O casal o chamou de Shimon, como o pai de Fannie, e isso a deixou feliz e triste ao mesmo tempo.

1973

A pedido da filha, Fannie visitou um memorial para as vítimas judias do "Holocausto", uma palavra agora comum para o que havia acontecido sob o domínio dos nazistas. A palavra vem do grego "*holocauston*", que significa sacrifício pelo fogo. Fannie disse que a expressão era inapropriada. Quando Tia perguntou que palavra ela usaria, Fannie disse que não existia e jamais existiria uma palavra adequada.

O memorial, chamado Yad Vashem, foi construído numa colina no oeste de Jerusalém. Lá, Fannie viu fotos dos campos. Viu imagens dos doentes, dos esfomeados, dos esquálidos, dos mortos. Ao lado de algumas fotos havia testemunhos dos sobreviventes, detalhando o que tinham suportado.

Ela leu o relato de uma mãe que havia perdido o filho de 7 anos. O nome dele era Yossi. Tinha sido arrancado dos braços dela por soldados nazistas. Por algum motivo, Fannie se lembrou da marcha da morte oriunda de Budapeste, do menino com a mochila, que morrera na neve. E se ele fosse Yossi? E se Fannie soubesse do paradeiro da criança e a mãe, não?

Ela começou a chorar. Primeiro devagar, depois incontrolavelmente.

– O que aconteceu, mãe? – perguntou Tia. – O que foi?

Fannie só conseguia balançar a cabeça. O homem barbudo no trem tinha dito "Conte ao mundo o que aconteceu aqui". Mas ela ainda não podia contar aquela Verdade. Não queria falar sobre o que realmente havia acontecido, para ninguém, nem mesmo para a própria filha.

1974

Fannie voltou à Hungria. Gizella, agora com quase 70 anos, estava com a saúde debilitada. Esquecia muitas coisas. À noite, durante o inverno, ficava sentada junto à lareira, segurando as mãos de Fannie, e às vezes virava para o outro cômodo e falava com o marido que perdera havia muito tempo, dizendo "Traga mais lenha, senão nossa filha vai ficar com frio".

1975

Numa manhã, deitada na cama, Gizella pediu a Fannie que tirasse seu tapa-olho.
– Por quê?
– Porque estou indo ver Jesus.
– Por favor, não me deixe! Ainda não.
Gizella segurou sua mão.
– Nunca deixei você durante todo o tempo em que estivemos separadas. Como poderia deixá-la agora?
A luz do sol de outono atravessou a janela.
– Ah, Gizella... – disse Fannie, com a voz embargada. – Sempre penso que você estaria bem melhor se eu nunca tivesse entrado na sua vida.
A velha mal conseguiu balançar a cabeça.
– Sem você, eu teria morrido muito tempo atrás.
Ela apertou os dedos de Fannie.

– Por favor. Meu olho.

Fannie tirou lentamente o tapa-olho. Ainda que fosse difícil encarar o ferimento, não desviou o olhar. Gizella inclinou a cabeça para trás, como se espiasse alguma coisa acima delas.

– Ele está esperando por você – sussurrou.

– Quem? – perguntou Fannie.

Gizella deu um último suspiro e morreu sorrindo.

1976

Em agosto, quando o ruivo apareceu, Fannie estava sentada na varanda. Enquanto o homem se aproximava com a sacola, ela levantou o cobertor no colo, revelando uma pistola apontada direto para ele.

– Preciso saber quem está mandando esse dinheiro. Agora.

O ruivo largou a sacola e levantou os braços. Deu um passo para atrás.

– Não sei – respondeu ele. – Juro. Eu recebo como todo mundo, uma vez por ano. Ele me disse que, se algum dia eu contar alguma coisa a alguém, o dinheiro para.

– Quem alertou?

– O cigano.

– Esse dinheiro é dele?

– Acho que não. Pelo modo como ele se veste, não.

– Então de quem é?

– Se eu tivesse que adivinhar, diria que é o dinheiro pelo qual meu pai morreu.

– Seu pai?

– Ele foi morto por nazistas depois que uns caras esconderam caixotes na igreja em que ele trabalhava. Eu nunca soube o que havia dentro deles. Mas, um ano depois, dois homens voltaram para pegá-los. Um deles era o que matou meu pai.

– Onde ele está agora?
– Eu o matei.
– E o outro?
– Nunca mais vi.
– Ele levou os caixotes?
– Sim.
– Mas por que ele daria para outras pessoas o que estava dentro dos caixotes?
– Não sei.
– Você se lembra de como ele era?

O homem balançou a cabeça.

– Foi há muito tempo. Parecia um nazista. Era novo. Não muito mais velho do que eu.

Fannie pensou na noite em que viu Nico junto ao Danúbio. *Parecia um nazista. Era novo. Não muito mais velho do que eu.*

– Eu poderia tê-lo matado também. Mas não matei. Talvez por isso eu também esteja recebendo o dinheiro.

1977

Fannie pegou um avião, levando os cartões-postais de Katalin Karády na bolsa. Ia para os Estados Unidos em busca de respostas.

Quando chegou a Los Angeles, alugou um quarto num hotel de beira de estrada, de um andar, com uma palmeira no estacionamento. No primeiro dia, mostrou os postais ao recepcionista e perguntou se ele sabia quem havia feito aqueles filmes. Quando ele disse que não sabia, ela perguntou à mulher que varria o corredor. Quando ela disse que não sabia, Fannie atravessou a rua e perguntou ao dono de uma lanchonete. Apesar de não saber nada sobre filmes, quando ele ouviu seu sotaque, perguntou:

– *Eísai Ellinída?* (Você é grega?)

E ela respondeu:

– *Naí* (Sim).

Quando terminaram de conversar, Fannie já tinha arrumado um trabalho: preparar café, ovos e panquecas. Ela usou o emprego para melhorar o inglês. E usou o inglês para aprender como funcionava o negócio do cinema.

1978

Quando finalmente descobriu quem era responsável por fazer aqueles filmes – um homem misterioso, raramente visto, cujo sobrenome era Guidili –, foi até o estúdio onde ele supostamente trabalhava. Ela colocou seu melhor vestido, entrou no prédio e perguntou à recepcionista no saguão se havia algum emprego disponível.

Fez isso todas as semanas, durante oito meses, sempre ouvindo um não.

1979

Num dia de primavera, na visita semanal, a recepcionista do estúdio (que àquela altura tinha passado a gostar de Fannie) sorriu quando ela perguntou se havia surgido algum emprego:

– Você está com sorte.

Tinha acabado de surgir uma vaga para um treinamento. A princípio, o salário era baixo, mas significava um pezinho na porta. Fannie estaria interessada?

Ela começou no dia seguinte. Tinha esperado encontrar o homem que ela acreditava ser Nico num corredor ou no saguão, mas logo ficou sabendo que ninguém tinha acesso a ele. Ele entrava e saía por uma porta privativa. Jamais se encontrava com os empregados. Fannie imaginou se todo aquele esforço teria sido uma enorme perda de tempo.

1980

Depois de um ano de aprendizado, Rodrigo, o homem que treinava Fannie, disse a ela que ia se aposentar por motivo de saúde. Parabenizou-a por ser uma aluna inteligente e afirmou que ela estava pronta para ser promovida.

– Como assim?

– Você vai me substituir.

Fannie teve que recuperar o fôlego. Sabia o que isso significava.

– Só não esqueça uma coisa – alertou Rodrigo. – Chegue sempre na hora. Faça exatamente o que ele pedir. E jamais fale com ele, a não ser que ele fale com você.

Ela assentiu. E, em novembro, passou a ocupar oficialmente o cargo.

Projecionista particular do Financiador.

Quatro confrontos

Quanto mais você confrontar a verdade, mais perturbado provavelmente ficará. E se você acreditar naquela velha expressão de que a verdade pode libertá-lo e eu não for aquilo que você deseja secretamente? No ano de 1980, nossos quatro personagens finalmente confrontaram as verdades que os encobriam por tanto tempo. O que fizeram em seguida preparou o cenário para o fim da nossa história.

Sebastian confrontou seu algoz.

Ele não pensava em outra coisa desde que avistara Udo Graf no meio da multidão. As fotos que havia tirado ficaram claras e nítidas, e, quando comparadas com um retrato antigo obtido pelo Caçador, a confirmação ficou óbvia. Apesar de tantos anos, o *Schutzhaftlagerführer* não tinha mudado muito.

Mas o Caçador estava certo. Ver o diabo e capturá-lo eram duas coisas diferentes. Apesar de numerosos telefonemas para políticos americanos, ninguém parecia disposto a acreditar que um nazista de alto posto tinha encontrado refúgio nos Estados Unidos. Sebastian retornou a Viena de mãos vazias.

Passou meses trabalhando no caso, pesquisando tudo que pudesse encontrar sobre Graf nos documentos coletados pelo Caçador. Viajou várias vezes para Nova York, reunindo-se com vários grupos de judeus, que ficaram igualmente perplexos ao saber que ex-oficiais da SS podiam estar escondidos em seu país. *Como eles chegaram aqui? Quem os está abrigando?*

Finalmente, no início de 1980, Sebastian conheceu uma mulher cujo cunhado era senador dos Estados Unidos e, por acaso, judeu. O senador concordou em se encontrar com Sebastian em sua sala perto do Capitólio.

Sebastian sentiu-se encorajado. Se pudesse convencer um importante político americano a ir atrás de Graf, sem dúvida o governo do país poderia encontrá-lo.

Na véspera da reunião, num quarto de hotel em Washington, D.C., Sebastian terminou de comer o sanduíche de frango que pedira ao serviço de quarto como jantar. Então, de novo, ligou para o número de Fannie na Califórnia. Ele já havia tentado muitas vezes, mas ninguém tinha atendido. Dessa vez, depois de vários toques, ela atendeu.

– Sou eu – disse Sebastian.

Fannie pareceu surpresa.

– Onde você está? Parece muito perto.

– Em Washington.

– Por quê?

– Graf. De Auschwitz. Estou fazendo progressos.

Ele a ouviu suspirar.

– Vamos encontrá-lo, Fannie, eu juro.

– Espero que sim, Sebastian.

– Vamos pegá-lo.

– Mas, por favor...

– O quê?

– Tenha cuidado.

Quando Fannie dizia coisas assim, ele tinha a sensação de que ela ainda o amava, apesar de terem assinado os papéis do divórcio cinco anos antes. Sua voz se suavizou.

– Como você está? – perguntou.

– Bem – respondeu ela.
– Ainda trabalha na lanchonete?
– Tenho um novo emprego.
– Onde?
– Num estúdio de cinema.
– Uau! É bom?
– É. Você falou com Tia?
– Desde que cheguei aqui, ainda não. Os telefonemas são caros. E tem a diferença de horários.
– Você deveria ligar para ela. Dizer que está bem.
– Vou ligar.
– Obrigada.
– Escuta, Fannie. E se, depois de tudo isso terminar, eu for te visitar? Nunca estive na Califórnia. Não sei quando vou estar tão perto de novo.
– Washington não é perto da Califórnia.
– É. Eu sei. Mas... Você sabe.
– É.
– Então, sim?
Uma pausa.
– Não.

Udo confrontou seu passado.

Agora não dava para negar. Ele tinha sido descoberto. Apesar de ter voltado a Washington e retomado seu disfarce – bifes grelhados na churrasqueira, drinques com a esposa e os vizinhos –, alguma coisa mudara. Seu passado não estava tão enterrado como acreditava. O Irmão, com sua boca judia gritando, tinha provado isso.

Agora Udo estava em alerta. O soldado dentro dele tinha sido ativado.

Nas semanas que se seguiram ao comício em Chicago, ele havia telefonado em segredo para dois ex-oficiais da SS que também moravam nos Estados Unidos, um em Maryland e outro na Flórida. Perguntou se conheciam um judeu chamado Sebastian Krispis. Nenhum dos dois conhecia, mas dispunham de meios de procurá-lo. No entanto, ambos expressaram surpresa ao saber que Udo tinha ido à manifestação.

– Onde você estava com a cabeça? – perguntou um deles.
– Queria ver se eles estavam prontos.
– Eles não são nós. Imitam, mas não têm convicção.
– Eles precisam da nossa liderança.
– Concordo. Mas sob nossas condições. Não num desfile de circo para os jornalistas. Não é assim que nós fazemos as coisas.
– Concordo.
– Udo?
– Sim.
– Talvez não devêssemos conversar por telefone.
– Por quê?
– As linhas. Eles podem estar escutando. Da próxima vez, use nosso intermediário.
– Está bem.

Udo desligou, furioso consigo mesmo. Um passo imprudente depois de tantos anos cuidadosos? Podia ter arruinado tudo. Seu colega tinha razão: era preciso cautela.

Mas os Estados Unidos eram um país gigantesco. Um lugar difícil para localizar uma pessoa. Isso o consolou. E o Caçador já não era tão poderoso quanto antes. Udo ouvira que o dinheiro dele estava acabando.

Meses se passaram. Ninguém foi procurá-lo. Udo usou seu tempo para investigar as operações do Caçador de Nazistas. Ficou sabendo que o judeu Krispis tinha se tornado um alto colaborador do velho. As conexões de Udo na Áustria o informaram de que Krispis morava sozinho num apartamento em Viena. Isso era frustrante. Ter uma família em casa dá alguma vantagem ao atacante. Alguém para ameaçar ou tomar como refém.

No início de 1980, Udo recebeu uma mensagem da Áustria dizendo que Krispis tinha ido para os Estados Unidos. Ninguém sabia para onde nem para quê. Até que um dia, pela manhã, Udo pegou o carro e foi ao gabinete do senador Carter. Quando estava passando pelo segurança na entrada do prédio, após mostrar seu cartão, ele olhou para a fila de visitantes que esperavam ser liberados. Seu sangue gelou.

Lá estava ele. *O judeu. De novo!* Usava um terno cinza e estava se aproximando do balcão. Virou a cabeça na direção de Udo e, por uma fração de segundo, os dois fizeram contato visual, antes de Udo girar e seguir rapidamente pelo corredor. Udo entrou num elevador lotado no instante em que a porta estava se fechando. Ele estendeu a mão para o botão e, desajeitadamente, o apertou três vezes. Então virou os olhos para o chão, para longe das pessoas ao redor.

Que diabos ele está fazendo aqui? O que ele sabe?

Fannie confrontou seus sentimentos.

No dia em que soube que seria promovida, ela ficou até tarde no trabalho e perdeu o ônibus que costumava pegar para casa. Enquanto esperava o próximo, viu um carro antigo sair pelos fundos do estacionamento e, quando ele parou num sinal de trânsito, ela sentiu um aperto na garganta.

Ele. O homem ao volante. Era parecido com *ele*. Uma versão adulta, sim, mas era Nico. O garoto que se sentava à sua frente na escola. O garoto no armário embaixo da escada na casa da rua Kleisouras. O adolescente do Danúbio, que chamou seu nome antes de ela desmaiar.

Parte dela queria correr até o carro, bater na janela, gritar: "Sou eu, Fannie! O que você está fazendo? Por que está usando um nome diferente?"

Mas ela não fez isso. Precisava ter certeza. Voltou na noite seguinte, dessa vez pegando um carro emprestado com o ex-patrão no restaurante. Quando o carro antigo saiu do estacionamento, ela o seguiu até um prédio perto do aeroporto, na frente do qual o homem estacionou, antes de entrar no residencial. Estava escuro e Fannie não viu muita coisa. Ela voltou de manhã. O carro continuava lá. No dia seguinte foi a mesma coisa. E no outro.

Não fazia sentido. Por que um empresário poderoso moraria naquele bairro pobre? Ela começou a achar que tinha cometido um erro, que sua imaginação a estava levando para toda aquela loucura, que sua infelicidade com Sebastian tinha transformado Nico – sua primeira paixão adolescente, o homem que talvez tivesse salvado sua vida – na resposta para tudo. Foi uma distração tola. Sentiu-se envergonhada, infantil.

Fannie prometeu a si mesma que aquela seria a última vez que passava por aquele prédio. O carro ainda estava lá. Ela agarrou o volante com força. Pensou em Tia. Pensou em Sebastian. Deveria voltar para casa. Parar de perseguir um sonho.

Ligou a seta para partir. Então alguém saiu do prédio. Fannie prendeu o fôlego. *Lá está ele.* Carregava uma mala velha, vestia calça e camiseta. À luz do dia, seu rosto estava muito mais visível, e, sem dúvida, ele se parecia com o garoto que ela recordava, só que agora era bonito – em vez de fofo – e um pouquinho envelhecido em volta dos olhos. O corpo magro estava em forma e bronzeado, e era difícil acreditar que teria quase 50 anos, apenas um a menos do que ela.

Ele entrou no carro e Fannie o seguiu pelas ruas sinuosas, depois pegou uma autoestrada e enfrentou um trânsito de quase uma hora, até chegar a um bairro suburbano. De novo, Fannie perguntou-se se sua imaginação não estava indo longe demais. Mas qualquer dúvida se dissipou diante do que aconteceu em seguida.

O carro entrou num cemitério judaico chamado Parque Memorial Casa da Paz. O homem saiu levando um cantil e uma sacola com trapos. Subiu lentamente por uma colina até uma área de sepulturas mais antigas, onde se ajoelhou e começou a limpar as lápides.

Foi então que Fannie soube. Seus olhos se encheram de lágrimas. Lembrou-se da tarde no cemitério em Salônica, quando ela, Nico e Sebastian haviam lavado lápides da família, um gesto que Lazarre chamara de "gentileza verdadeira e amorosa". E de como Nico tinha se levantado, ido até algumas sepulturas de desconhecidos e chamado: "Venham", pedindo que ela e Sebastian se juntassem a ele. Aquela havia sido a primeira vez que a pureza delicada do menino que eles chamavam de Chioni a encantara. E agora ela percebia que não era sua mente que a impulsionava naquela caçada, longa e tortuosa, para encontrar Nico Krispis.

Era seu coração.

Nico confrontou um sorriso familiar.

Quando você mente sobre tudo, você não pertence a nada. E Nico, ou Nate, ou Guidili, ou o Financiador, levava uma vida desconectada na Califórnia. Não havia se casado. Não tinha filhos. Não tinha parentes nem amigos de verdade. Dizia aos colegas que preferia a formalidade, chamando-os de "senhor" ou "senhora" e pedindo que fizessem o mesmo.

Sem ter em quem confiar, seus dias eram cheios de mentiras inúteis. Ao carteiro ele falou que sabia mergulhar com equipamento. A um caixa de loja, disse que era contador. Quando um funcionário do banco lhe perguntou como estava seu dia, ele contou que estava indo buscar as filhas na escola. Disse até o nome delas: Anna e Elisabet.

Tudo isso era uma manifestação do seu estado, que parecia piorar com a idade. Nico entrava em galerias de arte dizendo que era marchand. Visitava imóveis baratos e, apesar de sua riqueza, depois dizia que não poderia comprá-los. Às vezes ia a cervejarias alemãs afirmando que era um imigrante recém-chegado.

Jamais falava grego ou ladino, as línguas de sua juventude, mas todas as manhãs de sábado pegava um ônibus que atravessava a cidade e o deixava a três quarteirões de uma sinagoga ortodoxa. Lá, rezava em hebraico com um *talit* na cabeça, curvando-se para trás e para a frente, sem parar, durante uma hora. O que ele rezava eu deixarei entre Nico e Deus. Algumas conversas não são da nossa conta.

Nico permaneceu hábil na arte da falsificação, ainda que agora isso não tivesse muito propósito. Solicitava cartões de crédito usando nomes falsos e nunca os usava quando chegavam. Tinha três carteiras de motorista de três estados diferentes. Possuía passaportes de quatro nacionalidades. Mantinha cofres em uma dúzia de bancos.

Era dono de uma mansão num bairro nobre de Hollywood, mas quase sempre dormia num apartamento modesto perto do aeroporto. Frequentemente viajava para o exterior, decidindo o destino de última hora e comprando as passagens mais baratas. Nunca levava mais do que uma mala velha, a mesma com a qual tinha chegado aos Estados Unidos. Dizia aos estranhos que era vendedor de sapatos.

Apesar das décadas de mentiras patológicas, Nico nunca procurou ajuda. Isso significava olhar para trás, coisa que ele não queria. Em vez disso, colocava mais e mais tijolos no muro entre seu passado e o presente, construindo uma barragem cuja altura impediria até mesmo uma gigantesca inundação de lembranças.

Até que conheceu sua nova projecionista.

—

Ela estava sendo treinada por Rodrigo, um mexicano mais velho que ocupava o cargo havia anos. Nico gostava de Rodrigo porque ele era inteligente e pontual, raramente pedia qualquer coisa e nunca comentava sobre um filme na sala de projeção. Quando Rodrigo anunciou que precisava se aposentar por causa do diabetes, Nico disse que pagaria pelo tratamento de longo prazo e arranjou-lhe o melhor endocrinologista de Los Angeles, que atendia Rodrigo em casa, mensalmente.

O primeiro encontro de Nico com a nova projecionista se deu quando ela passou o filme sobre o palhaço alemão. Depois de assisti-lo pela segunda vez naquele dia, ele subiu a escada até a cabine de projeção. Viu as costas de uma mulher de cabelo escuro, comprido e cacheado abaixando-se para guardar uma lata de filme.

– Senhora?

A mulher parou, mas não se virou.

– Por que a senhora disse que o filme era de partir o coração?

A mulher se levantou lentamente, virou-se e sorriu. Quando Nico viu o rosto dela, sentiu uma angústia tão grande que nem mesmo suas melhores mentiras seriam capazes de descrever.

– Porque era, não era?

Nico soube que era Fannie?

Era difícil dizer, dada a sua reação. Uma pessoa com a mente saudável teria dito o nome dela, corrido para um abraço. Mas fazia

muito tempo que a mente de Nico não era saudável. Seu padrão era a negação, mesmo das coisas mais positivas.
– É só um filme – disse ele, desviando o olhar.
– É uma história verdadeira?
– Não.
– Parecia verdadeira.
– Os filmes são assim.
Ele se permitiu um rápido olhar enquanto Fannie mordia o lábio. Todos os traços dela eram dolorosamente familiares. O rosto finamente desenhado, a compleição mediterrânea, os olhos grandes e brilhantes. Até o cabelo, escuro e ondulado sobre os ombros. Era fácil encontrar a Fannie adolescente na forma adulta.
– Para ser honesta – admitiu ela –, não vi muitos filmes.
– Então por que trabalha aqui?
– Achei que seria bom para mim.
– Ah.
Ele olhou para o chão. Mirou as prateleiras.
– Bom, obrigado, senhora. Vejo-a na semana que vem.
Ele se virou para sair.
– Senhor?
– Sim?
– Não quer saber qual é o meu nome?
Ele a encarou.
– Não é necessário.

PARTE VI

O começo do fim

Como disse a atriz Katalin Karády, há um preço para tudo que acontece na sua vida. Agora vamos testemunhar o preço que nossos quatro personagens pagaram – pelas verdades que disseram e pelas mentiras que suportaram. As últimas cobranças chegaram no mesmo dia, no mesmo lugar onde nossa história começou.

O que juntou todos eles foi uma matéria que saiu no maior jornal de Salônica, o *Makedonia*, no início de 1983:

> **EVENTO PARA HOMENAGEAR OS JUDEUS VÍTIMAS DA GUERRA ACONTECE EM 15 DE MARÇO**
>
> *Uma caminhada especial em memória dos judeus vítimas da guerra está agendada para terça-feira, 15 de março, começando na Praça da Liberdade, às 14 horas, e seguindo até a antiga estação de trem. A cerimônia marca o 40º aniversário da partida do primeiro trem de Salônica para o campo de extermínio de Auschwitz. O prefeito da cidade e outras autoridades devem comparecer.*

Em outras circunstâncias, seria apenas uma nota informativa, um dos incontáveis eventos realizados no mundo para falar de uma guerra que estava se apagando da memória.

Mas, na nossa história, foi um canto de sereia.

A caminhada na Grécia foi ideia de Sebastian.

Ele vinha pressionando por isso havia anos. Trabalhando com o Caçador de Nazistas, lamentava a falta de atenção dada às vítimas gregas da guerra do Lobo. Enquanto as histórias sobre a Polônia e a Alemanha eram comuns – havia livros e filmes –, muitas pessoas pareciam não saber que os nazistas tinham invadido a Grécia, nem que Salônica, que um dia fora o lar de mais de 50 mil judeus, tinha visto menos de 2 mil deles sobreviverem.

O Caçador tinha conversado com membros do governo grego para que reconhecessem os horrores acontecidos em sua história, muitos dos quais agravados pela conivência de determinadas autoridades gregas.

As nações, no entanto, costumam evitar abordar o próprio passado. Enfim, com a promessa de que compareceria pessoalmente ao evento, o Caçador pôde convencer as autoridades a permitirem uma caminhada do centro de Salônica até a antiga estação ferroviária, onde muitas famílias gregas viram seus laços serem cortados para sempre.

E onde Sebastian viu o irmão pela última vez.

—

Neste ponto, você pode se perguntar por que Nico ainda assombrava seu irmão mais velho. Afinal de contas, décadas haviam se passado desde a última vez que se viram. Sebastian estava com 50 e poucos anos, era avô, morava em Viena. E, para sermos sinceros (e que opção eu tenho?), agora era Sebastian quem usava a coroa de honestidade que um dia pertencera a Nico. A dedicação feroz em busca da verdade preenchia seus dias e suas noites.

Mas o tempo não cura todas as feridas. Algumas, ele aprofunda ainda mais. Sebastian sempre havia invejado Nico, mesmo na infância. Sua beleza. Seu jeito de divertir a família. A aparente predileção de Lazarre por ele. *"Que menino lindo!"*

A inveja entre irmãos não é rara; frequentemente, um acha que o outro recebe todo o amor. Mas o que realmente incomodava Sebastian era o fato de que, quando Nico foi finalmente exposto, não deixaram de amá-lo.

Em vez disso, no vagão lotado em direção a Auschwitz, sem comida, sem água, com o ar sufocante devido à morte, os pais de Sebastian continuavam a chorar pelo filho perdido.

– O que vai acontecer com ele? – gemeu Tanna.

O que vai acontecer com ele?, pensou Sebastian. *E o que está acontecendo com a gente?*

– Ele vai dar um jeito – disse Lev, tentando encorajá-lo. – É um garoto inteligente.

Inteligente? Ele é um mentiroso! Um pequeno mentiroso!

Até as irmãzinhas de Nico choravam pelo irmão. Apenas Fannie, ou a lembrança dela, dava conforto a Sebastian. Para onde quer que eles fossem levados, ela iria junto, de modo que ele poderia tentar consolá-la. Ele poderia ser importante para ela, do modo como Nico parecia tão importante para todas as outras pessoas.

Então o grandalhão arrancou aquela grade da janela, e num segundo Sebastian fez a escolha que partiria seu coração durante anos. Empurrou para fora a única pessoa que lhe dava esperança. Fez isso porque a amava.

E, anos depois, ela iria empurrá-lo porque não o amava.

—

Fazia tempo que Sebastian não falava com a ex-esposa. No último telefonema, ela fora tão fria que ele não queria mais passar por aquela dor. Ela estava na Califórnia, ele estava na Áustria. Pronto.

Frequentemente se perguntava se ela havia encontrado uma nova pessoa para amar. Ele não tinha ninguém. Apesar de haver mulheres que achava atraentes, e várias que pareciam interessadas, sua dedicação era sempre ao trabalho. Nada era tão imperioso quanto perseguir seus algozes. Não é de surpreender que um garoto que se sentia menosprezado se tornasse um homem justiceiro.

Então Sebastian estava orgulhoso do evento que tinha ajudado a organizar em Salônica, o primeiro reconhecimento oficial do que havia acontecido ali. E se Fannie não queria se encontrar com ele em seu novo lar, talvez topasse fazê-lo no antigo.

Assim, ele lhe enviou pelo correio a matéria de jornal e uma carta, perguntando se ela gostaria de participar da caminhada, para homenagear seu pai ou por qualquer outro motivo. Será que Tia também poderia ir?

Ele postou a correspondência, na esperança de que Fannie não tivesse mudado de endereço.

Fannie leu a carta sozinha.

Fazia décadas que não punha os pés na Grécia. Ela ligou para a filha, que disse:
– Se você for, eu vou.

E Fannie achou que seria bom estarem todos juntos. Seu ressentimento com relação a Sebastian havia diminuído nos últimos cinco anos, em parte porque os dois tinham pouco a ver um com o outro, e em parte por causa do afeto reacendido pelo irmão dele, que agora ela via, uma vez por semana, numa sala de projeção.

Toda quarta-feira, Nico chegava às 14 horas para assistir aos filmes que Fannie punha no projetor. Ela o observava enquanto ele mantinha os olhos fixos na tela. Ele ainda era lindo, agora com uma beleza madura. Mas raramente falava. Depois que o filme acabava, ele ia até a cabine e os dois trocavam algumas palavras educadas. Sempre gentil, ele perguntava se as condições de trabalho eram adequadas, se ela precisava de alguma coisa. Sua voz era suave e demonstrava uma vulnerabilidade que a atraía. E, claro, no fundo ela se sentia intensamente conectada com ele, como costumamos nos sentir em relação a quem amamos na juventude, mesmo décadas depois, mesmo após a pessoa ter mudado drasticamente.

Eles falaram sobre o passado?

Não. Fannie esperou, semana após semana, por uma centelha de reconhecimento, um momento em que parecesse certo dizer: "Podemos conversar sobre o que não estamos falando?" No entanto, esse momento nunca chegou. Em vez disso, os dois se acomodaram numa cumplicidade não dita. Ele não admitia quem ela era porque isso implicaria confrontar a dor do que tinha feito. E ela não o pressionava porque, sem dúvida, a cabeça dele não estava boa. As camadas de farsas. As mentiras sem sentido. Devia haver um motivo, pensava Fannie. Ela temia que sua verdade o afastasse. As perguntas que desejava fazer eram excessivas: *Por onde ele andara? O que havia enfrentado? Era ele quem mandava grandes somas de dinheiro para certas pessoas todos os anos?* Ela precisava ser paciente. Lembrava que por muitos anos não fizera ideia se ele ao menos estava vivo. Então, podia esperar.

E assim, durante algum tempo, eles compartilharam uma gentileza rara: a gentileza do silêncio. Trabalhavam lado a lado no presente e deixavam o passado dormir imperturbado.

Então, depois de quase um ano trabalhando juntos, Fannie trouxe comida para Nico para uma rara projeção noturna.

– O que é isso? – perguntou ele, surpreso com a bandeja de panquecas de frango e folhas de repolho recheadas.

– Só pensei: é muito tarde, e provavelmente o senhor não terá chance de comer depois. Espero que não seja problema.

Ele agradeceu e Fannie voltou para a cabine. Depois do filme, ela notou que ele havia comido tudo.

– Estava muito bom.

– Obrigada.

– Onde a senhora aprendeu a cozinhar assim?

– Uma mulher húngara me ensinou.

Ele fez uma pausa.

– Então a senhora é húngara?

– Não. Só fiquei hospedada na casa dela por algum tempo.

– Quando?

– Durante a guerra. – Fannie escolheu cuidadosamente as palavras seguintes. – Eu estava escondida. Dos alemães. Essa húngara me manteve viva até que fui capturada pelo Cruz Flechada.

Fannie examinou o rosto de Nico, procurando alguma reação.

– Eu estudei culinária em Paris – disse ele.

Em seguida se levantou.

– Bom, boa noite, senhora.

—

O coração tem muitos caminhos para o amor, e a compaixão é um deles. Fannie usava os intervalos entre os encontros semanais para tentar entender o sofrimento de Nico. Às vezes ela o seguia após ele sair do prédio, mesmo se sentindo desconfortável com isso. Observava-o comendo sozinho em restaurantes baratos, vasculhando livrarias ou desaparecendo durante dias no apartamento perto do aeroporto.

Toda semana, nas manhãs de sexta-feira, Nico ia ao cemitério limpar as lápides. Fannie ia atrás. Vê-lo curvado sobre as sepulturas a tocava profundamente. O que quer que Nico tivesse sofrido o deixava claramente mais confortável com os mortos do que com os vivos.

Ainda que Fannie o tivesse procurado em busca do passado dos dois, à medida que o tempo avançava, ela foi percebendo que não precisava de um passado para gostar dele. Com Sebastian, tudo girava em torno da guerra. Era como uma nuvem cinza que pairava eternamente sobre a cabeça deles.

Já com Nico, aquele horror ficava trancafiado. Na verdade, Fannie preferia assim. Talvez ele não admitisse conhecê-la porque não queria trazer à tona o que a guerra a fizera passar. Ela via isso como uma gentileza.

Os dois agora passavam mais tempo juntos depois das projeções, conversando e tomando café preparado por Fannie. Nico falava do seu amor pelos filmes e do que ele achava que daria uma boa história. Fannie falava de sua filha que morava em Israel, do orgulho que sentia dela. Nunca mencionou o pai da garota, e Nico jamais perguntou.

Até que, uma noite, no início de 1983, caiu uma tempestade e Nico usou seu guarda-chuva para levar Fannie até o carro. A chuva era torrencial, soprada de lado pelo vento. De repente, o sapato de Fannie escorregou e ela caiu numa poça enorme, antes que Nico pudesse segurá-la. Seu vestido ficou encharcado. Ela começou a rir.

– Você se machucou? – perguntou Nico.
– Ah, não, estou bem.
– Por que está rindo?
– Que diferença faz, depois que a gente se molha desse jeito? É como quando a gente era criança, no verão, lembra? Se começasse a chover, a gente corria para o mar sem tirar a roupa.
– Sem tirar a roupa, é – disse Nico, rindo.

Fannie se surpreendeu.
– Você lembra?

A expressão de Nico se enrijeceu.
- Toda criança faz esse tipo de coisa - disse.
Fannie enxugou o rosto e em seguida se firmou com um braço no ombro de Nico. Enquanto tentava calçar o sapato, perdeu o equilíbrio e caiu sobre ele. Quando levantou os olhos, ficou com o rosto a centímetros do dele. Nico estava com uma expressão que ela nunca tinha visto, como um menino confuso, perdido. Então, pela segunda vez na vida, ela o beijou. Tinha feito aquilo na infância, numa pressa desajeitada, impulsiva. Mas desta vez foi suave e demorado, seus olhos se fecharam e ela se deixou flutuar no momento, que pareceu muito mais longo do que realmente foi. Quando ela abriu os olhos, viu Nico encarando-a.
- Está tudo bem - sussurrou ela.
Ele engoliu em seco, entregou-lhe o guarda-chuva e partiu correndo pelo aguaceiro.

Nico ficou sabendo da caminhada na Grécia numa reunião.

Alguns dias depois do acontecido com Fannie, um diretor entrou na sua sala, pedindo verba para um documentário sobre o famoso Caçador de Nazistas. Nico disse que era familiarizado com o trabalho do Caçador, que tinha lido sobre as prisões de pessoas importantes.
- Ele seria um tema fantástico - insistiu o diretor. - Imagine um homem que se recusa a descansar até que todos os fugitivos nazistas e as pessoas que os ajudaram sejam levados à Justiça.
- Pessoas que ajudaram? - perguntou Nico.
- É. Os que colaboraram com os alemães são igualmente culpados, não acha?
Nico se remexeu na poltrona.
- O Caçador concordou em participar do filme?

– Nós trocamos cartas. Ele está considerando. Quero filmá-lo no mês que vem, na Grécia. Em 15 de março. Ele vai fazer um evento comemorativo lá.

Nico levantou os olhos.

– Quinze de março?

– É.

– Onde?

– Em Tessalônica.

– Salônica?

O homem riu e continuou:

– Na verdade, os gregos chamam de Tessalônica. Ele está organizando uma caminhada para homenagear os judeus gregos mortos na guerra. A caminhada termina na antiga estação, de onde os trens levavam os judeus para os campos de concentração. É um bom local para uma entrevista, não acha?

Nico sentiu um arrepio na espinha. Seu corpo se enrijeceu e sua testa começou a suar.

Ele se levantou rapidamente.

– Senhor? – perguntou o diretor. – Eu fiz algo errado?

– Vou pensar na ideia. Até logo.

Então ele correu até a porta, deixando o homem sozinho na sua sala.

—

Naquela noite, Nico não dormiu. Andou pelas ruas do bairro no escuro, em seguida se sentou no banco de trás do seu carro e ali ficou até o sol nascer. Foi até a sinagoga e rezou sozinho por duas horas. Depois, foi até a escada à frente do prédio de Fannie e esperou até que ela saísse para o trabalho. Ela sorriu ao vê-lo.

– Preciso lhe dizer uma coisa – disse ele rapidamente.

– Como o senhor sabe onde eu moro?

– Sente-se.
Ela se sentou.
– O que é?
– Eu preciso ir embora.
– Quando?
– Logo.
– Para onde vai?
– Para longe.
– Por quê?
– Não posso dizer.
Fannie reparou que o peito dele arfava e a testa suava. Acreditou se tratar de um ataque de pânico, tal como os episódios que ela própria já sentira muitas vezes, sozinha no carro, de madrugada. Ela segurou as mãos dele.
– Respire fundo uma vez, depois mais uma – insistiu.
Você pode achar que Nico ficou perturbado pelo que o diretor disse. Mas o fato é que ele sabia tudo sobre o Caçador de Nazistas. Na verdade, tinha sido o maior financiador do sujeito durante anos, mandando cheques anônimos para manter a agência em funcionamento.
Também não o perturbou a ideia de que o Caçador estivesse procurando cúmplices dos nazistas. Nico sabia tudo sobre o trabalho do sujeito, quem ele havia encontrado, quem ele estava caçando.
Não, o que assombrava Nico era algo que ele havia percebido no instante em que o diretor contou sobre a caminhada na Grécia, uma coisa preocupante e perigosa, de que Fannie não poderia saber.
– Olhe para mim – sussurrou ela. – O senhor vai ficar bem.
A história dentro de Nico estava tão efervescente que expulsou as lágrimas de seus olhos. Ele então pôs a mão gentilmente na nuca de Fannie, e pela terceira vez na vida dos dois – e a primeira

por iniciativa de Nico – seus lábios se encontraram, suavemente, amorosamente.

E então, bem ali, nos degraus da entrada de um prédio, sob o céu sem nuvens de uma manhã californiana, Fannie disse o que vinha segurando desde a noite em que o vira no sinal de trânsito:
– Nico, sou eu, Fannie. Fale comigo. Eu sei que é você.

Udo circulou a data no seu calendário.

Quinze de março em Salônica. Ele precisaria de um disfarce. E de uma arma.

Tomou um gole de conhaque direto da garrafa, tampando-a em seguida e a recolocando na estante. Seu pai tinha virado alcoólatra na velhice e Udo estava decidido a não seguir os passos dele. Nos últimos tempos, vinha se recusando até mesmo a segurar um copo. Só tomava um golezinho direto da garrafa quando estava com vontade, o que ultimamente acontecia cada vez mais.

Ele se deixou cair na cama desarrumada e olhou pela janela do apartamento, em direção às montanhas nevadas do norte da Itália. O teto era baixo e a tinta estava descascando. Uma teia de aranha havia se formado. Udo a esmagou na palma da mão.

Ele estava morando ali havia três anos, desde que tudo o que tinha construído nos Estados Unidos desmoronara. Udo havia sido chamado à sala de Carter. O senador lhe informara que alguém da agência do velho judeu em Viena estava distribuindo uma foto de Udo tirada num comício nazista em Chicago, junto de outra foto dele durante a guerra, usando uniforme da SS. Um repórter que reconhecera o rosto já havia ligado para o gabinete.

– Nós negamos tudo, claro – disse Carter. – Dissemos que fotos não provam nada. Erro de identidade. Esse tipo de coisa.
– Ótimo.
– Mas – Carter baixou a voz – você não pode ficar aqui.

– Como assim?
– Eles estão perto. E isso pode detonar tudo.
– Você quer que eu saia de Washington?

Carter balançou a cabeça.

– De Washington, não. Do país.
– O *quê*? Quando?
– Amanhã, pela manhã.

—

E assim, pela segunda vez na vida, Udo Graf estava em fuga. Levando uma única mala com todas as coisas de valor que conseguiu juntar durante a noite, ele pegou um voo de manhã cedo para Nova York e fez conexão para Roma. Não chegou a recolher os papéis na sua sala. Não chegou a se despedir da esposa. Tornou-se um fantasma. Quando as autoridades chegaram ao gabinete de Carter, o senador disse que tinha demitido o homem chamado George Mecklen uma semana antes, por motivos pessoais. Com relação ao passado do sujeito, só sabia que ele era um imigrante belga e que tinha realizado um bom trabalho durante o tempo em que fizera parte da equipe. Seu paradeiro atual era desconhecido.

Udo ficou escondido durante quatro meses, num albergue da juventude nos arredores de Roma, até que seus contatos na Itália lhe arranjassem uma nova identidade. A mesma organização clandestina que o havia abrigado depois da guerra ainda tinha raízes naquele país, mas já não era tão poderosa. Depois de um tempo, Udo comprou um passaporte italiano, mas isso exigiu boa parte do dinheiro que havia tirado de seu cofre. Seu "disfarce" era um emprego num frigorífico perto dos Alpes tiroleses, um trabalho em que não era necessário falar italiano. Ele varria o estabelecimento e monitorava as entregas. Era um trabalho subalterno, o que corroía sua alma.

Ele sentia que cada dia passado no exílio era um desperdício. Em Washington, produzia alguma coisa. Tinha dinheiro. Tinha influência. Tinha Carter na palma da mão depois de realizar para ele atos sujos, cujo preço planejava cobrar quando chegasse a hora certa.

Agora, tudo aquilo não existia mais, destruído pelo velho judeu de Viena e pelo Irmão, que o caçavam como um rato num buraco de esgoto. Bem. Um rato também pode caçar. E, nas circunstâncias propícias, pode até matar. Desde que seu avião saíra de Washington, Udo só pensava em como se livrar daqueles dois.

Olhou de novo a data marcada no calendário: *15 de março*. Tinha recebido uma carta com uma matéria de um jornal grego, falando dessa cerimônia em homenagem aos judeus mortos em Salônica e das pessoas que deveriam comparecer. Na carta, os nomes do Caçador de Nazistas e do Irmão estavam circulados em vermelho, ao lado de duas palavras escritas à mão em alemão, sem dúvida por um dos seus colegas nazistas escondidos.

As duas palavras eram *Beende es*.

"Termine isso."

Ele foi até a estante e pegou o conhaque. Salônica? Que adequado! A cidade fora o local de seu melhor trabalho, e este poderia ser seu ato final. Matar o Caçador de Nazistas daria segurança para outros que estavam escondidos. Eles poderiam ressurgir. Ocupar seu lugar de orgulho ao sol.

Udo destampou a garrafa e tomou outro gole. Precisaria de um disfarce. Precisaria de uma arma. Já possuía as duas coisas.

Deixe-me contar as formas de tortura

Se as palavras são uma medida de quanto os seres humanos valorizam algo, vocês devem me estimar muito. Considere quantas expressões vocês têm para a Verdade. "Para falar a verdade", dizem as pessoas. Ou "Posso te falar a verdade?" Ou "honestamente", "sinceramente", "sem brincadeira", "o fato é", "a triste verdade", "a verdade indiscutível" ou "na verdade, é o seguinte..."
Isso em apenas uma língua. Em francês: *Je dis la vérité* ("Estou falando a verdade"); em espanhol: *La verdad amarga* ("a verdade amarga"). Os alemães dizem *Sag mir die wahrheit* ("me diga a verdade"), se bem que durante os anos de guerra essa frase tenha sido esquecida. A palavra grega para verdade é *Aletheia*, que literalmente significa "desesquecer", um reconhecimento do fato de que frequentemente sou obscurecida.

Se é que vale de alguma coisa, dentre as minhas muitas referências verbais, gosto de "verdade seja dita". Você pode imaginar um rei declarando-a. Uma mãe exigindo. O Todo-Poderoso decretando.

Verdade seja dita.

O que nos traz de volta ao local onde nossa história começou, na cidade de Salônica e na sua Praça da Liberdade, onde, quatro décadas antes, os nazistas humilharam 9 mil homens judeus numa manhã de sábado, reunindo-os sob o sol quente, obrigando-os a fazer exercícios físicos intermináveis, espancando os que caíam, matando os que resistiam.

Desta vez, naquele mesmo lugar, na tarde de 15 de março, uma multidão de cidadãos se reuniu para lembrar a vergonha daquela época. Muitos carregavam cravos vermelhos para homenagear os mortos. Outros seguravam balões brancos com duas palavras escritas em grego.
Poté Xaná.
"Nunca mais."

Sebastian subiu ao palco segurando um papel.

Enquanto o vento soprava seu cabelo sobre a testa, ele falou de modo passional ao microfone sobre as várias formas usadas para torturar os judeus de Salônica na década de 1940. Falou dos espancamentos. Das humilhações. Dos tiros aleatórios. Falou das estrelas amarelas que eram obrigados a usar. Do gueto Barão Hirsch. Do arame farpado sobre os muros e do destino mortal de quem tentava escapar.

Contou que os nazistas entregaram a empresa do seu pai a dois estranhos e depois o expulsaram da própria loja. Enquanto falava, imaginou se os filhos daqueles estranhos estariam na multidão e se eles não sentiam ao menos um pingo de vergonha.

– Nossa história foi destruída, nossa comunidade foi destruída, nossas famílias foram destruídas – declarou. – Mas nossa fé não foi. Hoje estamos lembrando. Mas amanhã a justiça precisa continuar...

Cabeças assentiram. Algumas pessoas aplaudiram. Quando terminou, Sebastian se pôs de lado, passando a palavra ao Caçador, que concluiu dizendo:

– Jamais descansaremos, jamais esqueceremos.

E a multidão começou a caminhar, em massa, em direção à antiga estação ferroviária.

Sebastian ocupou seu lugar na frente. Respirou fundo e olhou para as nuvens. Fazia frio para março e parecia que ia chover. Ele enfiou as mãos nos bolsos. Mesmo feliz com a realização daquele evento, havia algo inadequado. As pessoas que caminhavam eram saudáveis, bem-alimentadas, muitas eram jovens, algumas nem mesmo eram judias. Usavam roupas da moda e tênis de corrida. Os prédios eram diferentes daqueles de que Sebastian recordava. Havia um novo estacionamento gigantesco. Um novo tribunal. O velho mercado de azeite Ladadika estava sendo reformado e transformado numa área de entretenimento, com cafés e bares nas ruas calçadas de pedras.

Para Sebastian, aquilo parecia moderno e luminoso demais para a solenidade da ocasião, como se ele estivesse tentando enfiar um pé de adulto num sapato de criança. Mas, enfim, homenagear algo não é o mesmo que vivê-lo.

Ele pensou nos que estavam ausentes. Pensou na mãe e nas irmãzinhas, em como sua vida com elas terminara tão abruptamente. Pensou no pai e no avô, em como eles tinham tentado protegê-lo dos horrores de Auschwitz e em como Lazarre insistia, toda noite, para que recitassem uma coisa boa que Deus houvesse proporcionado naquele dia. Imaginou se todos estariam com Deus agora e se, de algum modo, estariam assistindo àquela caminhada em sua memória. Imaginou o que achariam daquela solidariedade que vinha com quarenta anos de atraso.

Ele olhou por cima do ombro. Devia haver umas mil pessoas – o equivalente ao total de judeus que restavam em Salônica. Mil. Num lugar onde 50 mil haviam construído suas vidas.

Esticou o pescoço. Sabia que Fannie e Tia estavam em algum ponto da multidão, mas não conseguia vê-las. Imaginou se as palavras que dissera teriam esclarecido um pouco para elas o que ele fizera da vida e por que isso o havia separado delas durante todos aqueles anos.

Fannie segurou a mão da filha.

Elas caminhavam em compasso com os outros manifestantes. Enquanto se aproximavam do antigo bairro Barão Hirsch, que em grande parte permanecia abandonado, Fannie sentiu o coração acelerar. Lembrava-se de ter sido arrastada para ali quando menina, com duas mulheres segurando-a pelos cotovelos, a imagem da execução do pai ainda bem vívida na mente, morto a tiros diante da farmácia, com a mão na maçaneta.

— O que foi, mãe? — perguntou Tia, olhando preocupada para Fannie.

— Nada, só lembranças.

Fannie forçou os lábios a sorrir. Seus pensamentos, entretanto, estavam naquele dia, na capa de chuva que usava, no armário em que havia se escondido. Em Nico.

Ela não o via desde aquela manhã, na entrada do seu prédio, quando lhe dissera: "Eu sei que é você." Os olhos dele se encheram de lágrimas e ela teve certeza de que ele iria desabar, abrir o coração, admitir tudo. Mas não foi isso que se passou. Nico apenas se levantou e disse: "Você não precisa mais ir trabalhar, eu continuo pagando seu salário", antes de ir rapidamente para o carro.

Depois disso, ele não foi mais encontrado. Nas três semanas seguintes, Fannie foi trabalhar todos os dias. Foi à casa dele. Foi ao apartamento. Nenhum sinal.

Na noite antes de partir para a Grécia, ela voltou ao estúdio, na esperança de encontrá-lo lá. A sala de projeções estava vazia. O escritório estava escuro. Ela tentou a porta: destrancada. Hesitou, mas depois entrou.

Fannie nunca havia entrado na sala sem que ele lá estivesse. Aproximou-se da mesa, que estava praticamente vazia, com apenas alguns roteiros muito bem empilhados. Abriu uma gaveta. Nada. Outra gaveta. Vazia.

Foi até um arquivo e puxou a gaveta de cima. Viu meia dúzia de pastas com nomes de filmes que ela reconheceu das projeções. A próxima gaveta também tinha pouca coisa. Ela ficou imaginando se, com uma quantidade tão pequena de papéis, Nico guardaria tudo na cabeça. Eram informações demais. Como ele conseguia?

Ela pretendia não mexer na gaveta de baixo, mas mudou de ideia e se inclinou para puxá-la. Estava dura. Fannie puxou com mais força. Finalmente, agachou-se e conseguiu abri-la. E imediatamente viu por que estava tão difícil.

A gaveta estava entulhada de pastas, cada uma marcada com um ano, começando em 1946 e vindo até o presente. Ela pegou uma, abriu-a e ficou sem ar.

Dentro havia listas e mais listas de nomes de judeus, cada um com uma idade e um endereço – na França, em Israel, no Brasil, na Austrália –, ao lado de uma anotação numérica com uma marcação de "verificado" ao lado. Havia fotos e documentos, cópias de certidões de nascimento e óbito.

Fannie pegou uma segunda pasta. Mais listas. Outra pasta. A mesma coisa. Parecia que a cada ano as pastas ficavam mais grossas. A última, marcada com 1983, era tão grossa que Fannie precisou das duas mãos para levantá-la. Quando fez isso, percebeu uma coisa presa na parte de trás. Um grande envelope de papel pardo com a palavra FANNIE escrita com marcador azul. Com as mãos trêmulas, abriu-o.

Dez minutos depois, ela saiu correndo da sala. Quando chegou ao carro, jogou-se contra ele e chorou. Chorou por tudo o que tinha perdido na vida e pela sensação de que tinha acabado de perder outra coisa. Olhou para o envelope e soube que Nico nunca mais voltaria. Com sua insistência em questionar o que era verdade ou mentiras, ela havia se condenado a uma terceira alternativa: jamais saber o que era o quê.

Udo tateou a coronha da arma.

Estava escondida dentro do bolso do paletó, e ele a acariciou quando a multidão chegou à estação ferroviária. Tinha pensado em matar o Caçador de Nazistas na Praça da Liberdade, mas estava longe demais para um tiro certeiro. Além disso, a estação era mais adequada. Era o local de seu melhor trabalho, a limpeza da imundície judia daquela cidade. *Cinquenta mil já se foram. Logo irão mais dois.*

Embora tivesse mudado muito desde que ele havia partido, Salônica ainda lhe trazia muitas lembranças. À medida que a multidão se aproximava dos trilhos, Udo, disfarçado de participante e segurando um balão branco, pensou no instrumento que havia usado tão bem ali. Nico Krispis. O garoto que nunca mentia.

Frequentemente se perguntava o que teria acontecido com ele. Tinha poupado a vida do garoto. No correr dos anos, sempre que matava alguém, lembrava-se daquele único ato de misericórdia e concedia um prêmio de mérito a si mesmo. O tempo que tinham passado juntos na casa da rua Kleisouras era o mais perto que Udo havia chegado de ser pai, e ainda se lembrava da noite em que tinha lido um livro alemão para o menino, e de quando Nico lhe trouxera uma toalha quente para aliviar a dor de cabeça. Agora, vendo a plataforma da ferrovia, percebeu que suas últimas palavras para o garoto podiam ter sido "*Seu judeu idiota*". Quase lamentou isso.

A esposa americana de Udo, Pamela, havia falado uma ou duas vezes sobre aumentar a família, mas ele jamais considerou a possibilidade de ter um filho com ela. A linhagem sanguínea dela incluía um pai libanês e uma avó sérvia. Ele não traria um vira-lata para este mundo.

Levantou a mão e tocou a peruca de cabelo branco que cobria sua cabeça e o chapéu em cima. Aquilo coçava e era desconfortável, mas era necessário, disse a si mesmo. Tinha sido reconhecido duas vezes pelo Irmão. Só um idiota incorre duas vezes no mesmo erro.

Quando chegaram à estação, os manifestantes se espalharam na plataforma, esperando a cerimônia. Udo ficou surpreso ao ver nos trilhos, cinquenta metros adiante, um vagão de gado original, de madeira, do tipo que os nazistas tinham usado para transportar os judeus para os campos. Agora havia uma placa na lateral, como uma peça de museu. Enquanto olhava, lembrou-se das dimensões: o comprimento, a largura e quantos judeus ele tinha avaliado que caberiam dentro. Oitenta e sete, se não lhe falhava a memória, ainda que, com orgulho, ele enfiasse mais de cem.

Um palco havia sido montado, com um microfone, e um dos organizadores instruiu os parentes das vítimas judias a irem, um por vez, até lá para dizer os nomes de quem eles tinham perdido e colocar um cravo vermelho nos trilhos.

A primeira foi uma mulher com casaco cinza.

– Nesta plataforma, perdi meu marido, Avram Djahon, há quarenta anos – disse. – Uma semana antes de os nazistas o pegarem, ele me mandou para Atenas, para me proteger. Nunca mais o vi. Que Deus o tenha.

Ela jogou um cravo nos trilhos e desceu do palco. Em seguida veio um homem magro, de meia-idade, com a barba bem-aparada.

– Nesta plataforma, perdi meus pais, Eliahou e Loucha Houli...

Udo bufou com força. Que melodrama! As vozes trêmulas. As lágrimas. Será que faziam alguma ideia do planejamento e da logística que haviam sido empregados naqueles trens? O enorme volume de documentos e de mão de obra?

– Nesta plataforma, perdi o meu bisavô...

– Nesta plataforma, perdi minhas três tias...

Udo balançou a cabeça. Onde aquelas pessoas viam luto, ele via honra. Onde viam tragédia, ele via realização. Ele segurava um balão em que estava escrito "Nunca mais". Que ridículo! Seus planos eram exatamente o oposto.

Udo notou que o Caçador e o Irmão tinham ocupado os últimos lugares na fila de enlutados. Quando eles chegassem ao palco, disse a si mesmo, mataria o primeiro com um tiro na cabeça e depois o outro, a poucos metros de distância. Ele abriu caminho pela multidão, até encontrar o melhor ângulo.

– Nesta plataforma, perdi meu tio Morris...

– Nesta plataforma, perdi minha irmã, Vida...

Continuem chorando, judeus, disse Udo a si mesmo. Ele passou os dedos na pistola dentro do bolso do paletó. Era bom tocar o aço. Era bom estar contra-atacando. Depois de três anos fugindo daqueles ratos judeus, era bom ser o caçador.

Os trilhos se lembram

Há quatro direções neste mundo. E quatro estações. Há quatro funções matemáticas básicas e quatro elementos do planeta. A Bíblia fala de quatro rios no paraíso. Quatro ventos no céu. Existem quatro naipes num baralho. Quatro rodas num carro. Quatro pernas numa mesa. Quatro é uma base. Quatro é um equilíbrio. Quatro é um círculo completo das bases no beisebol, até que você termina onde começou. Em casa.
É hora de voltarmos para casa.
Eis, então, o fim da nossa história de quatro cantos.

Sebastian segurava um maço de cravos vermelhos.

Uma flor para cada um: pai, mãe, avós, irmãs, tio e tia. À medida que a fila ia chegando ao final, sentiu um tapinha no ombro. Virou-se e viu Fannie e Tia. Fannie o abraçou de leve e enxugou uma lágrima.
– Sinto orgulho de você – disse. – Por ter feito isto.
– Eu também – disse Tia.
Sebastian sentiu um nó na garganta.
– Obrigado – sussurrou.
Fannie estendeu um cravo.
– Para o seu irmão.
Sebastian hesitou, mas em seguida o pegou.
– É sua vez, pai – disse Tia.

A brisa aumentava e os balões brancos se agitavam. Sebastian atravessou a plataforma e parou diante do microfone. Ele olhou para o céu e viu uma coisa incomum: flocos de neve soprando no ar. Flocos de neve? Em março? Inclinou a cabeça, como se estivesse curioso, e sentiu um floco pousar no nariz, gelado, pequeno e úmido.

A pouco mais de dez metros dali, Udo Graf enfiou a mão no paletó.

Finalmente uma possibilidade de dar um tiro certeiro. Podia dar um fim naquela imundície judia que tinha arruinado sua vida. *Primeiro o Irmão, depois o velho.* Mal precisaria mover o braço.

Sebastian abriu a boca para falar, planejando começar como os outros tinham feito. As palavras ecoaram sobre a multidão:

– Nesta plataforma...

Udo olhou para cima. Sebastian também. Porque não era a sua voz que estava dizendo aquelas palavras, mas a de outra pessoa, uma voz de homem, saindo em alto volume pelos alto-falantes que os nazistas usavam para anunciar a partida dos trens.

– Nesta plataforma... eu disse uma mentira terrível para as famílias de vocês! – gritou a voz. – Eu disse que era seguro! Disse que eles iam para um lugar bom! Disse que eles teriam empregos e que todos ficariam juntos de novo!

E continuou:

– Sinto muito. Não era verdade.

A multidão silenciou. Todos se viraram para ver o que era. Pela primeira vez na vida, Sebastian, Fannie e Udo Graf tiveram o mesmo pensamento ao mesmo tempo:

Nico.

– Nesta plataforma, enganei meu próprio povo. Todo mundo que eu conhecia. Todo mundo que eu amava. Vi todos serem levados para longe, ainda acreditando no que eu tinha dito. Mas fui enganado também. Disseram que o que eu estava dizendo era verdadeiro. Disseram que minha família estaria em segurança. Uma pausa.

– Não estava.

Sebastian se movia para a frente e para trás, tentando desesperadamente descobrir de onde vinha a voz. Uma fúria crescia dentro dele, enquanto a voz continuava:

– Muitos foram responsáveis pelos horrores que aconteceram aqui. Mas um homem foi mais responsável do que todos os outros. Seu nome era Udo Graf. Um *Schutzhaftlagerführer* nazista. Ele organizou tudo.

Na multidão, Udo ficou petrificado, a mão ainda segurando a arma no bolso do paletó.

– Ele colocou nossas famílias no gueto. Mandou-as para Auschwitz. E, em Auschwitz, fez com que fossem assassinadas como animais. A tiros. Sufocadas pelo gás. Seus corpos jamais foram enterrados, foram simplesmente queimados e transformados em cinzas.

Udo sentiu o suor brotando embaixo da peruca.

– Mas vocês deveriam saber que a justiça foi feita. Udo Graf está morto. Morreu pelas mãos de um judeu corajoso. Morreu tendo negados todos os seus sonhos malignos. *Er starb als Feigling. Er starb allein.* Morreu covardemente. Morreu sozinho.

Udo não aguentou mais. Tirou o chapéu e a peruca, soltou o balão e sacou a arma.

– É mentira! – gritou. – Você é um mentiroso! Você mente!

—

O que aconteceu em seguida demorou menos de nove segundos, no entanto pareceu um sonho longo. Sebastian viu um balão branco subindo e, embaixo dele, Udo Graf brandindo uma pistola. Escutou a voz de Fannie gritando seu nome. Viu o Caçador se jogar no chão. Então, pouco antes do súbito estampido dos tiros, Sebastian foi derrubado por um corpo que o jogou na plataforma e fez os cravos voarem.

Ele bateu no chão com uma pancada forte, ofuscado pelo impacto. Tentou recuperar o fôlego. Caído de costas, sentindo o concreto frio sob os ombros, abriu os olhos e viu um homem loiro em cima dele e um rosto que teria reconhecido quarenta anos antes ou quarenta anos depois.

– Você! – arfou Sebastian.

– Desculpa, irmão – sussurrou Nico. – Eu sabia que ele estava aqui. Precisava fazê-lo se revelar.

– Graf?

– Ele é seu, agora. Pode levá-lo à Justiça.

Na multidão, três homens derrubaram Udo. Outro pisou no braço dele, fazendo-o soltar a arma, e um policial abriu caminho e a pegou. Tia estava de joelhos, gritando e segurando Fannie, que tentava sair dali e chegar perto dos dois homens entrelaçados na plataforma.

Sentindo o peso do irmão, Sebastian estava quase atônito demais para falar. Udo Graf e Nico? Os homens com os quais estivera obcecado por toda a vida adulta? Finalmente, ele tinha os dois. Mas não como havia imaginado.

– Então é mesmo você?

– Sou eu – grunhiu Nico.

Sebastian tentou se acostumar com a voz. Na última vez que ouvira a voz do irmão, ele era uma criança.

– Eu odiei você, Nico. Por todos esses anos.

– Não importa, irmão.

– Importa. A verdade importa.

– Que verdade?

– Que você mentiu para nós. Por que fez isso, Nico? Por que você os ajudou?

Nico levantou a cabeça.

– Para salvar nossa família.

Sebastian piscou com força.

– O quê?

– Graf disse que vocês voltariam para casa. Prometeu que ficaríamos juntos de novo.

– E você acreditou? Pelo amor de Deus, Nico, eles eram nazistas!

Nico suspirou.

– Eu era uma criança.

Sebastian sentiu as lágrimas brotarem, como se décadas de raiva guardada no lugar errado estivessem se derretendo atrás dos olhos.

– Para onde você foi? Como viveu? O que você esteve fazendo esse tempo todo?

– Tentando me redimir – respondeu Nico, com a voz rouca.

Ele forçou um sorriso, mas estava difícil respirar. Sebastian tentou invocar uma raiva indignada, mas não conseguiu. Naquele momento, só conseguia ouvir o último pedido do pai. *Encontre seu irmão um dia. Diga que ele está perdoado.*

Sebastian sussurrou enfim:

– Agora já pode parar de tentar.

Por um momento, os dois apenas se encararam, até que as rugas da idade e as costeletas grisalhas não chamassem mais a atenção. Eram de novo dois irmãos jovens, um em cima do outro, como se tivessem terminado de brincar de luta no quarto.

– Escuta – disse Nico, a voz ficando fraca. – Eu tenho os documentos nazistas do Graf. Com digitais. Estão no meu bolso, está bem?

– O quê?

– No meu bolso. Pegue.

– Você pode me dar mais tarde.

Nico fechou os olhos com força.

– Acho que não.

Enquanto se mexia, Sebastian sentiu algo quente e molhado no peito e percebeu que era sangue, muito sangue. Estava pegajoso, grudando os dois.

Nico rolou e ficou caído de costas, os olhos voltados para o céu. Tinha levado dois tiros de Graf e estava sangrando muito, abaixo do peito. Sua boca se abriu num esboço de sorriso, como se visse alguma coisa engraçada nas nuvens.

De repente, Fannie apareceu ao seu lado. Ela se inclinou, chorando, segurando seu rosto.

– Nico! Nico!

– Nico! – ecoou Sebastian.

Naquele momento, com o coração batendo cada vez mais devagar, ocorreu a Nico como era bom os três estarem juntos de novo, como naquela vez que subiram na Torre Branca junto ao golfo. E como se tudo o que ele tinha feito na vida – todas as mentiras e todos os esforços para compensá-las – estivessem passando diante dele rapidamente, num borrão final, Nico percebeu que seu avô estivera certo com relação àquele prisioneiro, que continuou pintando e pintando, até que a torre estivesse suficientemente branca para limpar seus pecados.

Para ser perdoado, um homem é capaz de qualquer coisa.

O que aconteceu em seguida, enquanto Fannie segurava a cabeça de Nico e Sebastian pressionava o ferimento dele, é algo que não posso explicar.

O velho vagão de carga começou a se mover. Rangeu nos trilhos, acelerando rapidamente, três metros, seis metros, como se estivesse voltando de uma longa jornada e parando na estação. As pessoas na multidão cutucavam umas às outras, até que todas estivessem olhando para a cena, boquiabertas.

Então, enquanto os flocos de neve dançavam ao vento como cinzas, o trem parou. As portas se abriram. Fannie sentiu a cabeça de Nico se levantar de cima dos seus dedos. Ele olhou para dentro do vagão por um longo momento, depois sorriu, com lágrimas escorrendo, como se visse todo mundo que ele tinha amado e para quem havia mentido vindo levá-lo para casa. Nico morreu um instante depois, nos braços da mulher que o amava e nas mãos do irmão que o absolvia. Pode parecer inacreditável, mas foi isso que aconteceu.
Verdade seja dita.

E digamos...

Muitos anos se passaram desde aquele incidente em Salônica. E, ainda que talvez não reste nada tão dramático quanto aquele dia para ser relatado, preciso completar a história.

Os mortos não contam mentiras, mas suas verdades precisam ser desenterradas. Nico Krispis deixou para trás muitas camadas a serem descobertas. Sua verdadeira identidade jamais foi revelada na comunidade de Hollywood, já que somente Fannie e Sebastian sabiam que ele era o Financiador. Seu estúdio foi fechado sob o mesmo sigilo com que havia funcionado, e a explicação nas publicações do ramo foi "a aposentadoria súbita do fundador recluso." As instruções explícitas dele, encontradas num envelope de papel pardo num arquivo, foram que sua projecionista, uma mulher chamada Fannie, deveria encerrar seus negócios, pagar as contas importantes e sacar os resultados das operações, coisa que ela fez.

Fannie também acompanhou a equipe de mudança na casa de Nico. Ela entrou no quarto pouco mobiliado e só encontrou uma velha bolsa de couro no armário. Quando um dos carregadores perguntou: "E as coisas que estão no porão?", ela o acompanhou, descendo a escada e entrando num cômodo mal-iluminado. De novo, foi surpreendida.

Lá, em frente a uma cortina cinza, havia uma câmera de cinema num tripé, uma cadeira e luzes. Nas prateleiras, havia fileiras e fileiras de latas azuis, cada um com um número e contendo um rolo de filme. Fannie sussurrou:

– Ah, Nico...

Naquela noite, na sala de projeção do estúdio, ela passou o primeiro filme pelos carretéis, ligou o projetor e viu o rosto de Nico com 20 e poucos anos. Olhando direto para a lente, com o farto cabelo loiro e as feições ainda vagamente infantis, ele começou:

– Foi assim que eu sobrevivi à guerra...

Fannie parou o filme e ligou imediatamente para Sebastian.

– Quando você pode vir à Califórnia? – perguntou.

Nas semanas seguintes, os dois assistiram a cada rolo de filme, em que Nico narrava a história de sua vida incrível. Ele detalhou suas várias identidades, como soldado alemão, estudante iugoslavo, músico húngaro, trabalhador polonês da Cruz Vermelha. Falou sobre morar com os romanis, aprender a falsificar documentos, roubar um uniforme, bancar um jovem nazista. Explicou o relacionamento com a atriz Katalin Karády, e deu a ela o crédito por encorajá-lo a ser destemido e por lhe apresentar o cinema. Quando se lembrou daquela noite no Danúbio, explicou que tinha reconhecido Fannie, que ficou feliz ao vê-la viva e que, depois de garantir que ela fosse poupada do Cruz Flechada, usou os contatos de Katalin para localizar Gizella, a mulher que tinha protegido sua amiga, e mandar dinheiro para que um padre fosse libertá-la.

Quando ouviu isso, Fannie desatou a chorar.

Nico narrou centenas de conversas. Durante anos, tinha contado ao mundo apenas mentiras, mas para a câmera falava somente a verdade. Era como se, sem compartilhá-la com mais ninguém, tivesse preservado meticulosamente cada pedacinho dela.

Nos últimos rolos, deixou instruções de como sua fortuna deveria ser distribuída. Tudo que ele possuía – o tesouro roubado da igreja húngara e cada centavo ganhado com os filmes – deveria continuar sendo destinado às famílias dos sobreviventes listados nas pastas. Tinha passado anos viajando para a Europa, para encontrar o maior número de sobreviventes possível, começando pelos nomes das crianças rabiscados nas paredes de um porão em Zakopane, Polônia, e continuando até cada pessoa citada nos manifestos nazistas que continham o registro de passageiros nos trens que partiram de Salônica.

Insistia que o dinheiro fosse mandado para os filhos das vítimas, e os filhos dos filhos, a cada ano, em 10 de agosto, até acabar. Desejava que isso fosse feito anonimamente, como um *chesed shel emet*, um ato de gentileza que não poderia ser retribuído.

No último rolo, filmado pouco antes de sua ida para a Grécia, Nico explicou como sabia que Udo estaria em Salônica, porque o vinha rastreando havia muitos anos, com pagamentos secretos para certo senador americano. Tinha sido informado de que o ex-*Schutzhaftlagerführer* havia reservado uma passagem da Itália para a Grécia em março. E quando soube, por um diretor de cinema, da cerimônia em Salônica e da provável presença do Caçador e de Sebastian por lá, logo deduziu o que Graf estava planejando. E precisava impedir.

Agradeceu a Fannie por tê-lo encontrado, por cozinhar para ele e por não tê-lo pressionado a encarar seu próprio reflexo até que ele estivesse pronto, algo que, segundo ele, não conseguiria fazer sem ela. Também lhe agradeceu por deixá-lo "sentir como era ser amado", ainda que por pouco tempo.

Nico guardou a última história para o irmão. Ele sabia que Sebastian supunha que ele tinha abandonado a família, mas na verdade ele passara todo dia, desde que eles haviam partido no trem, tentando chegar a Auschwitz. Explicou como, depois de todo aquele tempo, os dois tinham se desencontrado por alguns minutos no dia da libertação do campo. Mas que havia encontrado o avô, Lazarre, na enfermaria. E, apesar de não ter conseguido se obrigar a dizer a verdade a Nano, voltou e ficou com ele nos últimos dias, fingindo ser médico e segurando sua mão.

Durante aquele tempo, sempre que falava, o avô cego perguntava por "meu neto corajoso, Sebastian". Nico achou que o irmão gostaria de ouvir isso.

Quando Lazarre morreu, Nico transportou o corpo para fora do campo e o enterrou numa campina distante, sabendo que o avô não gostaria de ficar no solo de um campo de extermínio nazista. Como lápide, usou uma pedra pequena que encontrou. Um ano depois, usando parte do dinheiro recém-encontrado, ele voltou e comprou o terreno onde ficava a sepultura. E todo verão ia lá, para limpar a pedra com um pano e um pouco de água. Ele achou que Sebastian gostaria de continuar fazendo isso.

E o que foi feito de Udo Graf?

Bem, pelo desenrolar de nossa história, você pode presumir que Udo teve o que merecia. No entanto, a justiça nunca é garantida. Os pratos da balança podem ser manipulados.

Udo negou a acusação de assassinato, dizendo que só atirara para o alto, em protesto. Também negou qualquer conexão com os nazistas. Mostrando o passaporte italiano, disse que era um nacionalista que simplesmente não acreditava na "mentira do Holocausto".

Só quando Sebastian, numa audiência no tribunal, levantou um documento de identidade nazista que seu irmão havia conseguido e disse "Este documento oficial tem as digitais de Udo Graf", é que Udo mudou abruptamente sua história e admitiu sua verdadeira identidade. Ele nunca soube que aqueles papéis, como tantos outros na vida de Nico, eram falsos.

Porém Udo persistiu nas manipulações. Seus advogados insistiram que ele fosse julgado em seu país natal. E, por mais difícil que seja acreditar nisso, esse pedido foi aceito, depois de algumas autoridades gregas, pagas por benfeitores desconhecidos, concordarem que um tribunal alemão teria mais condições do que um grego para punir um ex-nazista. O fato de Udo ter ameaçado revelar os nomes de seus colaboradores em Salônica nos anos da guerra tiveram muito a ver com sua liberação. Ele mantinha diários detalhados. Um juiz em particular, cujo pai estava entre as pessoas citadas nas páginas, decidiu a seu favor.

O *Schutzhaftlagerführer* ia para casa.

Sebastian e o Caçador de Nazistas ficaram indignados. Eles entraram intempestivamente na sala dos promotores e gritaram:

– Quem está pagando vocês?

Mas não obtiveram resposta. *Os alemães vão cuidar disso*, ouviram.

A extradição de Graf demorou várias semanas. O combinado era que ele iria de avião para Frankfurt, mas, com medo de que o avião fosse desviado e levado para Israel, ele pediu para ser mandado de trem. E de novo, incrivelmente, concederam o pedido.

Tudo isso enfureceu os muitos grupos que tinham exigido sua prisão. Escreveram-se editoriais. Apresentaram-se reclamações.

Porém uma pessoa, que tinha testemunhado o suficiente do que aquele homem havia feito com os outros, fez mais do que reclamar. A verdade exige um acerto de contas, seja imediato ou num futuro distante. No caso de Udo, demorou uma vida inteira. Mas chegou.

Quando embarcou no trem, ladeado por dois policiais gregos, ele estava transbordando confiança. Voltar à sua amada Alemanha significava que ele seria tratado com honra. Disso tinha certeza. Enquanto o vagão acelerava pelo campo, uma garçonete passou oferecendo bebidas em um carrinho e Udo perguntou aos policiais se poderia tomar uma taça de vinho tinto. Os policiais deram de ombros. Udo fez um brinde silencioso à sua capacidade de sobrevivência. Na verdade, estava ansioso pelo julgamento. Poderia falar em sua língua nativa. A voz do Lobo seria ouvida de novo. *Deutschland über alles!*

Ele bebeu o vinho até a última gota e devolveu a taça à funcionária, sem perceber as luvas brancas e o colar de velhas contas vermelhas de rosário que ela usava – ou melhor, o fato de que faltavam duas contas, que tinham sido quebradas e dissolvidas na bebida.

A três quilômetros da fronteira alemã, Udo Graf engasgou, tossiu e despencou na poltrona, fechando os olhos para sempre, com o veneno em seu organismo negando-lhe a tão esperada volta ao lar.

Tudo se passou exatamente como Nico dissera na estação de trem. Morreu covardemente. Morreu sozinho. Pelas mãos de uma judia corajosa.

Às vezes, uma mentira é apenas uma verdade que ainda não aconteceu.

… Amém

No início deste relato eu disse que a Verdade foi expulsa por Deus. Mas, assim como você deseja ver seus entes queridos na outra vida, eu também sonho com uma volta ao céu. Com um abraço do Todo-Poderoso.

Antes de isso acontecer, preciso fazer uma confissão. Desde o início da nossa história, omiti um pequeno detalhe.

Eu fui banida para a terra porque estava certa com relação aos seres humanos. Os humanos são falhos. Suscetíveis ao pecado. Foram criados com a mente voltada para explorar, mas frequentemente optam por explorar seu próprio poder. Mentem. E essas mentiras os fazem achar que são Deus.

A Verdade é a única coisa que os impede.

No entanto... não é possível abafar o barulho usando o silêncio. A verdade precisa de uma voz. Para compartilhar esta história, eu precisava de uma voz específica. Uma voz que escutasse enquanto Nico confessava sua odisseia, uma voz que entendesse Sebastian do modo mais pessoal, que estivesse presente a cada passo da jornada tortuosa de Fannie, que absorvesse cada palavra dos diários de Udo Graf encontrados postumamente.

Uma voz que pudesse contar sobre os horrores que o Lobo trouxe a esta terra, das ruas de Salônica até a janela de um vagão de carga apinhado, aos campos de extermínio, às câmaras de gás e às margens ensanguentadas do rio Danúbio.

Uma voz que pudesse explicar como a esperança sobreviveu àquele mal, na gentileza de uma costureira, na coragem de uma atriz, na proteção amorosa de um pai e um avô, no coração terno de três crianças que sabiam, de algum modo, que se encontrariam de novo.

Uma voz capaz de alertar que é fácil expor uma mentira contada uma vez, mas que uma mentira contada mil vezes se parece com a verdade.

E destrói o mundo.

Eu sou essa voz. E, para compartilhar essas palavras, como na parábola, vesti um manto colorido e me certifiquei de que a prestação de contas da Verdade acontecesse.

Na minha existência humana, me pediram duas vezes para "contar ao mundo o que aconteceu aqui", e fazer isso tem sido meu fardo de toda a vida, até este último instante. Tentei ser uma boa pessoa, mas agora estou velha e perto da morte. Os outros estão enterrados. Sou tudo o que resta da história.

Aqui, então, com minhas últimas palavras, vou terminá-la.

Meu nome é Fannie Nahmias Krispis.

Esposa de Sebastian.
Que amava Nico.
Que matou Udo Graf.

Tudo o que contei a você é a Verdade.

E portanto, finalmente – bendito seja o Senhor –, estou livre.

Nota do autor

Esta história é uma obra de ficção, porém muitas verdades brutais fizeram parte de sua concepção. Por isso, preciso começar agradecendo a todos que tiveram a coragem de contar o que aconteceu durante o Holocausto, desde os historiadores que escreveram livros que devorei, até os sobreviventes cujos relatos, em primeira mão, revelaram ao mundo o que ele mal poderia imaginar.

É necessária uma coragem enorme para reviver os piores momentos de nossa vida. Sem os relatos corajosos daqueles que passaram por isso, nunca saberíamos a extensão da maldade ocorrida sob as mãos dos nazistas, e não haveria um meio de garantir que ela nunca mais se repetisse.

Neste livro, tentei me manter fiel à natureza desses relatos e retratar de modo preciso o que aconteceu com os judeus de Salônica – ou, como os gregos e outros chamam, Tessalônica, Thessaloniki, Saloniki ou Salonika –, refletindo as muitas influências de um local tão diversificado. Um romance não é um livro de história, claro, mas, sempre que possível, os eventos desta narrativa espelham o que aconteceu do final da década de 1930 até o fim dos anos 1940 naquela cidade.

Mas por que este livro, neste momento? Pois bem. Durante boa parte da minha vida como escritor eu quis situar uma história no Holocausto. No entanto, não conseguia encontrar uma que já não fosse tragicamente familiar.

Numa visita a um museu, há mais de uma década, pude assistir a um vídeo de um sobrevivente narrando como às vezes os judeus eram usados para mentir para outros judeus sobre o real destino dos trens dos campos de concentração. Essa perversão da verdade, com a vida e a morte em jogo, permaneceu comigo por meses, até mesmo anos. A semente de *O pequeno mentiroso* foi plantada naquele momento.

Então, há alguns anos, comecei a ler sobre a experiência dos gregos sob o domínio nazista. Morei na Grécia quando concluí a faculdade, como músico na ilha de Creta. Durante o tempo em que estive por lá, passei a amar o povo grego e sua cultura.

Quando, durante a pesquisa, descobri que Salônica (como a maioria do mundo não grego se referia ao lugar na época) teve a mais alta percentagem de população judaica de todas as cidades que os nazistas destruíram, soube que tinha encontrado um lar para a minha história, e seus personagens começaram a brotar daquelas ruas históricas.

Espero que este livro, além de servir como um alerta sobre o que acontece quando a verdade não é mais um imperativo, inspire estudos mais profundos sobre o que os judeus gregos enfrentaram durante a guerra. Suas perdas e seus sofrimentos, como os de outras incontáveis vítimas da perseguição nazista, jamais poderão ser realmente mensurados.

—

Várias pessoas me ajudaram imensamente nessa tarefa. Primeiro preciso agradecer à incansável Efi Kalampoukidou, que atuou como minha guia, tradutora, historiadora e referência geral para a vida em Salônica no correr dos anos. Ela me mostrou a cidade como poucas pessoas poderiam fazer, e sou eternamente grato pelos grandes e pequenos detalhes que ela me proporcionou durante o processo de escrita. De pé ao lado dela, na velha plataforma ferroviária, pude ouvir esta narrativa martelando em minha cabeça enquanto ela contava histórias.

Agradecimentos especiais também para o Dr. Drew A. Curtis, da Angelo State University, que me explicou pacientemente a ciência por trás da mentira patológica e como alguém como Nico poderia sofrer disso.

Agradeço ao rabino Steven Lindemann, que compartilhou parábolas, referências talmúdicas e pontos de vista judaicos sobre a verdade e a mentira. Ele fez uma primeira leitura deste livro e em seguida escreveu páginas com questionamentos, tudo isso enquanto viajava para trabalhar com nossas crianças no Haiti, algo que faz regularmente. Uma gentileza verdadeira e amorosa, de fato.

Seria impossível citar todas as fontes de materiais que lançaram luz sobre o que aconteceu nos campos de extermínio – e nos guetos, na Praça da Liberdade e nas margens do Danúbio – ou a incrível coragem de Katalin Karády. Um número enorme de relatos pessoais foi pesquisado, e se forem encontradas coincidências de histórias pessoais com as de Nico, Fannie e Sebastian, espero sinceramente que sejam vistas como o compartilhamento de uma história que precisa ser recontada continuamente.

Agradecimentos especiais ao Zekelman Holocaust Center, a seus funcionários e suas séries de palestras, além do Yad Vashem, em Jerusalém, um recurso precioso e inestimável.

Minha equipe de sempre continua me deixando impressionado: Jo-Ann Barnas, que vai até onde for necessário em sua pesquisa meticulosa; Kerri Alexander, que dá conta de todas as tarefas, grandes e pequenas; Antonella Ianarino, que, de maneira adorável, faz o universo digital ganhar sentido para mim; e Marc "Rosey" Rosenthal, que ajuda a cuidar de outros aspectos de minha vida para que eu possa dar à minha escrita o foco que ela merece.

David Black e eu trabalhamos juntos há 35 anos com apenas um aperto de mãos, que se tornou um símbolo mais de uma amizade do que de negócios. E Karen Rinaldi, que agora editou mais de meus livros que qualquer pessoa, me encorajou, à medida que eu mergulhava mais fundo nesta história, a jamais esquecer a beleza simples que pode ser encontrada mesmo nas circunstâncias mais difíceis da vida. A inspiração da Torre Branca é atribuível a ela.

Obrigado a toda a equipe editorial da HarperCollins, a Brian Murray, Jonathan Burnham, Leslie Cohen, Tina Andreadis, Doug Jones, Kirby Sandmeyer e Milan Bozic, por mais uma capa excelente. E um apreço profundo por meus editores estrangeiros, que continuam a acreditar que minhas histórias têm valor em outras terras e outras línguas. Para isso, preciso agradecer à incomparável Susan Raihofer, que me divulga em todo o mundo.

Cresci conhecendo pessoas mais velhas que usavam mangas compridas, mesmo no calor, para esconder os números tatuados em azul perto do punho. Ouvi sussurros e histórias fragmentadas sobre um horror que parecia saído de um filme de terror. Apesar de haver um número grande demais de pessoas para dar crédito, gostaria de citar Eva e Solomon Nesser, Joe e Chana Magun, e Rita e Izzy Smilovitz, dentre muitos outros, por me ensinarem, por meio de suas lembranças, por que as palavras "nunca mais" não devem ser uma mera expressão, e sim uma promessa.

Meus leitores, antigos e novos, proporcionam-me o privilégio de contar histórias. Minha família, a mais próxima e a distante, me permitem a alegria de compartilhar o mundo. E por meio de nossas crianças no Haiti, e mais recentemente a bebê Naddie, posso testemunhar como a vida nova é a cura para sofrimentos antigos.

Para concluir, eu jamais poderia fazer o que faço sem o amor da minha preciosa esposa, Janine. E nenhum de nós poderia fazer nada sem o amor de Deus. Verdade seja dita.

Mitch Albom
Julho de 2023

Sobre o autor

Mitch Albom é autor de muitos livros de ficção e não ficção, que, em conjunto, venderam mais de 41 milhões de exemplares publicados em 47 línguas em todo o mundo. Escreveu oito obras que chegaram ao primeiro lugar na lista de best-sellers do jornal *The New York Times* – dentre elas, *A última grande lição*, o livro de memórias mais vendido de todos os tempos –, filmes de TV premiados, peças de teatro, roteiros de cinema, uma coluna de circulação nacional em jornais e um musical. Devido a seu trabalho no *Detroit Free Press*, foi incluído no hall da fama da National Sports Media Association e no do Michigan Sports, e recebeu o Red Smith Award em 2010 pelo conjunto da obra.

Albom fundou e supervisiona a SAY Detroit, um consórcio de nove instituições de caridade em sua cidade natal, além de uma loja de doces e uma linha de produtos alimentícios sem fins lucrativos, para financiar programas destinados a pessoas carentes de Detroit. Desde 2010, administra um orfanato em Porto Príncipe, no Haiti, o qual visita mensalmente. Ele mora com sua esposa, Janine, em Michigan. Para mais informações, consulte www.mitchalbom.com, www.saydetroit.org e www.havefatithhaiti.org.

CONHEÇA OS TÍTULOS DE MITCH ALBOM

Ficção

As cinco pessoas que você encontra no céu
A próxima pessoa que você encontra no céu
As cordas mágicas
O primeiro telefonema do céu
O guardião do tempo
Por mais um dia
O estranho que veio do mar
O pequeno mentiroso

Não ficção

A última grande lição
Tenha um pouco de fé
Um milagre chamado Chika

Para saber mais sobre os títulos e autores da Editora Sextante,
visite o nosso site e siga as nossas redes sociais.
Além de informações sobre os próximos lançamentos,
você terá acesso a conteúdos exclusivos
e poderá participar de promoções e sorteios.

sextante.com.br